치열하게,
달콤하게

치열하게, 달콤하게 2

지은이 | 문언희
펴낸이 | 권순남
펴낸곳 | 도서출판 동행

등록 | 2008년 1월 7일(제310-2008-00001호)

초판 인쇄 | 2018년 3월 7일
초판 발행 | 2018년 3월 12일

주소 | 서울시 노원구 상계1동 1049-25 신영산업BD 602호
전화 | 02-2091-0291
팩스 | 02-2091-0290
이메일 | marubooks@hanmail.net

ISBN | 978-89-280-8887-4
ISBN | 978-89-280-8889-8 (세트)
정가 | 9,000원

잘못된 책은 교환하여 드립니다.
저자와 협의하여 인지를 붙이지 않습니다.

치열하게, 달콤하게 · 2

장편소설
CHANG PREMIUM ROMANCE

동행

-14-

 기분 좋은 하루의 시작이었다. 오늘 드디어 남해를 간다는 생각에 들뜬 은경은 어젯밤 챙겨 놓았던 짐 가방을 미리 차에 실었다. 겨우 2박 3일이긴 했지만 여자인지라 챙겨야 할 짐들이 많았다.
 "여섯 시에 끝나니까 열한 시 안에는 도착하겠지?"
 밤 운전을 썩 반기지는 않았지만 그를 만나러 가는 길이라면 상관없었다. 콧노래를 흥얼거리며 안으로 들어서던 은경은 마침 옥 여사가 안방에서 나오자 슬쩍 손짓을 했다.
 "엄마, 내가 말했던 거 잘 좀 부탁해."
 아직 방에 계시는 아버지의 귀에 들릴까 봐 목소리를 낮춘 그녀가 말을 이었다.
 "아빠한테는 꼭 선주랑 여행간 거라고 해 줘."

딸이 아무리 성인이라도 이틀이나 외박을 하는데 묻지 않을 부모는 없었다. 때문에 은경은 며칠 전부터 옥 여사를 구워삶아 입을 맞춘 터였다.

"에휴. 나도 연애해 봐서 지금 한창 좋을 때인 건 아는데, 꼭 그렇게 밤 운전을 해서 가야 돼? 내일 아침에 일찍 출발하지 그래? 아니면 버스를 타든지."

"……시간이 아까워서 그래. 버스도 알아봤는데 꼬박 네 시간 반을 달려서 남해시외버스터미널에 도착해도, 거기서 또 펜션까지 가깝지가 않아서 오히려 시간이 더 많이 걸려. 인혁 씬 데리러 온다는데 괜히 서로 번거로우니까."

은경이 배시시 웃었다. 접촉 사고가 났던 건 일부러 얘기하지 않았다. 엄마가 알게 된다면 장거리 운전을 못 하게 할까 봐 걱정이 앞서서였다.

"알았어. 운전 조심하고."

옥 여사는 옅은 숨을 내쉬며 이내 고개를 끄덕였다. 거리가 워낙 멀다 보니 어느 쪽이든 움직이면 외박을 해야 하는 건 당연했다.

"은경아."

"응?"

옥 여사가 좀 더 은경에게 밀착하며 소곤거렸다.

"피임은…… 잘하고 있는 거지?"

엄마로서 당연한 걱정이었다. 워낙 허물없이 이런저런 대화를 나누는 모녀지간이다 보니 그리 민망한 질문은 아니었다. 은경은 걱정 말라는 듯 빠르게 고개를 끄덕였다.

"나 어린애 아니잖아. 그런 건 알아서 조심하고 있어."

"그래도 혹시 모르니까 신경 써. 임신해서 결혼하게 되는 거…… 엄만 그건 반대야."

"알았어. 그런 것까지 신경 쓰이게 해서 미안해."

옥 여사를 안심시킨 은경은 부리나케 출근 준비를 마치고 집을 나섰다. 대문 밖까지 따라 나온 옥 여사가 그녀의 손을 살포시 잡았다.

"출발할 때 전화해. 걱정되니까."

"응."

"천천히 가고. 응? 과속하지 마."

"나 베스트드라이버잖아. 걱정 마셔."

"하아."

"왜 또 한숨이야."

은경이 옥 여사를 끌어안으며 토닥였다.

"난 지금 무척 행복해. 남들 하는 평범한 연애를 하고 있을 뿐이야. 서로 사는 곳이 멀어도 이 또한 추억이라고 생각하고 있어. 그러니까 엄마도 너무 걱정하지 않았으면 좋겠어."

"너 이러다…… 남해 내려가서 살겠다고 하는 거 아닌지 몰라."

그럴 일은 없다고 답해야 하는데, 은경은 입이 떨어지지 않았다. 그건 거짓말이기 때문에. 요새 진지하게 고민하고 있는 문제이기 때문에.

"언젠가는 품 안을 떠나는 게 새끼라지만, 네가 그렇게 멀리 떠나는 건 한 번도 상상해 본 적이 없어."

"······엄마도 참. 아, 나 출근 늦겠다. 그만 갈게."

옥 여사를 품에서 떼어 낸 은경은 차에 올라탔다. 그녀의 차가 멀어질 때까지 그 자리에 서서 바라보던 옥 여사는 또다시 한숨을 내쉬었다.

"······계집애. 안 간다는 말 안 하는 거 봐."

집으로 들어온 옥 여사는 아침 준비를 위해 주방으로 향했다. 밥을 안치고 식탁 의자에 잠시 몸을 앉힌 그녀는 생각에 잠겼.

은경이 나이가 차다 보니 결혼 생각을 안 할 수가 없었다. 더군다나 인혁이 인사를 드리고 간 후로는 결혼에 대해 좀 더 진지하게 생각을 하게 되었다. 두 사람의 관계가 생각보다도 더 진지해 보였기 때문이다. 아직은 마음의 준비가 되지 않았는데, 이러다 어느 날 결혼하겠다고 할까 봐 괜스레 가슴이 철렁 내려앉기도 했다.

장거리인 줄 알면서 교제 허락을 했다. 결혼을 하게 된다면 남해로 갈 수도 있다는 건 이미 예견된 일이었다. 은경 역시 30대가 되면서부터는 진로에 대한 고민을 했다. 여자는 결혼을 하면 아이를 낳아야 하고, 트레이너로서의 수명을 이어 가기가 힘들다는 고민이었다. 그 몸매를 유지하기 위해 포기해야 했던 많은 것들을 해 보면서 살아가고 싶다고 말하기도 했었다. 지긋지긋한 식단 관리로부터 벗어나고 싶기도 하다고 했었다.

"결혼하면서 일을 그만두게 된다면…… 사는 곳이 어디인가는 중요하지 않겠지만……."

"뭘 그렇게 골똘히 생각하고 계셔?"

의자에서 일어나던 옥 여사의 시선이 은성에게 향했다. 출근 준비를 끝낸 은성이 아침을 먹기 위해 내려온 것이었다.

"벌써 너 출근할 시간이야? 내 정신 좀 봐. 조금만 기다려."

"애인 생기셨어? 뭘 그렇게 넋을 빼고 계셔."

아버지를 닮아 키가 큰 편인 은경 못지않게 은성 또한 키가 훤칠했다. 그래서 옥 여사는 그게 얼마나 다행인 줄 몰랐다. 160센티미터도 되지 않는 엄마의 유전자를 자식들이 물려받지 않아서였다. 옥 여사는 제 아들이지만 새삼 인물은 참 반듯하게 잘생긴 은성을 힐끗 쳐다보며 질문 하나를 건넸다.

"너 스물여덟이지?"

"옥 여사도 참. 아들 나이를 몰라서 물어요?"

"넌 언제 장가 갈 거야?"

"쿨럭, 쿨럭!"

물 한 잔을 따라 마시던 은성이 사레가 걸려서 기침을 해 댔다.

"응? 언제 갈 거야?"

"쿨럭, 쿨럭. 흠흠. 아니, 엄마. 무슨 그런 뜬금없는 질문이 다 있어."

"너 여자 친구 있잖아. 하루가 멀다 하고 회식하는 거, 여자 친구랑 하는 거 아니니?"

"엄마 내 뒷조사해?"

"뒷조사까지 할 필요가 뭐가 있어. 그렇게 티가 나는데."

옥 여사 곁으로 다가간 은성이 짓궂게 웃었다.

"왜요. 나 빨리 장가간다고 하면 괘씸할 거 같아서 그래요? 재수하느라 졸업이 늦어져서 취업한 지도 이제 1년 좀 넘었는데, 효도도 하기 전에 장가부터 간다고 할까 봐?"

"쳇. 네 처지를 잘 알긴 아는구나."

"걱정 마. 난 아직 멀었어. 누나도 안 가고 저러고 있는데 내가 무슨 결혼이야."

옥 여사는 별다른 말을 하지 않았다. 은성은 옥 여사의 뒤에서 어깨를 끌어안으며 고개를 파묻었다.

"나 돈 없어. 그래서 난 여기서 엄마랑 아버지랑 살 거야. 장가 가더라도 여기서 살면서 효도할 거야."

"어머머, 누가 그렇게 하라고 했어?"

"요샌 다 분가하려고 한다고. 나는 여기서 엄마 모시겠다니까?"

"네가 날 모시는 거니, 내가 널 데리고 사는 거겠지."

"그게 그거지. 엄마가 가진 건 내 거고, 내가 가진 건 또 엄마 거고. 뭐 다 그런 거지."

"어머머, 이 날도둑놈."

옥 여사가 곱게 눈을 흘기자 은성이 그녀의 볼에 입을 맞췄다.
"어머머. 징그러워, 얘."
"좋으면서 튕기기는."
다 큰 아들의 애교가 나쁘지 않은 그녀가 설핏 미소를 머금었다. 철 안 들어서 걱정이다가도 또 이럴 때는 밉지가 않다.
"일요일 날 아버지랑 누나랑 다 같이 점심이나 할까? 내가 쏠게."
"웬일이야, 짠돌이가. 그나저나 안 돼. 누나도 그날 없고, 네 아버지가 가게 비우는 성격도 아니고……."
"오랜만에 외식하자는데 아버지도 나오시겠지. 누나는 왜 없어? ……약속 있대?"
"선주하고 여행 간대."
먼저 차려진 반찬을 집어 먹던 은성이 멈칫했다.
"오늘 가서 일요일 날 늦게 올 거래."
"선주 누나 애가 둘 아니야?"
"응."
"애들은 어쩌고?"
"친정 엄마가 맡아 준다고 했나 봐. 둘이 좀 친하니."
"어디로 간대?"
"저기 어디 간다고 했는데, 듣고도 기억이 잘 안 나네. 이놈의 건망증."
"그래서 오늘하고 내일 안 들어온다고?"

"응."

"아버지도 아셔?"

"이제 말하려고. 아니, 그런데 너 지금 엄마 취조하니? 듣다 보니 그런 느낌이야."

뭔가를 더 말하려던 은성은 이내 관두었다.

잠시 후 아버지까지 식사를 위해 세 식구가 한자리에 모였다. 은성은 방금 전과는 달리 밥을 먹는 내내 아무런 말도 하지 않았다.

"잘 먹었습니다. 다녀올게요."

"응. 일찍 좀 다녀."

집을 나선 은성은 버스 정류장으로 향하며 휴대폰을 꺼내들었다.

"누나, 나야."

-아침부터 어쩐 일이야?

"얼굴 한번 보자."

-나? 지금?

"누나 말고, 누나가 만나는 그 사람."

-……웃기는 자식이네. 내가 널 왜 보여 줘? 그럼 너도 나한테 여자 친구 보여 줘.

"그래. 서로 까자."

싫다고 할 줄 알았던 은성이 흔쾌히 오케이를 하자 은경이 되레 당황했다.

-뭐 잘못 먹었니?

"김치찌개 먹었는데?"

-참 나. 아침부터 쓸데없는 소리를 하고 그래. 끊어. 나 바빠.

"일단 선주 누나하고 무사히 여행 잘 다녀와. 다녀와서 까는 걸로 하자."

통화를 끝낸 은성은 슬며시 미간을 좁혔다.

"누나가 저런 적이 없었는데, 만난 지 얼마나 됐다고 벌써 외박이야. 어떤 놈인지 얼굴을 봐야지 안 되겠네. 요새는 남자 꽃뱀도 있다던데, 생긴 건 그렇게 안 생겨가지고 순진한 데가 있어. 하여튼 신경 쓰이게."

네 살 많은 누나여도 여자였다. 걱정이 되는 건 어쩔 수가 없었다.

***

날이 어두워진 지 오래였다. 밤 11시 10분 전.

"500미터 전."

은경은 내비게이션에 찍힌 남은 거리를 보고는 입꼬리가 늘어졌다. 드디어 그를 만나기까지 얼마 남지 않았다.

"300미터 전."

멀리 펜션이 보이기 시작했다. 은경은 가슴이 콩닥거려서 숨을 골랐다.

"왜 서울에서 볼 때보다 더 떨리지?"

펜션이 점차 가까워졌다. 입구에 나와 있는 인혁의 모습이 보였다. 두부와 찐빵이도 함께였다. 함박웃음을 머금은 채 쌩하니 달려간 은경은 제대로 파킹도 하지 않은 채 입구에서 차를 세웠다.

"언제 올 줄 알고 나와 있……."

운전석에서 내리던 은경의 말끝이 흐려졌다. 반갑다고 난리를 치는 두부와 찐빵이가 달려들기도 전에 인혁이 먼저 끌어안은 탓이었다.

"무사히 와서 다행이에요."

"……응."

은경 역시 그의 허리에 팔을 둘렀다. 그렇게도 그립던 그의 너른 가슴팍에 안겨 있노라니 괜스레 코끝이 다 찡해지는 기분이었다.

"먼 길 오느라 고생했어요."

인혁이 그녀의 등을 토닥였다.

"하나도 안 멀었어."

"그건 거짓말일 텐데."

"진짠데."

그녀를 품에서 떼어 낸 그가 뺨을 어루만지며 물끄러미 바라보았다.

"더 예뻐졌네."

"그건 거짓말일 텐데."

"하하. 진짠데."

그의 말에 만면에 웃음을 띤 은경은 뒤늦게 두부와 찐빵에게 시선을 돌렸다.

"잘 지냈어?"

녀석들이 큰 덩치로 폴짝거리며 꼬리를 미친 듯이 흔들어 댔다.

"헥헥, 헥헥."

"엇!"

반갑다는 뜻이겠지만 앞다리를 자꾸 들어 올리며 달려들자 은경이 뒤로 밀려났다. 인혁이 녀석들의 목줄을 낚아채며 끌어당겼다.

"아빠한테 양보하고, 너희들은 이제 자."

그가 두부와 찐빵을 이끌고 녀석들의 집으로 데려갔다. 그사이 다시 차에 올라탄 은경은 엄마에게 전화를 한 뒤 제대로 주차했다. 다행히 바비큐 이용 시간이 끝난 터라 한두 군데 불이 켜진 객실이 있었어도 밖으로 나와 있는 손님은 없었다.

"다시 봐도 근사하네."

은경은 조명이 들어와 있어서 근사한 펜션 외관을 훑어보며 깊게 숨을 들이마셨다. 잔잔하게 일렁이는 바다가 한눈에 들어오는 오션뷰 또한 여전히 운치가 있었다. 은경은 바다가 바라보이게끔 놓여 있는 흔들의자에 몸을 앉혔다.

"하아, 좋다."

마음이 편안해졌다. 복잡한 도심을 떠나온 남해는 그야말로 지상 낙원이 따로 없었다. 벌써 서울에 올라가기가 싫어졌다. 이대로 여기서 머물고 싶다는 생각이 가득했다.

"추워. 감기 들면 어쩌려고."

어느새 가까이 다가온 인혁이 담요를 가져와 그녀의 어깨에 덮어 주었다.

"피곤할 텐데 쉬어야죠."

"잠깐만 앉아 있다 들어가요."

그가 은경의 옆에 나란히 앉았다.

"너무 좋다. 뭔가 더 로맨틱한 거 같아."

그가 입매를 올리며 그녀의 긴 머리칼을 쓸어 넘겨 귀 뒤에 꽂아 주었다. 머릿속으로만 그리고 그리던 꿈만 같은 이 시간이 너무도 소중했다

"내일 아침에 산책 가요. 장항마을 다시 가보고 싶어. 두부랑 찐빵이랑 같이."

"여부가 있으려고."

"손님들 퇴실하면 같이 후다닥 청소 끝내 놓고 점심 먹으러 나가요. 남해 멸치쌈밥 먹고 싶어. 오후 3시부터 입실이니까 그 안에만 들어오면 되잖아."

"멸치쌈밥은 오케이. 객실 정리는 내가 알아서 번개같이 할게요. 여기까지 와서 무슨 일을 해."

"나한테는 일 아닌데?"

그녀가 그를 향해 고개를 들었다.

"그것도 데이트의 일부일 뿐인데."

은경이 싱긋 웃었다.

"온종일 졸졸 따라다닐 건데. 껌 딱지처럼 붙어 있을 생각인데, 곤란한가?"

"그럴 리가."

인혁은 슬며시 고개를 내려뜨리며 그녀의 입술을 찾았다. 도톰한 아랫입술을 빨았다가 놓은 그가 쪽, 소리가 나게끔 입을 맞춘 후 고개를 들었다.

"이대로 불이 붙으면 곤란하니까, 오늘은 여기까지만. 피곤해 보여요."

"응. 잠을 좀 자긴 해야 할 거 같아."

은경이 고개를 끄덕이며 웃었다. 아침 일찍 일어나서 일까지 하고, 장시간 밤 운전을 해서 왔더니 피로가 몰려오기는 했다. 사랑을 나눈다고 해도 얼마 못 가 뻗어 버릴 것만 같았다.

"씻고 어쩌고 하면 또 시간 걸리잖아요. 이만 들어가."

그녀의 차에서 캐리어를 꺼내 든 그가 별관으로 자리를 옮겼다. 여름에 왔을 때는 손님으로 온 것이었기 때문에 그가 지내는 별관 안으로 들어가 본 적이 없었던 은경은 어쩐지 설레는 마음으로 뒤를 따랐다.

"들어와요."

"와아."

그를 따라 1층 별관 안으로 들어선 그녀의 눈이 휘둥그레졌다. 몇 평인지 가늠이 안 될 정도로 넓은 실내도 놀라웠지만, 남자 혼자 산다고 여겨지지 않을 만큼 깔끔하기 짝이 없었다.

"와, 진짜 깨끗하다."

"청소 좀 했지."

"하하. 이건 청소 한 번으로 깔끔한 정도가 아니야. 평소에도 이렇다는 거지. 오우."

은경의 시선이 미니 헬스장을 방불케 하는 운동기구들로 향했다. 트레드밀과 실내 사이클은 물론 각종 덤벨과 바벨까지, 그가 얼마나 피나는 노력으로 몸을 가꿔 왔는지 여실히 알 수 있었다.

"굿."

은경이 엄지를 들어 올리며 돌아섰다. 그가 피식 웃으며 캐리어를 들고 침실로 향하자 그녀가 쪼르르 뒤따랐다.

"금녀의 방이었을 텐데, 실례 좀 할게요."

역시나 깔끔한 침실을 둘러보던 그녀가 푹신한 침대 위에 엉덩이를 앉혔다. 그가 매일 잠이 드는 침대 위에 앉아 있다는 게 행복하기만 했다.

"영상 통화에서만 보던 침대에 내가 지금 앉아 있다는 게 신기하네."

"그렇게 웃으면서 쳐다보면 곤란해요. 여긴 침실이라는 걸 인지해 줬으면 좋겠네."

"하하. 알았어요. 일단 좀 씻어야겠다."

그녀가 욕실에 들어간 사이 주방으로 향한 인혁은 생전 처음 만들어 본 유자차를 꺼냈다. 유자가 면역력 강화에도 좋고 감기 예방에도 좋다기에 인터넷 검색을 해서 직접 만든 터였다.

"맛이 괜찮아야 할 텐데."

그녀가 씻고 나올 즈음, 전기포트에 물을 끓인 그는 유자청을 듬뿍 떠 머그잔에 넣었다.

"뭐해요?"

집에서 챙겨 왔던 잠옷으로 갈아입은 은경이 젖은 머리칼을 털어 내며 다가왔다.

"예뻐요."

"하하. 또 뜬금없이?"

입꼬리를 올린 인혁이 뜨거운 물을 부어 티스푼으로 저은 후 머그잔을 내밀었다.

"유자차네요? 향기 좋다."

후르릅, 소리를 내며 한 모금 삼킨 은경은 격하게 고개를 끄덕였다.

"음, 좋아요. 맛있어. 어디서 난 거예요?"

인혁이 말하기가 멋쩍은지 제 뒷머리를 쓰다듬었다.

"그냥 한 번 만들어 봤는데……."

"와, 정말?"

그녀가 다시 한 모금을 마시며 그의 정성이 담긴 유자차를 음미했다.

"진짜 맛있어요. 나 주려고 일부러 만들었구나?"

인혁이 괜히 먼 산을 바라보며 딴 짓을 하자 그녀가 개구지게 웃었다.

"평소에는 노골적인 말도 잘하면서, 이럴 때는 또 되게 쑥스러워해."

"흠흠."

그녀가 유자차를 식탁 위에 내려놓으며 인혁의 곁으로 다가갔다.

"고마워요."

그의 허리를 끌어안은 그녀가 예쁘게 웃었다.

"감동받았어."

"별것도 아닌데……."

"왜 별 게 아니야. 저거 만드는 내내 내 생각 하면서 얼마나 정성을 들였을 거야. 안 그래요?"

은경을 사랑스럽게 바라보던 그가 새콤달콤한 유자 향을 머금은 그녀의 입술에 입을 맞췄다.

"어서 마저 먹어요."

"예뻐라."

그의 목에 팔을 감은 은경이 참새처럼 쪽쪽거리며 뽀뽀를 했다.

"이러면 곤란하다니까."

"오늘은 플라토닉 러브를 나눠 보자고요."

그녀의 말에 웃음이 터진 인혁은 어깨를 들썩였다.

"내일을 위한 충전 시간 같은 거."

"하하. 알았어요. 어서 마시기나 해."

그의 품에서 떨어진 은경은 홀짝거리며 유자차를 다 마셨다. 샤워를 하고 나서 따끈한 차 한 잔을 마셔서인지 몸이 급격히 노곤해졌다.

"재워 줘요."

은경이 손을 내밀었다. 인혁은 고개를 끄덕이며 그녀의 손을 잡고 침실로 향했다. 스탠드 하나만 켜놓은 그는 침대 이불 속으로 들어가 그녀에게 팔베개를 해 주었다.

"오늘 진짜 고생했어요."

"고생 아니라니까 그래. 얼마나 즐거운 마음으로 달려왔는데."

"먼 길 왔는데 밥도 안 먹이고 재워서 마음에 걸리네."

"아냐, 배불러. 아까 휴게소에 들러서 요기했다고 했잖아요. 게다가 지금 시간이 몇 신데, 살쪄."

"살쪄도 되는데 그래."

은경이 슬쩍 고개를 들어 그를 응시했다.

"……정말?"

인혁은 망설임 없이 고개를 끄덕였다.

"그럼 정말이지."

"말은 그렇게 해도 막상 찌면 싫어할 거면서."

"아닌데. 그럼 한 번 찌워 봐요. 내가 싫어하는지, 안 싫어하는지 보면 되겠네."

"그러다 싫어하면?"

"은경 씨는 나 살쪘을 때 안 싫어했잖아."

인혁이 부드럽게 미소 지으며 다정하게 속삭였다.

"그러니 나도 마찬가지지. 식단 관리하는 거 얼마나 힘든지 알아요. 지금 하고 있는 일 때문에 어쩔 수 없기는 하겠지만…… 이따금씩 하나 더 먹으려고 집었다가 다시 내려놓는 거 보면 속상하거든."

"……말이라도 고마워요. 그런데 아직은 안 찌울래. 강윤 씨도 관리하고 있잖아."

"나야 은경 씨한테 잘 보이고 싶어서……."

"나도 같은 마음인 거지. 더 예쁨 받고 싶으니까. 더군다나 나는 네 살이나 많고, 강윤 씬 점점 더 멋있어질 텐데. 어린 여자애들 상대로 경쟁력이 있으려면 자기 관리라도 더 철저해야 하니까……."

"무슨 경쟁력?"

"흠흠. 요새 어린 친구들 예쁜 애들이 얼마나 많은데. 강윤 씬 가만히 있어도 주위에서 여자들이 가만 안 둘 수도 있고, 불안하니까……."

그녀의 손목을 잡아 내려뜨린 그가 제 중심부에 갖다 대었다.

"뭐가 불안해. 이 녀석이 은경 씨 앞에서만 반응하는데."

단단한 남성이 그녀의 손안에 가득 만져졌다.

"게다가 예쁘고 안 예쁘고, 어리고 안 어리고를 떠나서 어디서 여자들을 봐. 여기가 강남 한복판도 아니고."

"푸흣, 그러네."

그녀의 손을 다시 제 허리에 두른 인혁이 피식 웃었다.

"자꾸 허튼소리 하면 제어하지 못하는 수가 있어요. 피곤한 사람 붙들고 혼자 난리를 치는 개자식이 될지도 몰라. 그러니까 빨리 자."

"푸흣."

"내일 아침까지만 플라토닉 러브, 그거 지킬 테니까."

점차 눈이 감기는 그녀의 이마에 입을 맞춘 그가 어깨를 토닥였다.

"어서 푹 자요."

"……응, 졸려. 미안해요."

"쉬잇."

"나 혹시 내일 늦잠 자면 깨워 줘요. 꼭…… 깨워 줘야……."

그녀가 말을 다 잇지 못하고 금세 쌔근쌔근 잠이 들었다. 은경이 깨지 않게끔 조심스레 몸을 옆으로 돌린 인혁은 살포시 그녀를 끌어안았다. 꿈만 같은 행복한 시간이었다.

***

"으응……."

따뜻한 이불 속에서 꿈틀거리던 은경은 천천히 눈꺼풀을 들어 올렸다. 손을 뻗어 옆자리를 더듬어 보았지만 그는 없었다.
"몇 시나 된 거야."
협탁 위에 놓인 휴대폰을 집어 든 그녀는 시간을 확인했다. 오전 9시. 생각보다 그리 늦잠을 자지는 않았다.
"한 번도 안 깨고 잘 잤네."
기지개를 켜며 침대 위에서 간단히 스트레칭을 한 은경은 이불을 걷어 내고 내려왔다.
"두부랑 찐빵이 밥 주러 나갔나."
눈을 비비며 방문을 열고 나간 그녀는 순간 맛있는 음식 냄새가 후각을 자극하자 주방으로 향했다. 언제 일어난 건지 인혁이 혼자서 분주하게 움직이고 있었다.
"똑똑."
그녀의 음성에 화들짝 놀란 인혁이 고개를 들었다.
"아, 벌써 일어났어요?"
"설마 지금 아침 준비하는 거예요?"
"다 차려 놓고 깨우려 했는데."
누가 보면 잔치라도 치르는 것처럼 난리가 난 주방을 보며 그녀가 배시시 웃었다.
"와아, 엄청 맛있어 보여요. 이건 애호박 새우젓 볶음이고, 이건 두부, 튀김이고…… 간장까지 만들어 놨네요? 요리에는 소질 없다더니 다 거짓말이었나 봐."

"진짜 소질 없어서 걱정인데. 인터넷에 올라온 레시피를 따라 하기는 했는데, 맛은 보장 못 해요."

"남자 친구가 차려 주는 아침밥을 다 먹어 보다니, 나 완전 횡재했네. 자꾸 이렇게 감동시키면 서울 가기 싫어지는데 큰일이네."

인혁의 뒤로 다가간 은경이 뒷짐을 진 채 그의 등에 머리를 콩 박으며 기대었다.

"너무 행복해요. 이게 꿈은 아닌가 싶어."

그가 뒤돌아서며 은경의 입술에 베이비키스를 했다.

"만져지는 거 보면 꿈은 아니네. 천천히 씻고 와요. 그 안에 어떻게든 마저 완성해 볼게."

"응, 알았어요. 그래야 진한 뽀뽀도 하지."

그녀가 콧노래를 부르며 욕실로 향했다. 인혁은 황급히 널브러져 있는 식재료들을 정리한 후, 아침이라 가볍게 먹으려고 준비한 계란국의 간을 보았다.

"나트륨 섭취를 최소한으로 할 테니까 좀 심심하다 싶은 게 낫겠지?"

그는 국을 올려놓았던 가스 불을 끄고 몇 개 있지도 않은 접시를 꺼내 정갈하게 반찬을 담아냈다. 누군가를 위해서 음식을 만들고 준비하는 시간이 이렇게 행복한 건지 처음 알았다.

"이 기회에 요리에 취미를 좀 가져 볼까."

인혁이 혼잣말을 하며 상을 차리는 동안 그녀가 씻고 나왔다.

"배고프죠? 일단 밥부터 먹고 산책……."

"강윤 씨."

가까이 다가온 은경이 의미심장하게 웃으며 눈썹을 치올렸다.

"밥부터 안 먹고 다른 거 하면 화낼 거예요?"

"음?"

"열심히 준비했는데 밥부터 안 먹으면 화낼 거냐고. 다른 게 먼저 하고 싶어졌는데…… 어맛!"

"화를 왜 내. 플라토닉 러브 그딴 거 못 해 먹겠던 참이었는데."

그녀를 어깨에 둘러멘 그가 성큼성큼 걸어 나갔다. 쾅, 침실 문이 닫히기 무섭게 달뜬 신음소리가 연거푸 새어 나왔.

국이 식고 또 식도록 방문이 열리지 않는 뜨거운 아침이었다.

"다들 알아서 가셨나 봐요."

사랑을 나누고 나오니 열한 시가 훌쩍 넘어 있었다. 인혁을 따라 별관 밖으로 나온 은경은 조용한 펜션을 슬그머니 둘러보며 소곤거렸다.

"인사도 못 드리고 어쩐지 죄송하네."

"그렇긴 한데, 특별히 찾는 손님이 없었던 게 얼마나 다행인지 모르겠어요. 찾는 손님이 있었더라도 중간에 나갈 상황이 아니었으니."

그와 눈이 마주친 은경이 괜스레 민망해서 헛기침을 해 댔다.

아침부터 불타올랐던 노골적인 사랑이 생각나서였다.

"자자, 우리 빨리 청소부터 시작해요."

"밥부터 먹어야죠. 아침상이 점심상이 되어 버렸지만. 아, 오늘 점심에 멸치쌈밥 먹자고 했었는데……."

"으음, 아니. 그건 내일 점심에 먹어도 돼요. 남자 친구가 차려 준 밥상이 최우선이죠. 얼른 먹어야겠다."

그녀가 싱글벙글 입이 귀에 걸린 채 그의 손을 잡아끌었다.

"그럼 이제 이 넓은 곳에 우리 둘밖에 없는 거네요?"

"왈왈! 왈왈!"

서로 또 꿀 떨어지는 눈빛을 주고받을 찰나, 두부와 찐빵이가 제 존재를 알리려는 듯 짖어 댔다.

"아, 녀석들을 또 잊었네. 하하."

"눈치 없는 녀석들 같으니라고."

"푸훗. 푸후후."

눈만 마주쳐도 웃음이 나오는 두 사람은 손을 꼭 붙잡은 채 별관으로 향했다. 식은 국을 데우고 조촐하지만 정성 가득한 밥상 앞에 앉은 그녀가 고개를 꾸벅 숙였다.

"감사히 잘 먹겠습니다."

"맛있어야 할 텐데 긴장되네."

은경은 계란국부터 한 숟가락 떠먹었다.

"음, 좋아요. 간이 딱 내 스타일이야."

"정말?"

"정말이고말고."

나머지 반찬들도 한 번씩 골고루 집어 먹은 그녀는 엄지를 치켜 올리기에 바빴다.

"진짜 맛있어. 짱 맛있어."

"흐음, 오버하는 거 같은데."

"아닌데. 진짠데."

"푸훗. 알았어요. 믿을게. 많이 먹어요."

"응, 많이 먹을게요."

그저 밥 한 끼 함께 먹는 것뿐인데도 웃음이 끊이지 않았다. 내일이면 가야 한다는 아쉬움을 느낄 겨를도 없이 지금의 행복을 만끽하기에 여념이 없었다.

"세상에. 이 방은 장난이 아니네."

점심을 먹은 후 인혁과 함께 객실 청소에 돌입한 은경의 입이 떡 벌어졌다. 비교적 깔끔했던 이전 객실과는 다르게 이번 객실은 난장판이 따로 없었다.

"어떤 손님이 사용했는지에 따라 이렇게 다르구나. 혼자 정리하려면 힘들겠다."

"지금은 숙달이 돼서 괜찮아요. 나도 처음에는 너무 지저분하게 해 놓고 가는 손님들 보면 너무하다 싶었는데, 생각해 보면 하룻밤 묵는데 적게는 십오만 원에서 독채 같은 경우는 많게는 사십만 원 이상을 지불하니 그분들 욕할 건 아니더라고요. 찾아 주는 게 감사하지, 생각이 바뀌니 별거 아니기도 하고."

"음, 듣고 보니 그렇긴 한데……. 으쌰! 얼른 해치워야지."

소매를 걷어붙이던 은경의 시선이 쓰레기통으로 향했다.

"분리수거가 하나도 안 되어 있네. 일반 쓰레기랑 페트병, 하물며 음식물 쓰레기까지 다 섞여 있어요. 난감하네."

행여 은경이 만질까 봐 득달같이 달려온 인혁이 그녀의 손목을 잡아당겼다.

"손대지 마요. 여기는 내가 할게. 나가 있어요."

"아냐, 아냐. 혼자 언제 해. 장갑 끼고 하는데 뭘."

"나가서 좀 쉬어……."

"내가 어제 말했잖아요. 이건 데이트라고. 음, 그러면 이렇게 해요. 침구 정리하고 방 청소, 쓰레기 분리수거는 강윤 씨가 해요. 욕실하고 스파 정리는 내가 할게."

은경은 마치 원래부터 이 일을 했던 것처럼 알아서 척척 빠르게 움직였다. 혼자 하던 일을 둘이 함께하니 시간이 훨씬 단축되었다. 모든 객실 청소를 끝낸 시간은 오후 2시였다.

"두 시간 안 걸렸네. 빨리 끝낸 거 맞죠?"

은경이 힘든 내색 하나 없이 웃으면서 물었다.

"빨리 끝낸 건 맞는데, 너무 고생시킨 거 같아서……."

그가 슥 손을 뻗어 그녀의 이마에 붙어 있는 머리카락을 떼어 주었다.

"아아. 그런 표정 짓지 마요. 음, 입실 시간까지 한 시간밖에 안 남아서 장항마을 가는 건 어려울 거 같고, 은모래비치는 다녀올 시간 되죠? 바다 보고 싶어. 장항마을은 내일 보리암에 일출 보러 다녀와서 들러도 될 거 같아요. 그리고 나서 점심은 멸치쌈밥. 오케이?"

은경이 명쾌하게 일정을 정리했다. 인혁은 대답 대신 웃어 보이며 더 이상 다른 말을 하지 않고 지체 없이 발 빠르게 움직였다.

"은모래비치, 고고!"

두부와 찐빵이까지 태운 그의 차량이 잽싸게 펜션을 나섰다. 차창을 내리고 바람을 맞는 그녀의 얼굴에서 미소가 떠나지 않았다. 굳이 어떠한 말을 하지 않아도 이 시간이 너무도 소중하고 행복했다.

"바다다~!"

주차장에 차량이 멈춰 서기 무섭게 폴짝 내린 은경이 냅다 해변가로 달려갔다.

"어어! 천천히 가요! 넘어져!"

같이 가고 싶어서 낑낑거리는 두부와 찐빵이를 데리고 내린 인혁이 다급하게 그녀의 뒤를 따랐다. 녀석들이 얼마나 전속력으로 달려가려고 하는지 리드줄이 끊어질 듯 팽팽하게 당겨졌다.

"와하하! 앗, 차거! 꺄아!"

모래사장을 지나 바닷물에 슬쩍 발을 담근 그녀가 아이처럼 좋아하며 폴짝거렸다.

"빨리 와요! 두부야! 찐빵아! 달려!"

그녀가 만세를 하며 손을 흔들었다. 바다를 등진 채 화사하게 웃고 있는 그녀의 모습은 한 폭의 그림 같았다. 멋스럽게 휘날리는 긴 머리칼 하나조차도 어여쁘지 않은 것이 없었다.

인혁은 한껏 입매를 올리며 그녀를 향해 달려갔다.

"감기 걸리면 어쩌려고…… 으앗!"

거리가 좁혀지기 무섭게 그녀가 손으로 바닷물을 끼얹었다. 얼굴에는 장난기가 가득했다.

"으흥흥."

"흐음. 한 번 해 보자 이거죠?"

"으흥흥."

슬금슬금 뒷걸음질 치던 그녀가 냉큼 돌아서려던 찰나, 그의 긴 팔이 먼저 슥 뻗어지며 손목을 잡았다.

"어엇!"

그가 물을 끼얹을 줄 알고 움찔하던 그녀가 슬그머니 눈꺼풀을 들어 올렸다.

"감기 걸려."

그의 해사한 미소가 오후 햇살 같았다. 그녀는 슬쩍 까치발을 하고는 그에게 입을 맞췄다. 달려가려고 요란을 떨던 두부와 찐빵 역시 뭔가를 아는 듯이 이내 얌전하게 바닥에 엉덩이를 붙이고 기다렸다.

햇살 가득한 11월의 남해는 따사롭기만 했다.

-15-

"별거 안 산 거 같은데 제법 무겁네."

집 근처 마트에서 장을 한 보따리 본 옥 여사가 낑낑대며 걸음을 옮겼다.

토요일인 오늘 은성도 모처럼 약속을 잡지 않고 일찍 귀가를 한다고 한 터라, 간만에 요리 솜씨를 좀 발휘해 볼 생각이었다.

"묵은지 등갈비찜 우리 은성이가 환장하는 건데, 좋아서 입 찢어지겠네. 은경이도 있었으면 좋았을걸. 많이는 못 먹어도 맛이라도 보게 좀 남겨 둬야겠다."

자식 먹일 생각에 신이 난 그녀가 천천히 걸음을 옮기다가 잠시 짐을 내려놓았다. 어깨를 두드리며 숨을 고르는데 웬 낯선 남자가 곁으로 다가왔다.

"좀 들어드릴까요?"

옥 여사의 고개가 그를 향해 돌아갔다. 웃고 있는 인상이 얼마나 선한지 경계심이라고는 조금도 느껴지지 않을 정도였다.

"말이라도 고맙지만 괜찮아요."

"저도 이 동네 삽니다. 가는 길까지 들어드릴게요."

그가 또 웃자 눈꼬리가 부드럽게 휘었다. 옥 여사 역시 저절로 입꼬리가 따라 올라가며 친근하게 말을 건넸다.

"요즘 젊은이 같지 않네요. 친절도 해라."

"저희 어머니 생각이 나서 그렇습니다. 제가 좀 들어 드릴게요."

"어머나…… 착하기도 하지."

그가 무거운 봉지를 번쩍 들었다. 옥 여사는 고맙다는 인사를 하고 그와 함께 나란히 걸었다.

"이사 왔어요? 내가 이 동네에 오래 살아서 동네 사람들 얼굴은 좀 아는데 처음 보는 거 같아서요."

"아…… 예. 얼마 전에 이사 왔습니다."

"좋은 이웃이 생긴 기분이네요. 부모님은 참 좋으시겠다. 이렇게 예의 바르고 얼굴도 잘생긴 아들 둬서."

"그렇지도 않습니다. 부모님에게는 언제나 부족한 자식이죠."

"어머나……. 어쩜 그렇게 말도 예쁘게 할까. 우리 아들하고 너무 비교되네. 나이가 어떻게 돼요?"

"올해 서른입니다."

"우리 아들하고 두 살 차이밖에 안 나는데 이렇게 다르네."

두런두런 이야기를 나누다 보니 어느새 집 앞에 도착했다. 옥여사는 고맙다며 짐을 받아들었다.

"고마워요. 덕분에 힘들이지 않고 왔어요."

"아닙니다. 별말씀을요."

"집은 어디에요? 여기서 가까워요?"

"아, 예. 조금 더 올라가면 됩니다."

"그래요. 조심히 가요. 고마웠어요."

상냥하게 웃은 옥 여사는 그가 다시 몇 걸음 내딛는 걸 보고는 집으로 들어왔다.

"뉘 집 자식인지 가정교육은 제대로 받은 모양이네."

그녀가 커다란 봉지를 막 식탁 위에 올려놓는데 은경에게서 전화가 왔다.

"응, 우리 딸."

-엄마아~.

"목소리가 아주 신이 났네. 그리 좋아?"

-하하. 응, 좋지. 뭐하고 계셨어?

"마트에 다녀왔어. 저녁에 등갈비찜 좀 하려고. 은성이가 일찍 온다기에."

-에구, 혼자 장 보셨어? 무거웠을 텐데. 은성이 오면 데리고 가지 그랬어.

"아니야. 힘들게 안 왔어. 어떤 잘생긴 총각이 집 앞까지 짐을 들어 줬거든."

―누가? 모르는 사람이?

은경의 음성에 의아함이 가득했다.

"응, 얼마 전에 이사 왔대. 무거운 짐 들고 가는 거 보니까 어머니 생각나서 그런다면서 짐을 들어 주는데, 얼마나 친절한지 몰라."

―고마운 분이긴 한데, 너무 그렇게 아무하고나 말 섞고 하지 마. 요즘 세상이 보통 세상이야? 별 희한한 사건 사고도 많은 세상이잖아.

"그렇게 너무 경계를 하니까 이웃에 누가 사는지도 모르고 삭막하게 살게 되는 거야. 호의 베푼 사람을 왜 이상하게 몰고 그러니. 한참 어린 자식뻘인데."

―하여튼 우리 옥 여사 사람 좋아해서 큰일이야. 모르는 사람하고도 1분이면 친해지는 그 친화력이 어디 가겠어. 아, 엄마, 잠깐만. 강…… 인혁 씨가 바꿔 달래.

잠시 후 인혁의 음성이 휴대폰 너머에서 들려오자 옥 여사가 웃으면서 받았다.

―어머님, 인혁입니다.

"그래요. 좋은 시간 보내고 있어요?"

―예, 어머님 덕분에 좋은 시간 보내고 있습니다.

"내 덕분인 게 뭐 있나."

―예쁜 따님 여기까지 보내 주셨잖아요. 죄송하고, 감사드립니다.

"에휴, 됐어. 그 얘기를 몇 번째 하는 거야."

인혁이 인사를 드리러 갔던 날, 은경은 모르지만 그가 옥 여사의 전화번호를 받아갔었다. 이따금씩 안부 전화 드리고 싶다는 그의 청을 그녀가 마다하지 않았기 때문이다. 이후 인혁은 정말로 옥 여사에게 종종 안부 전화를 했고, 이번에 그녀가 남해를 내려오던 날도 옥 여사에게 연락을 했었다. 많이 죄송하고, 감사하다고.

"여기 걱정은 하지 말고, 얼른 재미있게 좋은 시간 보내요. 내일이면 또 헤어져야 하잖아."

-예, 어머님. 감사합니다.

"밤 운전 위험하니까, 너무 늦게 보내지만 말고. 알았죠?"

-예, 알겠습니다. 또 찾아뵙겠습니다. 건강하세요.

"응, 그래요."

인혁과 통화를 끝낸 옥 여사는 슬며시 입꼬리를 올리며 장을 봐온 식재료를 정리했다.

"좋을 때지."

***

날이 어두워지기 시작하니 텅텅 비어 있던 주차장에 낯선 차량들이 하나둘씩 들어차기 시작했다. 비수기라도 토요일이라서 예약된 팀이 여럿 있었다.

"이 방이고요, 불편한 점 있으시면 말씀해 주세요."

"바비큐 예약했는데 바로 해 주시나요?"

"원하시는 시간에 준비해 드릴게요. 다만 바비큐 이용 시간을 6시부터 10시까지로 제한하고 있으니 그 점만 좀 유의해 주시면 감사하겠습니다."

"그럼 지금 해 주세요."

"예, 알겠습니다."

인혁이 손님들에게 객실 안내를 하고 있는 사이, 은경 역시 바지런을 떨며 왔다 갔다 했다. 새로 들어오는 차량을 주차하기 쉽게 안내를 했다. 차에서 내리자마자 카메라를 들고 셔터를 누르 대기 바쁜 손님들에게는 자진해서 사진도 찍어 주었다.

펜션 '노을'의 마스코트라고 할 수 있는 귀염둥이인 두부와 찐빵이 역시 얌전하게 손님들과 사진을 찍으며 열일을 했다.

"북적북적하니 어젯밤과는 또 다른 분위기네."

은경은 여기저기서 바비큐 준비 중인 객실들을 쭉 훑어보며 입매를 올렸다. 조용하니 운치가 있는 것도 좋았지만, 이렇게 사람들이 북적이는 것도 좋았다. 시끌시끌하니 사람 사는 냄새가 나는 것만 같아서였다.

펜션 곳곳에 마련된 벤치에 앉아 있던 은경은 객실마다 숯을 피워 주며 바쁘게 움직이는 인혁을 빤히 바라보았다. 손님을 맞을 때면 모자를 깊게 눌러쓰고 마스크를 하고 있는 탓에 얼굴이 잘 보이지는 않았다. 그저 이렇게 바라볼 수 있는 시야 안에 그가 있다는 것만으로도 행복했다.

"시간이 너무 빨리 흐르네. 서울에 있을 때는 그렇게도 안 가더니……."

혼잣말을 하며 마냥 그를 바라만 보고 있던 그녀는 저녁 여덟 시가 다 되어 가는 시간을 확인하고는 몸을 일으켰다. 그와 함께 보내는 마지막 밤이었다. 내일 헤어지면 또 한참을 기다려야 볼 수 있을 거다.

"일단 오늘을 즐기자. 우리도 저녁 먹을 준비를 해야지."

별관 안으로 들어선 은경은 된장찌개를 끓인 후, 은모래비치에서 돌아오는 길에 사 온 한우 등심을 꺼냈다.

"맛있겠다."

된장찌개를 올려놓은 가스 불을 약하게 줄인 그녀는 슬그머니 별관 밖으로 나갔다. 숯을 피우고 있는 인혁의 곁으로 살금살금 다가간 그녀가 허리를 끌어안으며 속삭였다.

"사장님, 저도 숯 좀 피워 주세요. 저쪽 별관 1층이요."

그가 슥 뒤를 돌아보며 입매를 올렸다.

"알았어요. 이게 마지막이니까, 이제 할 일 끝났어. 연기 나니까 저쪽에 떨어져 있어요."

"싫은데. 안 떨어져 있을 건데."

"눈 매워. 목 아파."

"하하. 그건 상관없는데, 된장찌개 올려놓고 나와서 들어가 보긴 해야겠다. 얼른 와요."

그의 등에 얼굴을 대고 비비적거리던 그녀가 종종걸음으로 다시 별관으로 향했다. 보글보글 끓고 있는 된장찌개의 간을 한 번 본 은경은 흡족한 얼굴로 고개를 끄덕였다.

"술이 빠질 수가 없지."

부지런하게 저녁 먹을 준비를 끝낸 은경은 별관 개별 테라스에 마련된 목조 테이블 위에 음식들을 하나둘씩 날랐다. 완벽하게 세팅을 끝내기 무섭게 때마침 그가 숯이 든 화로를 들고 들어왔다.

"벌써 다 혼자 준비를 끝낸 거예요? 같이하지."

"같이할 게 뭐 있다고. 고기는 강윤 씨가 구워 주면 되지. 맛있게."

"여부가 있겠습니까."

"이제 또 안 나가도 되죠?"

"응, 다 했어."

"이제 오롯이 내 거네."

은경이 눈이 안 보일 정도로 환하게 웃었다.

"그렇게 쳐다보면 곤란하다니까. 아침과 같은 상황이 발생할 수도 있어요."

"푸훗. 그럼 안 되지. 어서 손만 닦고 와요. 배고파."

그가 욕실로 들어간 사이 뭐 빠진 게 없나 테이블을 둘러보던 그녀가 무릎을 탁, 치며 일어났다.

"아무리 나트륨 섭취는 자제해야 한다지만, 소고기를 먹으면서 소금이 빠져서야."

주방으로 향한 은경은 선반 여기저기를 살피며 종지를 찾았지만 눈에 띄지 않았다. 그가 혼자 지내다 보니 그런 것까지 일일이 다 구비해 놓고 살지는 않는 것 같았다.

"흐음, 다음에 올 때는 접시 좀 사와야겠다."

"뭐 찾아요?"

인혁이 그새 손을 씻고 나오더니 그녀의 허리에 팔을 두르며 물었다.

"아, 종지가 없네요. 기름장 같은 거 담아내는 작은 그릇이요. 소고기 찍어 먹게 소금 좀 가져가려고…… 아웃."

그녀의 뒤에서 허리를 끌어안고 있던 그가 고개를 숙여 귓불을 할짝거렸다.

"아웃, 간지러워요. 하지 마."

"어떡하지."

그녀의 허리에 감겨 있던 그의 손이 슬며시 위로 향했다. 그녀가 입고 있던 헐렁한 후드 티 지퍼를 천천히 잡아 내리자, 깊은 가슴골이 드러났다.

"밥 먹기 전에 또 다른 게 하고 싶어지네."

그가 커다란 손으로 가슴을 어루만지다 힘주어 움켜쥐자 그녀가 움찔거리며 눈을 찡긋거렸다.

"아웃, 하지 마요."

브래지어를 가슴 아래로 잡아 내리자 위로 밀려 올라온 젖가슴이 팽팽하게 고개를 내밀었다. 브래지어를 온전히 빼내었을 때보다 더 선정적으로 보이는 모습에 그가 다소 거칠게 가슴을 주물렀다.

"으읏."

여전히 그녀의 귓불을 할짝거리며 양손으로 가슴을 주무르던 그가 허리를 잡아 올려 아일랜드 식탁 위에 앉혔다. 유혹하듯 내밀어진 가슴을 움켜쥔 그가 한입 크게 베어 물었다.

"하웃. 강윤 씨, 밥부터 먹고 이따가…… 아앗."

그녀가 뒤로 손을 뻗어 식탁을 짚으며 몸을 비틀었다. 그의 손길이 그녀의 허리춤으로 내려가기 무섭게 속옷 안으로 침입했다.

"아웃, 그, 그만……."

"삽입은 안 할게. 저녁 못 먹을지도 모르니까."

그녀의 엉덩이를 들고 청바지를 무릎까지 내린 그가 다시금 은밀한 곳을 찾았다.

"실컷 만지게 해 주겠다는 약속만 지키면 돼요."

염탐하듯 천천히 노닐던 손가락이 이내 빠르게 움직였다. 그녀가 밭은 숨을 토해 내며 눈을 질끈 감았다.

아무리 만지고 만져도 충족되지 않는 듯한 연인의 시간은 빠르게만 흘렀다.

결국은 한 시간이 지나서야 저녁을 먹게 되었다. 그는 약속대로 삽입은 하지 않았지만 그녀의 몸 구석구석을 애무해 주다 보니 시간이 훌쩍 지나 있었다. 그가 얼마나 정성들여 애무를 하며 달아오르게 만들었는지, 그의 남성이 아닌 손가락으로만 그녀가 절정에 다다른 건 이번이 처음이었다. 그녀의 뜨거운 반응을 보며 단단하게 부풀어 오른 그의 것이 제 할 일을 하고 싶다고 난리를 쳤다. 하지만 이러다가 정말 그녀에게 저녁도 못 먹이겠다는 생각에 그는 잠시 뒤를 기약하며 가까스로 욕정을 눌렀다.

"어서 먹어요. 배고프겠다."

숯을 다시 피워 와 고기를 구운 인혁은 먹기 좋게 잘라서 그녀의 앞 접시에 놓아 주었다. 방금 전의 노골적인 사랑 때문에 아직도 얼굴이 상기되어 있는 은경이 새치름하게 웃었다.

"그걸 아는 사람이 그래?"

"푸훗."

"살이 쪄서 갈 줄 알았는데, 빠져서 가겠어요."

"미안해지려고 하네."

"어서 먹기나 해요. 애쓰셨는데."

그녀의 말에 그가 또 웃음이 터져 버렸다. 그가 몸을 다 가누지 못하며 정신없이 웃었다.

내숭 없이 솔직한 그녀가 좋았다. 좋은데 아닌 척하고, 뒤로 빼고 튕기고, 그런 쓸데없는 밀당 없이 좋으면 좋다고 표현하는 그녀가 좋았다. 솔직한 어른들의 연애가 좋았다.

"보약 한 제 지어야겠어요. 이러다 진짜 코피 쏟는 거 아닌지 몰라."

인혁은 언젠가 코피를 쏟았던 날이 떠올랐지만 모른 척하며 고개를 내저었다.

"보약은 은경 씨가 먹어야죠."

"그냥 같이 한의원 가면 되겠네."

"하하. 그래야겠네."

얼굴만 바라봐도 좋은 시간이었다. 그래서 더 아까운 시간이기도 했다. 오늘 밤이 지나면 내일은 함께 밤을 보낼 수가 없었다. 점심만 먹고 그녀는 바로 출발을 해야 할 거다. 내일이면 또 그녀가 없는 원래의 일상으로 돌아가야 할 거다.

인혁은 소주 한 잔을 입안으로 넘겼다. 어린아이처럼 굴고 싶었다. 그녀의 바지자락을 붙잡고 가지 말라고 하고 싶었다. 여기서 그냥 둘이서 알콩달콩 살면 안 되겠냐는 말을 하고 싶었다. 당신과…… 가족을 만들고 싶다는 말을 하고 싶기도 했다. 당신 닮은 딸 하나, 나 닮은 아들 하나, 그렇게 오순도순 진짜 가족을 만들고 싶다고 말하고 싶기도 했다.

하지만 아직은 그런 말을 내뱉기에는 너무 이르다는 걸 알기에, 아직 거쳐야 할 관문이 남아 있다는 걸 알기에 그냥 목구멍 안으로 삼킬 수밖에 없었다.

"강윤 씨."

상념에 젖어 있던 그가 고개를 들었다.

"음?"

그녀가 바로 말을 잇지 않은 채 물끄러미 바라보기만 했다.

"뭐 할 얘기 있어요?"

"……조만간 서울 한번 올라올래요?"

은경이 먼저 올라오라고 한 적은 처음이었다. 인혁은 내심 긴장된 표정으로 자세를 바로 했다.

"아빠한테…… 인사시키고 싶어서요."

"아……."

"우리……."

그는 마른침을 한 번 꿀꺽 삼켰다. 괜스레 심장이 두근거리기도 했다.

"결혼할까요?"

일순간 공기의 흐름마저 멈추는 듯한 착각이 들었다. 숨이 턱 막혀 버렸다.

"당신과…… 가족을 만들고 싶어졌어요."

"……."

"당신 닮은 아들 하나…… 나 닮은 딸 하나 낳고, 그렇게 살고 싶어졌어."

이렇다 할 말을 찾지 못한 인혁이 고개를 떨어뜨렸다.

삽시간에 눈시울이 뜨거워졌다. 꿈이라면 깨고 싶지 않았다.

***

깊은 밤이었다. 인혁은 곤히 잠든 은경에게 이불을 더 끌어올려 덮어 주고는 슬그머니 몸을 일으켜 밖으로 나왔다. 고요한 밤바다를 바라보며 흔들의자에 몸을 앉힌 그는 잠시 생각에 잠겼다.

그녀가 결혼을 입에 담았다. 믿기지 않을 만큼 너무 감동적인 고백에 우습게도 눈물이 핑 돌고 말았다.

[너무 멋대가리 없는 고백이었나요? 하다못해 장미꽃 한 다발이라도 내밀면서 했어야 하는 말이었는데, 나도 모르게 그냥 내뱉어 버렸어.]

멋쩍게 웃던 그녀는 진지하게 말을 이었다.

[아직 서로에 대해 더 알아가야 할 부분들이 많이 있겠지만…… 시간 낭비하고 싶지 않아졌어요. 한 달을 만났어도 잘 사는 사람은 잘 살 거고, 10년을 만났어도 못 사는 사람은 못 산다고 생각하거든요. 내가 아닌 타인을 온전히 알아간다는 건, 어쩌면 사실 불가능한 일이 아닐까. 몇 십 년을 다른 환경에서 살아온 타인과 타인인데, 어떻게 그 사람에 대한 모든 걸 알 수 있을까. 그렇다면…… 그런 거라면…… 지금의 내 감정을 믿어 보는 게 맞겠다는 생각을 했어요. 나는 강윤 씨가 좋고, 헤어지고 싶지 않아. 그래서 결혼이 하고 싶어요.]

[……]

[오늘 문득 그런 상상을 했어요. 당신은 아들을 목말 태우고, 나는 딸아이 손을 잡고 해변을 거니는 상상. 너무 설렜어요. 너무 행복했어. 그래서 결혼이 하고 싶어졌어.]

[…….]

[왜…… 아무런 말을 안 해요? 너무 갑작스러워서…… 당황했어요?]

[아니…… 그런 게 아니라……. 내가 하고 싶었던 말인데…… 내가 했어야 하는 말인데…….]

[누가 하면 어때요. 같은 마음이라는 게 중요한 거지. 형식이 뭐가 중요해. 안 그래요?]

"결혼이라……."

인혁은 나직이 혼잣말을 하며 관자놀이를 꾹 눌렀다. 은경을 만나기 전까지는 한 번도 생각해 보지 않았던 부분이다. 그냥 이렇게 조용히 혼자서 살고 싶었다. 사람을 만난다는 게 두렵기도 했으니까. 또 다른 가족을 만든다는 게 두렵기도 했으니까. 행복할 수 있을까, 물음표가 가득했으니까.

하지만 그 모든 생각들을 뒤집어 놓은 건 은경이었다. 그녀를 만나서 삶의 모든 부분에서 변화가 일어났다. 욕심이라는 게 생겼다. 나도 행복하고 싶다는 욕심이라는 게 생겼다.

"결혼 허락을…… 해 주실까."

행복감 뒤에 밀려오는 어쩔 수 없는 수많은 염려들 때문에 머리가 아프기도 했다. 순탄하게 결혼을 할 수 있을까, 머릿속이 복잡하기도 했다. 결혼은 둘이서만 하는 게 아니니까.

비빌 언덕 하나 없는 입양아를 반겨 주실까.

인혁은 문득 또 정현이 생각났다. 그나마 형이라고 소개할 수 있는 유일한 사람. 작은아버지와의 사이 때문에 관계가 소원해지기는 했지만 이따금씩 생각은 났다.

[어쩐 일이에요?]

[미역국은 먹었냐?]

[무슨…….]

[저거 또 제 생일도 잊었네. 오늘 네 생일이잖아.]

[아…… 그랬던가요?]

[받아.]

[뭐예요?]

[내가 너 미역국 먹이려고 남해까지 와야겠냐.]

생각해 보면 정현은 참 살가웠다. 때로는 그 살가움이 부담스러워서 한걸음 물러나기도 했었다. 그 특유의 반어법으로 들리는 말투가 신경 쓰이기도 했지만, 어쨌든 그는 좋은 형 노릇을 해 주고는 했다. 아버지께 꾸지람을 들을 때도 제 편에 서서 대변을 해 주던 건 정현이었다.

"잘…… 지내나……."

인혁은 옅은 한숨을 내쉬며 눈꺼풀을 내려뜨렸다.

정현에게까지 그렇게 매몰차게 굴 이유는 없었는데. 서로를 위한 길이었다고는 하지만 인정머리 없게 느껴졌을 거다.

한참 동안 미동도 없이 앉아 있던 인혁은 찬바람에 제 팔을 감싸 문지르며 일어났다.

새벽 3시. 일출을 보려면 늦어도 세 시간 후에는 일어나야 할 거다.

그는 혹여나 찬 기운에 그녀가 깰까 봐 몸을 좀 녹이고는 조심스레 이불 속으로 들어갔다.

"으응……."

그녀가 슬며시 몸을 뒤치며 그의 품속으로 파고들었다. 인혁은 살며시 그녀의 어깨를 토닥였다. 매일 밤 그녀를 이렇게 끌어안고 잘 수 있다면 얼마나 좋을까.

결혼이…… 하고 싶었다. 그녀의 곁에 머물고 싶었다.

***

은경이 계획했던 일정대로 남해에서의 마지막 시간을 함께했다.

보리암에서 일출을 보고 내려와 장항마을 해변 산책길을 걸었고, 손님들이 모두 떠난 펜션을 함께 정리하고 멸치쌈밥을 먹었다.

오후 3시.

인혁은 그녀의 짐이 든 캐리어를 차에 실은 후 애써 표정관리를 하며 돌아섰다. 남아 있는 사람 심정도 말이 아니겠지만, 사랑하는 사람을 두고 떠나야 하는 사람의 심정도 이루 말로 다 표현할 수 없음을 잘 알았다.

"좀 더 일찍 채비를 했어야 했는데 늦어 버렸네. 어머님께 혼나는 거 아닌지 몰라."

 그가 일부러 입매를 올리며 밝게 얘기했다. 그녀 역시 웃으면서 그에게 다가섰다.

 "혼나긴 뭘 혼나. 지금 출발하면 여덟 시 정도엔 도착할 텐데, 엄청 이른 귀가지."

 "하하. 그런가."

 인혁이 슥 손을 뻗어 그녀의 머릿결을 쓸어 정돈해 주었다.

 "보름 후에 봐요. 그때 평일 중엔 아직 예약 전인 날도 있으니까 안 받을게. 주말에 올라가는 게 은경 씨도 쉬고 좋을 텐데, 주말은 이미 예약이 다 되어 있어서 어떻게 빼기가 좀 그러네."

 "괜찮아요. 올라오는 게 어디야. 나도 수업 좀 일찍 끝내 보도록 해 볼게. 이번에 강윤 씨가 오면, 그다음엔 또 내가 남해로 내려올게요. 아마 성탄절쯤 될 텐데 남해에서 함께 보내고 싶어요."

 "……응. 그때는 직접 운전하지 말고 버스 타고 와요. 터미널까지 내가 데리러 갈게. 운전해서 오는 것도 너무 힘들고, 내가 불안해서 안 되겠어."

 "난 괜찮다니까. 여기서 터미널은 좀 멀지 않아요? 펜션 오래 비울 수 없잖아."

 "그래 봤자 삼사십 분이야. 다음부터는 꼭 버스 타고 오는 걸로 해요. 알았죠?"

 "응, 알았어."

인혁의 품에 안긴 은경이 허리를 감싸 안았다.

"이제 몸 그만 만들어도 돼. 그러니까 끼니 잘 챙겨 먹어요."

"그건 내가 하고 싶은 말인데."

"너무…… 긴장하지 말고. 아빠 만난다고 보름 내내 근심 걱정 안고 살까 봐 걱정이야."

"……응."

"분명 마음에 들어 하실 거예요. 여러 가지 너무 신경 쓰지 마요. 내가 있잖아."

"……응."

그녀가 싱긋 웃으며 입을 맞췄다.

"보름 후에 봐요. 설레는 마음으로 기다릴게."

"응. 설레는 마음으로 기다릴게."

두부와 찐빵에게도 작별 인사를 건넨 은경은 마지못해 운전석에 올랐다. 그를 만날 생각에 기쁘게 달려왔던 이 길이, 그가 없는 서울을 가는 동안은 참 멀게만 느껴질 것 같았다.

"갈게요."

"운전 조심해요."

손을 흔들고 차창을 올린 은경은 차바퀴를 굴렸다. 룸미러에 비치는 그의 모습에 벌써 마음이 무거워졌다. 우두커니 혼자 서 있는 인혁이 너무도 외로워 보였다.

"하아……."

점차 멀어지던 그의 모습이 온전히 사라지자 잠시 차를 세운 은경은 운전대에 팔을 올려놓고는 고개를 숙였다.

"진짜…… 못 해 먹겠네."

이래서들 결혼을 하나 보다.

***

서울에 도착하니 예상대로 저녁 여덟 시였다. 몇 번이고 차머리를 돌리고 싶은 걸 억누르며 먼 길을 달려온 터였다.

"어서 오……."

"아빠."

은경은 집으로 바로 가지 않고 아빠의 가게에 들렀다. 느닷없는 딸의 모습에 그가 눈을 크게 뜨며 반겼다. 은경은 생긋 웃으며 아빠에게 다가갔다. 전에는 가끔씩 들러보기도 했었는데 인혁과 연애를 하면서는 한 번도 들러본 적이 없었다.

"손님 많네. 울 아부지 오늘도 돈 많이 벌었겠다. 나 시집보낼 밑천 두둑이 챙겨 놨겠어."

"녀석, 시집갈 생각은 있나 보네. 관심도 없는 거 같더니."

"으흥흥."

"선주랑 어디 여행 갔다더니, 이제 오는 길이야?"

"아, 응. 지금 막 올라왔어요."

"설렁탕 한 그릇 먹고 들어……."

"아빠, 간만에 딸이랑 오붓하게 저녁 한 끼 드실래요? 맛있는 거 사드릴게."

"지금……."

"아아, 무슨 말씀하실지 알아. 가게에 직원들만 있는 것과, 주인이 직접 고객들을 응대하는 것과는 다르다는 말씀을 하시려는 거잖아. 그래도 오늘은 딸을 위해서 시간 좀 내주세요. 밥 먹고 같이 들어가요. 응?"

평소 말수가 별로 없어 표현은 잘 못 해도, 눈에 넣어도 아프지 않을 사랑스런 딸이었다. 그는 이내 고개를 끄덕이며 기분 좋게 웃었다.

"그럼 그래 볼까? 먼저 내려가 있어. 네 차로 움직일 거지?"

"응, 엄마한테는 밥 먹고 들어간다고 내가 전화할게요."

"네 엄마 삐치는 거 아닌가 모르겠다. 소녀 감성이잖아."

"하하. 그래도 안 돼. 오늘은 아빠랑 둘이서 데이트할 거니까."

은경은 먼저 주차장으로 향하며 인혁에게 연락을 했다. 언제쯤 도착할까 목이 빠져라 전화를 기다리고 있을 터였다.

"나예요. 잘 도착했어요."

-그렇지 않아도 도착할 때가 됐는데 연락이 없어서 전화를 해봐야 하나 하고 있었어요. 집이에요?

"아니, 아빠 가게로 왔어요. 저녁 먹고 들어가려고."

-잘 했네. 아버님이 좋아하시겠다. 먼 길 다녀가느라 고생했어요. 저녁 맛있게 먹고, 이따 집에 들어가면 다시 통화해요.

"강윤 씬, 저녁 먹었어요?"

-이제 먹어야지. 내 걱정은 마요.

"……응. 집에 들어가서 전화할게요."

은경은 마지막으로 봤던 인혁의 모습이 아른거려 마음이 착잡했지만 웃으면서 통화를 끝냈다.

"엄마, 나야. 잘 도착했어요. 여기 아빠 가게야."

-무사히 와서 다행이네. 아버지 가게는 어쩐 일로?

"그간 너무 무심했던 거 같아서 한번 들러봤지."

-계집애. 알긴 아네?

"아, 엄마. 나 아빠하고 저녁 먹고 들어갈게요."

-엄마 끼면 안 되는 거지?

"음…… 응. 아빠한테 할 얘기 있어."

-인혁이…… 얘기하려고?

"응. 아빠도 이제는 아셔야 할 거 같아서."

옥 여사는 잠시 말이 없었다. 은경이 제 아빠에게까지 그의 존재를 밝힌다는 건, 그만큼 결혼이 가까워졌다는 뜻이기 때문이었다.

"……왜 아무 말이 없으셔? 너무 빨리 오픈하는 거 같아서 그래?"

-으음, 아니야. 언제까지 속일 수는 없지. 아버지 많이 놀라시겠다. 얘기 잘하고.

"고마워, 엄마."

―나중에 얘기해.

때마침 아버지가 모습을 드러냈다. 그를 차에 태운 은경은 뭐가 드시고 싶으냐고 물었지만 아버지는 네가 먹고 싶은 걸 먹자고 대답했다. 잠시 뭐가 좋을까 고민하던 은경은 가끔 외식을 할 때 가던 장어 전문점으로 향했다. 평소 술을 즐기지 않는 아버지였지만 장어를 드실 때는 복분자 몇 잔 정도 드시고는 했다.

"그냥 간단히 밥을 먹지, 뭐 이런 데를 와."

"내가 먹고 싶어서 그래."

"네 엄마랑 은성이도 좋아하는데……."

"갈 때 포장해 가면 되지, 뭐가 걱정이야."

아버지를 등 떠밀어 안으로 들어선 은경은 냉큼 주문을 했다. 곧이어 장어가 나오자 숯불 위에 올려 노릇노릇하게 구워 낸 그녀는 깻잎 위에 장어 한 점을 놓고, 소스를 찍은 생강을 얹어 쌈을 쌌다.

"아빠 매운 거 잘 못 드시니까 고추는 뺐어요."

평소에도 자주 있는 일인지 그는 딸이 건네는 쌈을 마다하지 않고 받아먹었다.

"오늘 몸보신 제대로 하겠네."

"많이 드세요."

"은경이 너도 어서 먹어. 아주 맛나다."

그가 장어 한 점을 집어 은경의 앞 접시에 놓아 주었다.

"음, 맛있다."

"네가 잘 먹는 거 보니까 좋네."

"요새 너무 먹고 다녔어."

"먹고 다녀도 돼. 살 좀 찌면 어때."

"그럼 나 일 그만둬야 하는데? 살찐 트레이너한테 누가 트레이닝을 받겠어요."

"너도 이제 시집가야지. 결혼하고 나서도 그 일을 할 참이야?"

아버지가 직접적으로 결혼 이야기를 꺼낸 건 처음이었다. 은경은 잠시 머뭇거리다가 슬며시 젓가락을 내려놓았다.

"너 특히나 대회 준비할 때마다 닭가슴살만 먹고 살잖아. 엄마가 걱정 많이 하더라. 나이가 적은 것도 아닌데 너무 혹독하게 몸 관리하는 거 같다고. 내가 듣자 하니 여자는 체지방이 너무 없어도 문제가 생긴다던데……."

은경은 아버지의 걱정이 무언지 알았다. 생리가 워낙 불규칙하다 보니 엄마 역시 걱정하는 부분이기도 했다.

"건강 생각해서라도 운동은 꾸준히 하면 좋지. 그런데 너는 그런 수준이 아니니까 하는 말이야."

"무슨 말씀이신지 알아. 너무 걱정 마세요."

은경은 물 한 모금을 마신 후 목청을 가다듬었다. 지금이 인혁의 이야기를 꺼낼 타이밍 같았다.

"아빠, 나 실은…… 아빠한테 드릴 말씀 있어."

그가 들고 있던 술잔을 내려놓았다. 엄마에게 얘기할 때보다 몇 배는 더 긴장이 되는 은경은 마른침을 삼킨 후 입을 열었다.

"나…… 만나는 사람 있어요."

전혀 예상을 못 했는지 그가 눈썹을 치올리며 놀란 얼굴을 했다.

"아빠한테 보여드리고 싶어."

연달아 이어지는 말에 그의 눈이 더욱 커졌다. 여태까지 은경이 남자 친구를 직접 소개시켜 준 적은 한 번도 없던 일이었다.

"……만난 지 얼마나 됐는데?"

그의 물음에 은경은 잠시 고민을 했다. 만난 기간으로만 따지면 얼마 되지 않기 때문이었다.

"처음 만난 건…… 여름에."

"올해?"

은경은 천천히 고개를 끄덕였다.

"서너 달밖에 안 됐네. 그런데…… 아빠한테 소개해 주겠다는 거 보면, 결혼까지 염두에 두고 있는 거야?"

"……응, 네."

그가 복분자 한 잔을 비우고는 다시 말을 이었다.

"어디서 만났는지, 뭐하는 녀석인지, 나이는 몇 살인지, 아빠 역시 그런 상투적인 것들이 어쩔 수 없이 궁금하네."

잠시 숨을 고른 은경은 차분하게 인혁의 이야기를 꺼냈다. 딸이 만난다는 남자가 올림픽 금메달리스트 서인혁이라는 사실에 그가 입까지 떡 벌린 채 놀라움을 감추지 못했다. 그녀는 인혁과의 첫 만남부터 현재까지를 조곤조곤 이야기했다.

"아빠 많이 놀라셨을 거라는 거 알아요. 사람 인연이란 게 어떻게 이렇게 이어지나, 나도 신기할 때가 있으니까."

"……"

"남해에 살고, 나보다 네 살이나 어리고, 부모님이…… 계시지 않는다는 걸 아빠가 어떻게 받아들이실지 걱정도 되지만, 나는 그럼에도 불구하고 그 사람이 좋아요. 곁에 없으면 보고 싶은 건 당연한 건데, 보고 있는데도 보고 싶고 막 그래."

"……"

"나는 아빠가…… 진지하게 그 사람을 한번 만나 줬으면 좋겠어요. 다른 거 다 배제하고 정말 사람만 봐줬으면 좋겠어."

섣불리 어떠한 말도 내뱉지 않은 그가 냉수 한 잔을 마셨다. 은경의 말을 듣고 보니 이해가 되는 부분이 있었다. 몇 년 동안 잠적했던 서인혁이 가게를 찾아왔던 일, 쑥스러운 얼굴로 뜬금없이 피로회복제를 내밀었던 것 역시 이제야 모두 이해되었다.

짧게 숨을 내쉰 그가 물끄러미 은경을 바라보았다. 이것저것 더 묻고 싶은 게 많았지만 입을 다물기로 했다. 혹시나 직접 만나기도 전에 어떠한 편견을 갖게 될까 봐. 사람 하나만 제대로 봐 달라는 딸의 청을 들어줄 수 없게 될까 봐.

"……어서 마저 먹자."

그가 다시금 젓가락을 들어 장어 한 점을 집었다.

"장어 덕분인 줄 알아."

"……응?"

"거절하기엔 너무 맛있는 걸 얻어먹었잖아. ……언제가 좋을지 날을 잡아 보자."

그제야 긴장이 풀린 은경이 입매를 늘어뜨렸다.

"고마워요, 아빠. 분명 아빠 마음에도 들 거라고 자부해."

확신에 찬 그녀의 음성에 그 역시 희미하게 입꼬리를 올렸다. 늘 제 앞가림을 잘 해온 딸이었으니 믿어도 될 거다. 은경이니까, 믿어도 될 거다.

집으로 돌아와 씻고 나니 밤 열한 시가 다 되어 있었다. 젖은 머리를 말리고 노곤한 몸을 누인 그녀는 인혁에게 영상 통화를 걸었다.

"자는데 깨운 건 아니죠?"

그의 침실이 보였다. 은경은 이불을 다리 사이에 끼워 끌어안은 채 말을 이었다.

"저녁 뭐 먹었어요?"

―된장찌개 끓여 놓고 간 거에다 밥 한 그릇 뚝딱 해치웠지.

"너무 많이 끓여 놓고 온 거 아닌지 몰라. 질리도록 매일 된장찌개만 먹는 거 아니에요?"

―매일 먹어도 맛있지. 누가 끓여 준 건데. 은경 씬 아버님이랑 맛있는 저녁 식사 했어요?

"응. 난 장어 먹었는데."

―잘 했네. 뭐든 잘 먹어야지.

"먹으면서 강윤 씨 생각했어요. 다음에 장어 먹으러 같이 가."

-장어까지 먹여 놓으면 감당 안 될 텐데 어쩌려고.

"나도 먹는데, 뭘. 피차 마찬가지지."

-푸훗. 그런가.

인혁의 웃는 모습을 보니 마음이 좀 편안해진 은경이 따라 웃었다.

"남해 다녀온 게 꿈만 같네."

-그러게. 너무 순식간에 지나갔어.

"그래서 더 애틋해."

-……응, 애틋해. 늘.

"강윤 씨."

-음?

"오늘 아빠한테 강윤 씨 얘기 했어요. 처음엔 좀 당황하셨지만, 이내 얼굴 한번 보자고 하셨어요."

인혁이 흠칫 놀란 표정을 지었다가 침착하게 입을 열었다.

-별말씀…… 안 하셨나 모르겠네. 많이 놀라셨을 텐데…….

"별말씀 할 게 뭐 있어. 우리 아빠, 함부로 사람 판단할 분은 아니니까 너무 걱정 마요."

-……그래, 알았어요.

"엄마한테 말씀드린 부분까지만 얘기했어요. 그럴 분은 아니시지만, 혹시나 편견 같은 거 가지실까 봐 얼굴 먼저 본 다음에 말씀드리는 게 나을 거 같아서. 그날은 어차피 부모님 다 뵙게 될 테니까, 그날…… 다 말씀드리는 걸로 해요. 강윤 씨 아픈 부분 건드리는 거 같아서 마음이 좋지 않지만, 그래야 강윤 씨 마음도 편할 거 같으니까."

-고마워요. 언제나 내 입장에서 먼저 생각해 줘서.

"고맙긴. 겁먹지 마요. 강윤 씨의 아픈 과거 모두…… 본인이 선택할 수 있었던 건 아니었으니까. 그러니 강윤 씨 탓이 아니야. 그러니 기죽지 마요."

-늘 생각하는 거지만……, 은경 씬 나한테 과분한 사람이야. 내 곁에 둬도 되는지 의심이 들만큼……, 언제나 과분해.

"그런 게 어디 있어요. 연인 사이끼리. 그냥 우리는 서로 같은 마음일 뿐이야."

진심이 느껴지는 그녀의 말에 그의 입꼬리가 또 올라갔다. 아쉬운 마음에 서로 애틋한 시선을 주고받으며 쉬이 전화를 끊지 못하고 있는데, 순간 누군가 그녀의 방문을 두드렸다.

"강윤 씨, 잠시만이요. 누구야? 엄마야?"

"나야, 누나. 잠깐 들어간다."

은성의 목소리에 화들짝 놀란 그녀가 재빠르게 이불을 뒤집어썼다.

"강윤 씨, 오늘은 이만 끊어야겠어요. 동생이에요."

-아, 그래요. 피곤할 텐데 얼른 쉬어요.

"응, 잘 자요."

그녀가 후다닥 전화를 끊고 이불 밖으로 고개를 빠끔히 내밀자, 은성이 방문을 벌컥 열고 들어왔다.

"뭐야? 이 늦은 시간에."

"여행은 잘 다녀왔어?"

"응. 아까도 얘기했잖아."

"그럼 이제 못 다한 이야기를 해야지."

"뭘?"

"서로 까기로 했잖아. 언제가 좋겠어?"

은성이 팔짱을 끼며 그녀를 내려다보았다. 그 모양새가 어쩐지 기분 나빠진 은경이 몸을 일으켜 앉았다.

"이게 왜 자꾸 오빠 행세야."

"언제가 좋겠냐고."

"네가 언제부터 나한테 그렇게 관심이 많았어?"

"나 원래 누나한테 관심 많아."

"퍽이나."

은경은 뾰로통한 얼굴로 샐쭉거리며 그를 힐끔거렸다. 인혁이 아버지께 인사를 드리러 집에 온다고 해도 평일이라서 은성과 마주칠 일은 없었다. 저녁 식사 자리면 모를까 점심 약속으로 잡을 거니까. 한데 그렇다고 해서 인혁과 은성과의 만남을 무작정 미룰 수도 없는 일이었다. 결혼을 생각하고 있는 마당에 장차 매형 될 사람을 예식장에서 만나게 할 수는 없으니까.

그녀는 잠시 은성이 인혁의 존재를 알게 됐을 경우를 예상해 보았다. 연하는 남자로 느껴지지도 않는다고 큰소리치며 살아온 세월이었다. 하물며 인혁은 은성과 동갑이었다.

[누나 연하는 싫다며? 가슴 설렌 적 없다며? 그런데 나랑 동갑을 만나? 헐이다, 진짜.]

뺀질거리며 약 올리는 은성의 모습이 눈에 선했다. 게다가 인혁이 은퇴를 할 때 저 자식 배가 불렀다면서 툴툴거린 것도 은성이었다.

"뭘 그렇게 노려봐?"

"공은성."

"싫다는 말 하지 마. 난 꼭 그 사람을 만나 봐야겠어."

"난 네 누나야."

"알아. 그러니까 관심이 많은 거지."

"내가 만나는 사람에게, 네가 예의를 지켜야 한다는 소리야."

단호한 그녀의 말에 은성이 잠시 멈칫하며 팔짱을 풀었다.

"그럴 자신 없으면 애초에 만날 생각은 꿈도 꾸지 마."

"뭘 그렇게 무섭게 얘기를 하고 그래. 그냥 남자 친구 얼굴 한 번 보자는 거 가지고."

"그냥 얼굴 한 번 볼 그런 사이 아니야."

"그런 사이 아니면, 뭐……."

말끝을 흐리던 은성은 눈이 휘둥그레진 채 가까이 다가섰다.

"누나 설마 결혼 뭐, 그런 것까지 생각하고 있는 거야?"

은경은 별다른 대답을 하지 않았다.

"와, 대박. 대박 사건. 아니, 만난 지 얼마나 됐다고? 그 사람에 대해 다 알아?"

"다 아는 게 어디 있어. 가족인 너랑 나도 서로 다 아는 건 아니잖아."

"헐."

"이 사람이다, 하는 확신이 생겼을 뿐이야. 넌 아직 그런 사람을 만나지 못해서 이해를 못 하겠지만. 아무튼 소개시켜 주는 건 고려해 볼게. 그 사람에게도 물어봐야 하니까. 나 졸려. 불 끄고 나가."

은경이 이불을 뒤집어쓰며 등을 보인 채 모로 누웠다. 여전히 기가 막힌 얼굴로 말을 잇지 못하던 은성은 일단 방 불을 끄고 나왔다.

"늦바람이 무섭다더니."

아직도 얼떨떨한 상황에 고개를 절레절레 흔든 그가 제 방으로 들어가 침대 위에 벌렁 누웠다.

"도대체 어떤 놈이기에."

누나의 남자 친구 정체가 궁금해서 잠도 안 오는 미스터리한 밤이었다.

-16-

"아이고, 허리야. 올해는 김장 안 하려고 했는데 미숙이 엄마 덕분에 했네."

옥 여사는 동네에서 친하게 지내는 이웃의 집 앞마당에서 김장 100포기를 끝낸 후 가까스로 허리를 폈다.

"나도 안 하려고 했는데 시골 사촌이 배추를 이렇게 많이 보내와서 안 할 수가 있어야지. 혼자는 못 하겠고, 이웃끼리 같이 해서 나눠 먹으면 좋잖아. 고생하셨어, 은경 엄마. 수육도 거의 다 삶아졌을 테니 한 접시 먹으면서 숨 좀 돌리자고."

김장 100포기를 함께한 동네 아주머니 몇몇이 빙 둘러앉아 막걸리 한 잔씩을 따라 나눠 마셨다.

"캬, 좋네."

"수육 엄청 부드럽다. 살살 녹네. 그나저나 은경 엄만 언제 할

머니 돼?"

얼마 전 손주를 본 미숙 엄마가 수육 한 점을 또 입안에 넣으며 물었다. 그녀의 딸은 은경보다 어렸지만 일찍 시집을 가서 스물일곱에 엄마가 되었다.

"자식 키울 때랑 또 달라. 솔직히 손주가 더 예뻐."

"그래? 하긴, 자식 키울 때는 먹고사는 게 힘들어서 예쁜지도 모르고 키웠네."

"그러니까. 인생이 다 그렇지. 그래서 손주가 더 예쁜가 봐. 은경인 만나는 남자 없어요? 그 예쁜 얼굴로 왜 시집을 안 가나 몰라. 은성이야 남자니까 아직 결혼하기에는 이르다고 하지만, 은경인 이제 가야 하지 않아? 아이도 낳아야 하고."

동네 아주머니끼리 모이면 늘 빠짐없이 나오는 자식 얘기였다. 옥 여사는 막걸리 한 잔을 더 비우며 입술을 닦았다.

"때가 되면 다 알아서 가겠지. 요새는 결혼 적령기가 늦춰졌다고 하잖아."

"만나는 사람은 있고?"

은경이 애인 없는 지가 오래됐다는 걸 알고 있기 때문에 별 기대 없이 묻는 질문임을 알았다. 옥 여사는 인혁을 떠올리고는 고개를 끄덕였다.

"응. 있어."

"어머, 정말? 진짜요?"

"미숙 엄마도 참. 눈 튀어나오겠어. 그게 그리 놀랄 일이야?"

"은경이 애인 생겼단 소리는 처음 들어보는 거 같아서 그러지. 그럼 은경이도 이제 곧 시집가겠네. 뭐 하는 사람인데요?"

"펜션 운영해."

"정말? 그거 돈 한두 푼 드는 거 아닐 텐데? 나도 전에 애들이랑 가평 펜션 놀러 갔다 왔는데, 요새는 시설이 엄청 잘 되어 있더라고. 돈 엄청 들어갈 거 같은데 그런 거 짓고 운영할 정도면 나이 차이가 좀 있나 보다. 은경이보다 얼마나 많아요? 경제적인 뒷받침만 된다면야 나이 차 정도야 문제될 게 없지만……."

"네 살 어려."

"응? 네 살이 어리다고요? 은경이가 서른둘인데?"

옥 여사는 당당하게 어깨를 폈다.

"내 딸이 좀 예뻐? 능력녀잖아. 그러니까 그런 연하 남친도 만나는 거지."

"세상에나. 네 살이나 연하라니, 그럼 스물여덟……."

"얼마나 좋아. 어리고 잘생긴 것도 모자라서 돈도 많고. 미숙 엄마도 방금 말했듯이, 펜션 그거 돈 한두 푼 드는 거 아니잖아. 부지 사야지, 건물 올려 지어야지, 각 방마다 가전제품, 주방용품, 또 그거 뭐지? 스파? 뭐 암튼 그런 것도 다 구비해 놔야 하지. 온통 돈 들어가는 것투성이잖아."

"진짜 돈 많이 들긴 했겠다. 스물여덟 살에 그 큰돈이 어디서 났을까? 집안이 좀 사나 보네. 부모 도움 없이 어떻게 그런 펜션을 지어서 운영하겠어."

"내가 알기로는 부모님한테 손 벌린 거 아닌데? 스스로 번 돈으로 운영하는 거지."

"정말이요? 무슨 일을 해서 그리 돈을 벌었대?"

"그건 비밀. 너무 많은 걸 알려고 하지 마."

옥 여사가 얄궂게 웃었다.

"그러니까 더 궁금해지네. 그런데 어디서 펜션을 운영해요? 가평? 양평?"

서울 근교만 얘기하는 그녀를 보며 잠시 뜸을 들이던 옥 여사가 입을 열었다.

"남해."

"남해? 내가 아는 그 남해요? 경상남도?"

"응, 그 남해. 우리나라에 남해가 거기 말고 또 있나?"

"어머, 너무 멀다. 남해라니. 은경 엄마, 여긴 서초동이야. 연애를 어떻게 해요?"

소스라치게 놀라는 반응을 보니 괜스레 발끈한 옥 여사가 다소 목청을 높였다.

"사랑하는데 거리가 무슨 상관이야?"

"에이, 그건 아니지. 상관있지. 자주 봐야 정도 더 들고 하는 건데, 봐봤자 얼마나 자주 보겠어요. 한 달에 한 번은 봐요?"

"한 번이 뭐야. 더 자주 봐."

"아이고. 길에다가 돈, 시간 다 뿌리고 다니겠네."

"미숙 엄마도 참, 걱정도 팔자야. 우리 은경이가 얼마나 좋으면 그러겠어. 게다가 얼마 전에 인사 왔을 땐 루이비통 머플러를 사왔지 뭐야."

"그 명품요? 정말?"

"응, 정말."

"그건 좀 많이 부럽다. 나는 언제 우리 사위한테 그런 거 한 번 받아 보나. 우리 사위는 다 좋은데 엄청 짠돌이야. 봉급쟁이 신세가 뻔하긴 하겠지만 가끔은 서운하다니까. 그러고 보니 우리 사위보다도 두 살이 어리네. 배 아파서 살겠나."

이웃들의 시샘이 나쁘지 않았다. 옥 여사는 한참 더 수다를 떨다가 이제 그만 집으로 돌아가기 위해 자리를 마무리했다.

"다들 수고했네. 미숙 엄마, 내 몫은 이따가 은성이랑 와서 가져갈게. 무거워서 혼자 못 들고 가겠어."

"응, 그래요."

허리를 두드리며 대문을 나선 옥 여사는 해가 저물기 시작하는 하늘을 바라보며 혼잣말을 했다.

"나도 별수 없네. 얄미운 짓을 했어. 너무 제 자식 자랑하는 거 꼴 보기 싫어서 안 하려고 했는데, 딸 남자 친구 자랑까지 늘어놨네. 그러게 네 살 어린 게 뭐 어떻다고 눈을 그렇게 동그랗게 뜨고 그래. 서른두 살 여자는 스물여덟 살 남자 만나면 안 되나? 게다가 남해에서 사는 게 뭐 어떻다고 까무러치게 놀라느냔 말이야. 순간 발끈해서 유치하게 별의별 자랑까지 다 하고 말았네."

"안녕하세요, 어머님."

툴툴거리며 걸어가던 옥 여사의 고개가 돌아갔다.

"어머, 난 또 누구라고. 또 만나네요?"

"예, 그러게요."

"퇴근하는 길이에요?"

"예, 그렇습니다."

"우리 지난번에도 토요일 날 마주쳤던 거 같은데, 오늘도 또 토요일이네요?"

"그런가요?"

"주말에 일찍 귀가하는 거 보니까 아직 애인이 없구나?"

그녀의 스스럼없는 질문에 그가 입매를 올렸다.

"아쉽게도 그렇습니다."

"이렇게 인성 좋고 잘생긴 총각이 왜 애인이 없을까? 눈이 높은가?"

"아뇨. 아직 인연을 못 만나서 그렇죠."

"내가 딸이 둘이면 좋겠는데, 아쉽게도 딸이 하나라서. 우리 딸은 남자 친구가 있거든."

"남해에 사는……."

"응? 어떻게 그걸……."

"아, 방금 전에 어머님께서 혼잣말하시는 걸 본의 아니게 들어서요. 죄송합니다."

그가 깍듯하게 고개를 숙이자 되레 민망해진 그녀가 손사래를 쳤다.

"아니에요. 내가 원체 목소리가 크긴 크지."

"따님이 장거리 연애를 하시는군요."

"어쩌다 보니 그렇게 됐어요."

"꽤 힘들 텐데요."

"저들이 좋다는데 어쩌겠어요. 그런 것쯤 아무런 문제도 되지 않는 게 사랑이기도 하고."

옥 여사가 그를 응시하며 사람 좋게 웃었다.

"……부럽네요. 이렇게 이해심 많으신 분이 여자 친구 어머님이라니, 그 애인 되시는 분은 복이 참 많나 봅니다."

"하하. 그런가요? 총각도 이렇게 친절하고, 게다가 잘생기기까지 하니 분명 좋은 짝이 생길 거예요."

"……그럴까요?"

"그럼요. 사람은 뿌린 대로 거두는 법이니까요."

그녀의 말에 그가 잠시 멈칫했다.

"잘생긴 총각은 아마 분명 잘 살아왔을 테니까, 그에 대한 보상을 받을 거예요. 어여쁜 처자 만나서 예쁜 가정 꾸려서 사는 걸로."

"……."

"아, 내가 너무 오지랖을 떨었나요? 난 그저 나무랄 데가 없어 보이는 총각이 혼자인 게 안타까워서."

그가 엷은 미소를 지으며 더 이상은 아무 말도 하지 않았다.

"벌써 우리 집 다 왔네. 오늘도 고마웠어요. 말동무 되어 줘서."

"별말씀을요."

"언제 기회 되면 어머님하고 인사 한 번 나누고 싶네요. 아들을 이리 잘 키워 놓으신 거 보면, 분명 좋은 분이실 테니 이웃끼리 잘 지내면 좋잖아요."

"아…… 예. 기회가 되면……."

"엄마!"

옥 여사가 먼저 막 대문 안으로 들어서려는데 등 뒤에서 은성의 음성이 들려왔다. 오늘 김장을 할 거라고 했더니 은성이 딴데로 안 새고 일찍 귀가를 한 모양이다.

"일찍 오네?"

"아, 응."

은성의 시선이 낯선 남자에게로 향했다. 그가 슬쩍 고개를 숙이자 은성 역시 고개를 숙였다.

"엄마가 지난번에 얘기했었지? 이 동네 이사 온 지 얼마 안 됐다는, 엄마 짐 들어줬다는."

"아, 그날은 감사했습니다."

"별말씀을요."

"좋은 이웃이 생겼다고 엄마가 얼마나 칭찬을 했는지 모릅니다. 감사합니다."

은성이 꾸벅 허리를 숙였다. 제 엄마에게 친절을 베푼 사람에게 진심으로 고마워하는 마음이 그에게도 전해졌다.

"……이렇게까지 인사 받을 일은 아니었는데요. 그럼 이만 가 보겠습니다."

그가 먼저 뒤돌아 걸어갔다. 그의 뒷모습을 물끄러미 바라보던 은성과 옥 여사 역시 대문 안으로 사라졌다. 몇 걸음 더 걸어 나가던 그가 멈춰 서며 머리칼을 쓸어 올렸다.

"이 기분은…… 뭐지."

기분이 좋은 것도, 나쁜 것도 아닌 낯선 감정이었다.

말로는 설명할 수 없었다.

***

어느새 서울을 가야 하는 날이 코앞으로 다가왔다.

인혁은 협탁 위에 놓인 탁상달력에 표시해 놓은 두 개의 빨간 동그라미를 바라보았다. 하나는 은경의 아버님께 인사를 드리는 날이었고, 또 하나는 아버지 기일이었다.

아버지 기일이면 혹시나 작은아버지와 마주칠까 봐 항상 이른 아침에 찾아뵙고는 했다. 아버지와 함께한 삶이 행복하지 않았더라도, 기일조차 챙기지 않는 건 자식의 도리가 아니었으니까. 아버지라고 부를 수 있었던 유일한 사람이었으니까.

인혁은 탁상달력을 내려놓은 후 휴대폰 이어폰을 꽂은 채 거실로 나가 트레드밀 위에 올라갔다. 아버지 기일이 다가오면 마음이 싱숭생숭했다. 뭔가에 집중할 일이 필요했다. 그래서 쓸고 또 쓸고, 닦고 또 닦고 청소에 몰두하기 시작했었다. 그러다 보니 그게 습관이 되었고, 본의 아니게 집 안 구석구석 먼지 하나 없이 깔끔해지게 되었다.

"하아, 하아."

심란해진 마음을 달래기 위해 청소 대신 운동을 선택한 그는 서서히 트레드밀 속도를 올렸다. 30여 분 동안을 빠른 속도로 달리다 보니 그의 이마에 땀이 송골송골 맺히며 주르륵 흘러내렸다.

트레드밀에 걸쳐져 있던 수건을 집어 든 그가 땀을 닦아 내는데 듣고 있던 음악 대신 휴대폰 벨소리가 고막을 자극했다. 발신인이 은경인 걸 확인한 그는 속도를 줄이고는 전화를 받았다.

"하아, 하아. 수업, 후우. 수업 중일까 봐, 후우. 전화 안 했는데, 하아. 이따 점심시간에 하려고……."

-호흡이 왜 그래요? 한밤중이면 오해하겠어.

인혁이 금세 웃음을 쏟아내며 크게 심호흡을 했다.

"후우. 운동하다 받아서."

-난 또, 철렁했잖아.

"푸후. 철렁할 게 뭐가 있어. 영상 통화할까요?"

-으음, 싫어요. 어쩐지 지금 영상 통화하는 건 내가 되게 못나 보일 거 같거든. 막 스토커, 의부증 이런 것처럼 보일 거 같고.

"별소릴 다."

인혁의 입꼬리가 부드럽게 말려 올라갔다.

"내가 침대에서 뒹굴고 싶은 사람은 은경 씨뿐이야."

-흠흠. 뭘 또 그렇게 노골적으로. 나 더 이상한 사람 되잖아.

"푸훗. 그런가? 그래도 사실은 사실인 거지."

-가만 보면 진짜 노골적이야.

"누구한테 배워서 그러지."

-풋. 내가 말을 말아야지. 그나저나 이제 며칠 안 남았네요. 괜히 점심 약속으로 잡았나? 일찍 출발해야 하잖아.

"여덟 시 전에만 출발하면 될 거 같은데, 그리 이른 시간도 아니야."

-서울 오자마자 반가움 나눌 새도 없이 인사부터 드려야 하네요. 더 긴장할까 봐 걱정되네. 이럴 줄 알았으면 그때 그냥 아빠도 한 번에 같이 볼 걸 그랬나 봐. 괜히 강윤 씨만 더 번거롭게.

"은경 씨 부모님 뵙는 일이 왜 번거로운 일이야. 그런 말 하지 마요."

-미안하기도 하고, 아쉬워서 그러지. 화요일 날 왔다가 다음 날 아침 일찍 가야 하죠?

인혁은 은경을 속이는 게 미안했지만 '응.'이라는 대답을 했다. 은경에게는 화요일 하루만 쉴 수 있다고 했지만, 일요일 날 입실한 손님이 월요일 오전 퇴실을 하고 나면 바로 출발할 생각이었다. 화요일 날 올 거라고 생각하고 있던 사람이 하루 먼저 나타나면 그녀가 얼마나 놀랄까, 혹은 또 얼마나 좋아할까 설레기도 했다.

―두부랑 찐빵이 데리고 와야 하니까, 또 직접 운전해서 와야겠네요. 집에 오기 전에 애견 호텔 먼저 들러서 맡기고 와야 하니까 더 빠듯하겠어.

"익숙해져서 괜찮아. 걱정 마요."

―이래저래 강윤 씨가 서울 오려면 더 신경 써야 할 게 많네. 두부랑 찐빵이도 장거리 움직이는 거 스트레스일 텐데 미안해요.

"그런 말 말라니까 그래."

―매니저님! 문의 전화 왔는데요!

휴대폰 너머 은경을 찾는 직원의 목소리가 들려왔다.

"나중에 다시 통화해요. 나도 좀 씻게."

인혁은 눈치껏 통화를 끝내고는 욕실로 향했다. 그사이 땀이 식어서 꿉꿉하다 못해 으슬으슬 추웠다.

"머리가 아프네."

요 며칠 컨디션이 썩 좋지 않았던 그가 두통을 호소하며 땀에 젖은 옷을 벗었다. 은경의 아버님을 뵙는다는 사실에 긴장한 탓인지 계속 잠을 설쳤다. 새벽이슬을 맞으며 바깥바람을 쐰 영향 또한 큰 듯했다.

"화요일까지 이러면 낭패인데……."

인혁은 전성기 시절의 명품 복근에 가까워지고 있는 식스팩을 드러낸 채 샤워기 아래에 서서 따뜻한 물줄기를 맞았다. 순식간에 몸이 노곤해졌다. 간밤에도 세 시간을 채 못 자고 일어난 터였다.

"하아. 머리야."

뜨거운 물에 몸을 좀 담그고 싶었지만 일단 객실 정리가 먼저였다. 그는 샤워만 간단히 끝낸 후 객실 정리부터 시작했다. 골이 지끈거렸다. 몸살이 오려는 듯 한기가 느껴졌다.

"집 잘 지키고 있어. 금방 다녀올게."

가까스로 손님 맞을 준비를 끝낸 인혁은 두부와 찐빵에게 펜션을 맡긴 채 차에 올라탔다. 웬만해서는 병원을 잘 가지 않는 편이었지만 이러다가 된통 감기라도 걸려서 서울 가는데 지장이 생길까 봐 걱정이 되었다. 당분간 운동도 쉬어야겠다고 생각한 인혁은 펜션에서 가장 가까운 내과의원으로 향했.

그가 살을 빼기 전에는 이름도 서인혁이 아니라서 누구인지에 대한 관심으로부터 벗어날 수 있었다. 하지만 살을 빼고 몸을 만든 지금은 사정이 좀 달랐다. 그 또래의 간호조무사 역시 인혁을 힐끔거리며 이름을 여러 번 확인했다. 얼굴은 분명 아는 얼굴 같은데 이름이 달라서였다.

"서강윤 님, 진료실로 들어가세요."

10분여를 기다리다 제 차례가 돌아온 인혁이 진료실 안으로 들어갔다.

그가 사라지자 휴대폰을 손에 쥔 간호조무사가 서인혁이라는 이름으로 검색을 했다. 포털 사이트에 뜨는 그의 프로필을 살펴보던 그녀는 생년월일이 일치한다는 걸 확인하고는 호들갑을 떨며 동료 직원에게 소곤거렸다.

"내 말이 맞아. 서인혁이야."

"진짜?"

"응, 생년월일이 같아."

"혹시 쌍둥이 아닐까? 이름이 다르잖아."

"에이, 아니야. 내 기억으로는 서인혁 형제 없어."

"어머머, 진짜? 그럼 개명한 건가? 왜?"

"그거야 모르지. 암튼 이따 수납할 때 사인이라도 한 장 받아야겠다. 병원에 걸어 놓으면 원장님도 좋아하실 거 같은데."

한때는 아이돌 버금가는 인기를 누렸던 인혁의 등장에 직원들이 분주해졌다. 얼마 지나지 않아 그가 진료실에서 나와 처방전을 받기 위해 접수대로 향했다. 직원들이 앉아 있던 몸을 일으켜 수납을 하고는 슬며시 말을 건넸.

"저기……."

그가 슥 고개를 들어 눈이 마주치자 뺨까지 발갛게 변한 직원이 말을 이었다.

"서인혁 선수…… 맞죠?"

처방전을 받아들던 인혁은 잠시 움찔거리다 짧게 숨을 내쉬었다. 급하게 나오느라 마스크를 하고 오지 않은 게 불찰이었다.

"이름이 달라서 헷갈렸는데 맞죠?"

인혁은 눈이 안 보일 정도로 모자를 더 깊게 눌러쓰며 잠시 고민을 했다. 병원이기 때문에 자신의 주민등록번호까지 다 봤을 그녀들이었다. 아니라고 한다는 건 새빨간 거짓말이었다.

"사인 한 장만 부탁드리면 안 될까요? 서인혁 선수 팬이었어요. 너무 반가워서요."

"……죄송한데 제가 사인이랄 게 없어서요."

그가 수영선수 시절 당시에도 사인을 요청하는 팬들에게 해 줬던 건 그저 이름 석 자를 또박또박 적어 주는 것뿐이었다.

"그럼 사진이라도……."

"죄송해요. 제가 지금 컨디션이 좀……. 다음에 기회가 되면……."

그제야 그가 환자였다는 걸 자각했는지 그녀들이 멋쩍어하며 인사를 건넸다.

"아, 네. 죄송합니다."

그녀들을 뒤로하고 병원을 빠져나온 인혁은 약국에 들러 마스크도 함께 구입했다. 언제까지 이렇게 얼굴을 가리고 살아갈 수는 없다는 걸 안다. 남해에서 펜션을 운영하고 있다는 것 역시 언젠가는 대중들에게 알려질 수도 있었다. 그렇게 된다면 지금보다 더 관심을 받을 거고, 찾아오는 이들도 늘어날 거였다.

서울로 올라가야 하나 고민도 하고 있는 마당에 그런 대중들의 관심을 아직도 불편하게 여긴다는 건 모순이겠지만, 최대한 눈에 띄지 않고 살아가고 싶기는 했다.

"후우."

몰려오는 두통에 이마를 짚은 인혁은 일단 몸부터 좀 추슬러야겠다는 생각에 다시 펜션으로 차머리를 돌렸다. 그는 가는 길에 편의점에 잠깐 들러서 인스턴트 죽도 몇 개 샀다. 입맛은 없었지만 약을 먹으려면 뭐라도 먹어야 하기 때문이었다.

입실 시간을 체크하며 부리나케 펜션으로 돌아온 그는 죽 몇 숟가락을 대충 떠먹고는 약을 먹었다. 미열이 좀 있어서인지 골이 계속 지끈거렸다.

인혁은 펜션으로 들어서는 차량이 보이게끔 침실 커튼을 걷고는 잠시 침대 위에 몸을 누였다. 입실객들이 빨리 왔으면 하는 마음이 간절했다. 그래야 제 할 일을 끝내 놓고 약 기운에 푹 잠을 좀 잘 것 같아서였다.

느릿하게 껌뻑이던 그의 눈꺼풀이 온전히 감겼다. 휴대폰 벨소리가 희미하게 들리는 듯했지만 일어날 수가 없었다.

"저기요! 사장님!"

뭔가 소란스러운 인기척에 인혁의 몸이 꿈틀거리며 반응을 보였다.

"아무도 안 계세요? 사장님!"

눈살을 찌푸리며 이불을 뒤집어쓰던 그가 화들짝 놀라며 튀어 올랐다. 침실 창문 너머로 낯선 얼굴들이 보였다. 휴대폰 벨소리 또한 요란하게 울려 댔다.

"맙소사."

인혁은 협탁 위에 올려 두었던 모자를 눌러쓰고는 서둘러 밖으로 나섰다. 병원을 다녀왔을 때가 3시쯤이었는데 두 시간여를 잠이 든 모양이었다.

"죄송합니다. 많이 기다리셨어요?"

"아뇨, 한 5분쯤 됐어요. 아무도 없어서 전화를 몇 차례 했는데도 안 받으셔서 어떡해야 하나 하던 참이었어요."

"아, 네. 죄송합니다. 어느 객실 예약하셨죠? 예약자 분 성함이……."

부랴부랴 객실 안내를 한 후 한숨 돌린 인혁은 약 기운 때문인지 몽롱해진 정신을 가다듬으며 별관 안으로 들어섰다. 허겁지겁 나오느라 휴대폰을 침실에 두고 나왔다는 것 역시 잊고 있었다.

"이런."

은경에게서 온 부재중 전화가 세 통이었다. 잠들어 있었을 시간에 두 번, 방금 전에 한 번이었다.

"괜히 걱정했겠네."

인혁은 서둘러 그녀에게 전화를 걸었다. 신호가 몇 번 울리기도 전에 은경의 음성이 흘러나왔다.

-무슨 일 있어요?

"깜빡 잠들었어. 미안해요."

-낮잠은 안 자는 거 같더니 어쩐 일로. 자다 깨서 그런지 목소리도 잠겼어.

"어제 잠을 좀 뒤척였더니……. 쿨럭, 쿨럭!"

-어디 아파요? 감기 기운 있어요?

"아니, 괜찮……."

말을 다 잇지 못하고 그가 기침을 계속해 댔다. 그녀가 걱정할까 봐 괜찮다고 말해야 하는데 자꾸 기침이 나왔다.

-하아. 감기 걸렸구나.

"별거 아니……."

-병원은 다녀왔어요?

"응, 아까 낮에 다녀왔지."

-병원까지 다녀왔으면서 뭘 괜찮다고 거짓말하려고 해.

"별거 아니라니까. 금방 나을 테니까……."

그녀가 영상 통화를 신청했다. 인혁은 제 모습이 초췌해 보일까 봐 영상 통화를 하기가 꺼려졌지만 걱정하는 그녀의 마음을 알았다.

-얼굴 좀 제대로 보여줘 봐요.

인혁은 머리칼을 대충 정리한 후 휴대폰 카메라렌즈를 응시했다.

"나 괜찮다니까……."

-식은땀 흘리는 거 봐. 얼굴도 빨개. 열도 있어요? 약은요? 밥은 먹고 약 먹은 거예요?

그녀가 속상해하는 게 너무도 여실히 느껴졌다. 인혁은 괜히 그녀에게 걱정만 끼쳤다는 생각에 아픈 것도 미안해졌다. 멀리 있어서 들여다보지도 못하는 그녀의 마음이 어떨지 알 것 같았다.

"난 괜찮아요. 진짜 별거 아니야. 약 잘 챙겨 먹을 테니까 걱정 마요."

그가 입꼬리를 올렸지만 매가리가 없었다.

-하아. 진짜 이럴 땐 너무 싫다. 떨어져 있는 게.

평소에는 되도록이면 장거리 연애에 대해서 긍정적으로 생각하려고 노력하는 그녀였지만 이번에는 상황이 달랐다. 챙겨 주는 이 하나 없는 곳에서 혼자 끙끙 앓고 있었을 그를 생각하니 마음이 그다지 좋지 못했다.

"며칠 뒤에 보잖아. 쌩쌩해져서 갈게요."

은경은 잠시 말이 없었고, 그사이 또 다른 입실객 차량이 들어서는 소리가 들렸다.

"아, 나가 봐야겠다. 이따 다시 통화해요."

전화를 끊은 인혁은 무거운 몸을 이끌고 일어섰다. 어떻게 된 게 증상이 더 악화되는 것처럼 어질어질했다.

"빨리 나아야 하는데……."

얼굴을 가리기 위함이 아닌 기침 때문에 마스크까지 한 인혁은 손님을 맞으러 다시 밖으로 나갔다. 겨울 패딩점퍼를 꺼내 입었는데도 춥고 추웠다.

***

인혁과 통화를 끝낸 후, 오후 6시에 잡혀 있는 수업을 기다리던 은경은 고민에 고민을 거듭하다가 정현에게 카톡을 보냈다. 저녁 8시 마지막 수업이 정현이기 때문이었다.

─안녕하세요, 공은경입니다. 아직 퇴근 전이시죠?

그가 바로 확인을 안 하면 어쩌나 했는데, 다행히 곧장 카톡이 왔다.

─네, 아직 회사입니다. 무슨 일 있으신가요?

─다름이 아니라, 혹시 오늘 수업을 내일 저녁 8시로 미룰 수 있을까 해서요.

은경은 그가 바로 대답이 없자 빠르게 다시 카톡을 보냈다.

─제가 급하게 일이 좀 생겨서 그러는데 양해 좀 부탁드릴게요. 오늘 수업 못 하신 건 저 때문이니까 PT 횟수를 한 번 더 추가해 드릴게요.

은경이 입술까지 질끈 깨문 채 초조하게 휴대폰만 바라보고 있는데 그가 흔쾌히 배려를 해 주었다.

─공 쌤이 이런 적이 한 번도 없었는데 어지간히 급한 일인가 보네요. 알겠습니다. 내일 뵙는 걸로 하죠.

─정말 감사합니다. 다시는 이런 일 없을 거예요. 죄송합니다.

─별말씀을요. 무슨 일인지는 모르겠지만, 나쁜 일은 아니길 바랄게요.

─네, 감사합니다. 내일 뵐게요.

가슴을 쓸어내린 은경은 센터 사장님께도 양해를 구한 후 내일 오전 수업이 잡혀 있는 회원들의 트레이닝 일정도 조정을 했다.

"그럼, 이제 엄마한테……."

옥 여사에게 어떻게 말해야 하나 잠시 망설이던 은경은 이럴 시간이 없다는 사실을 깨닫고는 전화를 걸었다.

-우리 딸, 어쩐 일이야? 수업 중 아니야?

"회원이 아직 안 오셔서 기다리고 있는 중이야. 저기, 엄마. 나…… 오늘 집에 못 들어갈 거 같은데."

인혁이 오는 건 화요일인데 웬 외박인가 싶은 옥 여사가 의아해하며 물었다.

-오늘? 왜?

"인혁 씨가…… 많이 아파."

-아파? 어디가 어떻게?

"감기 몸살 같은데……."

-저런. 요새 날씨가 갑자기 추워져서 감기 걸린 사람 많던데, 심하게 걸렸나 보네.

"괜찮다고 하는데 내가 편하지가 않네. 인혁 씬…… 챙겨 줄 사람이 없잖아."

-에휴, 그렇긴 하지. 아플 때 혼자이면 서러운데……. 어머, 너 설마 그래서 지금 남해 간다는 소리야?

뒤늦게 은경의 의도를 캐치한 옥 여사가 소스라치게 놀랐다.

"너무 신경 쓰여서 여기 있어도 잠도 제대로 못 잘 거 같아서 그래. 수업 일정 조정해서 6시 한 타임만 끝내고 바로 출발하려고."

─아니, 얘. 걱정되는 마음은 알겠지만 거기가 어디라고 가겠다는 거야? 게다가 날도 어두워지는데 안 돼. 밤 운전 위험해. 너 분명 마음이 급해서 과속할 거야.

"음…… 그럼 버스 타고 가면 되잖아. 아직 시간 남아 있을 거야."

─은경아. 너 어차피 지금 가봤자 거기 도착하면 한밤중일 거야. 내일 쉬는 것도 아니고, 그 시간에 가서 뭘 어쩐다고 거기까지…….

"얼굴은 볼 수 있잖아. 죽이라도 직접 끓여 주고 올 수는 있잖아. 내일 오후 수업부터만 하면 돼. 조정했어."

옥 여사의 입에서 짙은 한숨이 새어 나왔다.

"아빠한테는 오늘 약속 있어서 늦는 걸로 해 줘. 내일 오전에는 수업이 일찍 있어서 빨리 나간 걸로 좀 해 주고. 응? 아빠한테는 차마 솔직히 말 못 하겠어서 그래."

─꼭 그렇게까지 해야 마음이 편하겠어? 남해가 한두 시간 거리에 있는 것도 아니고…….

"엄마아. 부탁이야. 응?"

─너 피곤해서 어쩌려고…….

"버스 탈 거라니까. 차에서 자면 되지. 엄마 나 이제 끊어야 해. 회원 오셔서 수업 들어가야 해."

─에휴, 일단 알았으니까 끊어. 정말이지…… 이러다 애 하나

잡겠어.

미안하다는 말을 하며 전화를 끊은 은경은 회원이 옷을 갈아입고 나오는 사이 버스 시간표를 확인했다. 다행히 남부터미널에서 남해 시외버스터미널까지 가는 막차가 저녁 7시 30분에 있었다.

은경은 부랴부랴 좌석 예매부터 한 후 바로 수업에 들어갔다. 1분이 한 시간처럼 더디게 흐른 40분이 지나고 드디어 모든 수업을 끝낸 그녀는 퇴근을 서둘렀다.

은경은 제 세단은 센터 주차장에 그대로 두고 택시를 잡아탔다. 센터에서 버스터미널까지 거리는 얼마 되지 않았지만, 퇴근 시간대라서 차가 밀리는 터라 초조한 마음에 손끝이 바르르 떨렸다.

"기사님, 7시 30분 차 타야 하는데 늦지는 않겠죠?"

"예, 늦지는 않을 겁니다. 급하게 어디 가시나 봐요."

"아, 네. 그 버스가 막차라서 놓치면 안 되거든요."

"어디 가시는데요?"

"아…… 남해요."

"남해요? 아이고, 멀리도 가시네. 부모님이 거기 계시나 봐요."

그녀가 설핏 웃으며 대답을 대신하는데 인혁에게서 전화가 왔다. 은경은 목소리를 죽여 냉큼 전화를 받았다.

"좀 어때요?"

-괜찮아요.

"목소리가 더 잠겼어. 주사 한 대 맞아야 하는 거 아니에요?"

―그 정도는 아니야. 그보다 나 혹시 또 아까처럼 잠들까 봐, 전화 못 받아도 걱정하지 말라고 미리 전화한 거예요. 입실객 모두 도착해서 내 할 일 끝냈거든. 저녁 약 먹고 또 뻗을까 봐.

은경은 지금 가려고 한다는 말은 일부러 하지 않았다. 분명 오지 말라고 펄쩍 뛸 게 뻔했다. 저 기다린다고 아픈 몸 누이지도 못한 채 나와 있기라도 한다면 오히려 민폐일 거다.

"응, 알았어요. 뭐라도 좀 먹고, 푹 자요."

전화를 끊고 물끄러미 차창 밖을 바라보던 은경은 슬며시 이마를 짚었다.

엄마의 말이 맞다. 지금 간다고 해서 해 줄 수 있는 건 아무것도 없을 거다. 남해 시외버스터미널에 도착하면 자정이었다. 거기서 또 택시를 타고 그의 펜션까지 가면 자정이 훌쩍 넘을 것이다. 그저 할 수 있는 것이라고는 그가 무사한지, 얼마나 어떻게 아픈 건지 그의 몸 상태를 볼 수 있다는 것뿐. 아침 한 끼니 정도 챙겨 줄 수 있다는 것뿐.

그마저도 사실 시간이 빠듯했다. 내일 오후 1시까지는 센터에 도착해야 하기 때문에 늦어도 오전 8시 버스는 꼭 타야 했다. 다섯 시간을 달려가 머무를 수 있는 시간은 일곱 시간 남짓, 그리고 또 다섯 시간을 달려와야 한다. 함께 있는 시간보다 길에서 낭비하는 시간이 더 많았다.

"미련할 수도 있겠지만…… 그럼에도 불구하고……."

그가 보고 싶었다. 혼자가 아님을 느끼게 해 주고 싶은 연인의 마음이었다.

***

"감사합니다."

펜션 입구에서 택시를 세운 은경은 모두 잠이 들어서 고요한 주위를 둘러보았다. 예상대로 자정이 넘은 시간이었다. 인혁이 머무르는 별관 1층 역시 불이 꺼져 있었다.

은경은 남해 시외버스터미널 부근에 있는 24시 마트에서 장을 봐온 봉지를 들고 조심스럽게 발을 내딛었다. 늦은 시간이라 문을 연 마트가 없으면 어쩌나 걱정했는데 얼마나 다행인지 몰랐다.

"왈왈!"

두부와 찐빵이 은경을 알아보고는 목청을 높였다.

"쉬잇."

은경은 혹여 인혁과 손님들이 깰까 봐 녀석들을 쓰다듬어 주며 달래고는 별관으로 향했다.

"비밀번호가……."

별관 1층 문 앞에서 멈춰 선 그녀가 잠시 기억을 더듬었다. 지난번에 왔을 때 그가 알려주었던 도어록 비밀번호가 가물가물했다.

"이건가."

두 차례 만에 드디어 도어록이 해제되었다. 은경은 혹시나 그가 깰까 봐 고양이 발걸음으로 안으로 들어섰다. 어둠 속을 더듬어 주방으로 향해 스위치를 켠 그녀는 부스럭거리는 소리가 나는 봉지를 식탁 위에 살며시 내려놓았다.

"……."

은경의 시선이 식탁 한쪽 위에 놓인 인스턴트 죽으로 향했다. 양이 얼마 되지 않는데도 반도 먹지 않고 남겨져 있었다. 찢어진 약 봉지와 남은 죽을 치운 그녀는 가는 숨을 내쉬며 침실로 향했다. 방문이 반쯤 열려져 있는 사이로 이불을 어깨까지 끌어 덮은 채 모로 누워 있는 그가 보였다.

은경은 숨소리도 죽인 채 천천히 침실로 들어섰다. 한 걸음씩 가까이 다가가자 방 안으로 새어 들어오는 주방 불빛으로 인해 그의 얼굴이 희미하게 보였다. 그녀는 무릎을 구부려 침대 옆 방바닥에 대고 앉았다. 그제야 눈높이가 맞는 거리에서 그의 얼굴을 하릴없이 바라보던 그녀는 순간 뭔가 울컥하는 마음에 콧날이 시큰거렸다.

지난 시간 얼마나 외롭게 살아왔을지, 가족이 곁에 있던 그때에도 결국은 늘 이렇게 혼자였을 거라는 생각에 마음이 아팠다.

인혁의 이마에 송골송골 맺힌 땀을 닦아 주며 머리칼을 쓸어 올리던 은경이 잠시 멈칫했다. 인기척에 잠이 깬 건지 그가 슬쩍 뒤치다 가늘게 눈꺼풀이 떠졌다.

"아, 강윤 씨……."

갑작스런 상황에 그가 너무 놀라지는 않을까 싶어 설명을 하려던 그녀의 입이 다물어졌다.

"환영이…… 다 보이네."

그가 버석한 입술을 달싹이며 혼잣말을 하더니 이내 다시 매가리 없이 눈꺼풀이 감겼다. 그녀는 그가 깨지 않은 게 다행이라고 여기며 조용히 방을 나섰다. 열이 좀 내려가게끔 찬물에 적셔 짜낸 수건을 가지고 다시 침실로 들어와 그의 이마 위에 살포시 올려놓았다. 찬 기운에 잠시 몸을 움츠리던 그가 이내 쌔근쌔근 깊은 잠에 빠져들었다.

침대 끄트머리에 살며시 몸을 앉힌 그녀는 잠이 든 그의 얼굴을 마냥 바라만 보았다.

그저 바라만 보았다.

***

"으음……."

어제 온종일 무겁기만 했던 눈꺼풀이 좀 가벼워진 것 같았다. 슬며시 몸을 뒤치다 천천히 눈을 뜬 인혁은 이마 위에 뭔가 놓인 게 느껴지자 손을 뻗었다.

열기 때문에 따뜻해진 수건이 손에 닿았다. 인혁은 이게 무슨 일인가 싶어서 느릿하게 눈꺼풀을 깜빡이며 엊저녁을 떠올려 보았다. 정신이 좀 몽롱하긴 했었지만 자신이 수건을 이마 위에 올려놓고 잔 기억은 없었다.

"뭐야……."

고개를 갸웃거리며 몸을 일으킨 인혁은 어지럼증에 잠시 비틀거리다가 이내 중심을 잡고는 방문을 열었다. 주방에서 인기척이 들렸다. 소리를 내지 않으려 조용하게 움직이지만 분명 누군가가 있었다.

설마 은경이 내려왔을 거라고는 상상도 하지 못하고 있던 그가 발소리를 내지 않은 채 살그머니 몇 걸음을 더 옮겼다.

"일곱 시가 다 되어 가는데 어떡하지. 버스 시간 때문에 이제 깨워야 할 거 같은데……."

정성들여 끓인 표고버섯죽을 한 그릇 뜬 후 소고기 장조림을 고명으로 올린 그녀가 뒤돌아섰다.

"5분만 더 있다가……."

은경의 시선이 어안이 벙벙한 얼굴로 식탁 앞에 서 있는 그에게로 향했다. 서로 놀라서 아무런 말도 하지 못한 채 눈만 끔뻑거리다가 먼저 말문을 연 건 은경이었다.

"푹 잤어요?"

식탁 위에 죽 그릇을 내려놓은 그녀가 싱긋 웃으면서 다가갔다. 하루 사이 해쓱해진 인혁은 여전히 어리둥절한 얼굴로 서 있을 뿐이었다.

"열은 좀 내렸나?"

은경이 손을 뻗어 그의 이마를 짚어 보았다. 다행히 어젯밤보다는 좀 나은 듯싶었다.

"막 일어나서 입맛 없을 테지만, 정신 좀 차리고 몇 술이라도 떠요. 나 8시 차 타고 가야 돼."

"……."

"표정 좀 봐. 하하. 아직도 얼떨떨해요?"

그의 손을 채간 은경이 제 뺨에 살며시 갖다 대었다.

"나 환영 아니야."

"……."

"허락도 없이 들어왔다고 주거침입죄로 신고할 건 아니죠?"

"어떻게 여길……."

"나 너무 극성맞은 연인인가 봐. 걱정이 돼서 가만히 있을 수가 있어야지. 결국은 서울에서 남해까지 왔지 뭐야."

"도대체 언제……."

그의 허리를 끌어안은 은경이 고개를 들어 눈을 맞추었다.

"보고 싶다는 한마디에 그 새벽에 달려왔었잖아. 강윤 씨도 그랬잖아. 하물며 남자 친구가 아프다는데 어떻게 가만히 있어요. 남해가 참…… 멀긴 먼데, 한편으로는 이런 생각도 했어요. 남해라서 다행이다. 마음만 먹으면 달려갈 수 있는 거리라서 다행이다. 바다 건너 먼 이국땅이 아닌 게 어디야."

"……."

"며칠 후면 볼 건데 왜 힘들게 여기까지 왔냐는 그런 진부한 말은 하지 말아요. 아프다니까 뭐라도 챙겨 주고 싶고, 보고 싶고, 그립고……. 그런 내 마음 앞에서 그런 말들 따위는 위안이 되지 않으니까. 그냥 이렇게 잠시라도 얼굴 한 번 보는 게 내게는 더 큰 위안이고, 행복이니까."

"……."

"그러니 따지고 보면 강윤 씨를 위해서 여기까지 온 게 아니야. 내가 행복하고 싶어서 온 거지. 그러니 미안해하지 마요."

물끄러미 그녀를 바라보다가 슥 손을 뻗어 목덜미를 감싸 쥔 인혁은 제 가슴팍으로 끌어당겼다.

생애 다시없을 아주 특별한 선물이었다. 그녀가 그랬다.

-17-

"얼굴 닳겠어."

인혁에게 핀잔을 건네는 은경의 얼굴에는 미소가 가득했다.

죽 한 숟가락 떠먹고, 그녀의 얼굴 한 번 쳐다보고 하기를 반복하던 그 역시 입꼬리를 올렸다.

"이게 진정 현실인가 싶어서 자꾸 확인을 하게 되네."

"현실 맞아요. 환영 아니라니까. 이제 내 얼굴 그만 보고 얼른 좀 더 먹어요."

"……어젯밤 도착했을 때 깨웠으면 좋았을걸. 밤새 얼굴이라도 실컷 보게. 누가 와 있는지도 모르고 잠만 실컷 잤다는 게 억울해서 죽을 지경이야."

"그럴까 봐 안 깨운 건데? 무거운 눈꺼풀 억지로 부릅뜨며 나만 쳐다보고 있을까 봐. 그러다 더 병날까 봐."

그녀의 말에 그가 아니라는 대답은 하지 못했다. 은경이 왔다는 걸 알았다면 정말 그랬을 테니까.

죽 한 숟가락을 맛나게 푹 떠먹은 인혁은 벽시계로 시선을 옮겼다.

"8시 버스 예매했다고 했었나?"

"응. 20분쯤에 나가야 할 거 같아."

그녀의 얼굴을 마주한 지 이제 30여 분 정도인데, 보내야 할 시간이 5분도 채 남지 않았다. 인혁은 몇 숟가락을 더 듬뿍 떠먹고는 의자에서 일어났다.

"다 먹은 거예요?"

"응, 많이 먹었어."

"나 그럼 콜택시 한 대만 불러 줘요."

"설마 택시 타고 버스터미널 가겠다고 그러는 건 아니죠?"

"난 택시 타고 가도 괜찮으니까, 괜히 찬바람 쐬지 말고······."

"대체 날 얼마나 못난 놈으로 만들 참이야."

인혁이 커다란 손을 뻗어 그녀의 정수리에 손을 얹은 채 머리칼을 부스스 흐트러뜨렸다.

"감기나 걸려서 여자 친구가 서울에서 남해까지 내려오게 한 것도 모자라, 밤새 간호해 준 애인 먼 길 가는데 배웅도 하지 않는 몰상식한 놈이 되라는 건 너무하잖아."

"난······."

"내가 데려다줄게요. 30분은 더 같이 있을 수 있잖아. 나도 여자 친구 얼굴 한 번 더 보는 게 더 큰 위안이고, 행복이니까."

그의 입가에 잔잔한 미소가 번졌다. 그녀 역시 따라 웃으며 고개를 끄덕였다.

"알았어요. 데려다줘요. 나야 좋지."

시간이 촉박해서 떠날 채비를 서두른 은경은 그의 옷차림새 역시 꼼꼼하게 체크를 했다. 패딩점퍼 지퍼를 목 끝까지 올려 준 그녀는 모자까지 뒤집어씌웠다.

"누가 보면 걸어서 데려다주는 건지 알겠어."

"아직 더 남았어요. 마스크도."

은경이 원하는 대로 완전무장을 하고서야 밖으로 나온 인혁은 차의 조수석 문을 열어 그녀를 태운 후 운전석에 올랐다.

"8시 버스 타겠죠?"

"탈 수는 있지. 태우기 싫어져서 그게 문제지."

인혁이 마스크를 턱까지 잡아 내린 후 은경에게 손깍지를 꼈다.

"감기가 벌써 다 나은 거 같아."

"싱거운 소리 하지 말고, 끼니랑 약 잘 챙겨 먹어요. 확인할 거야."

인혁은 대답 대신 그녀의 손을 들어 올려 손등에 입을 맞췄다.

"입술에 하고 싶은데 감기 옮으면 곤란하니까."

"난 상관없는데? 건강 체질이라……."

"으음, 그래도 안 돼요. 다음 주에 만났을 때 나는 쌩쌩해져서 왔는데 은경 씨가 아프면 안 되니까."

그의 말에 피식 웃은 은경이 고개를 끄덕였다.

"알았어요. 진한 뽀뽀는 그때 하지, 뭐. 대신 아주 진하게 할 거야."

"바라던 바입니다."

눈이 마주쳤다. 봄날처럼 싱그러운 미소가 동시에 그려졌다. 굳이 더 말하지 않아도, 맞잡은 손에서 느껴지는 서로의 온기만으로도 진심이 전해지는 특별한 시간이었다.

함께하는 시간은 짧고 짧게만 느껴질 뿐인데, 어느새 버스터미널이 코앞이었다. 보내기 싫은 마음과, 가기 싫은 마음을 억누른 두 사람은 몇 분 남지 않은 출발 시간을 체크하며 서둘러 차에서 내렸다.

"많이 피곤할 텐데 버스에서라도 눈 좀 붙여요."

"응, 알았어. 얼른 가요."

"버스 타는 거 보고 갈게."

그녀의 손을 꼭 잡고 아쉬운 발길을 옮긴 인혁은 서울행 버스 앞에서 은경과 마주 섰다. 바람에 흩날리는 그녀의 머리칼을 정돈해 준 그가 부드럽게 머릿결을 쓸어내렸다.

"조심히 올라가요. 도착하면 연락하고."

"내 걱정 말고 가서 좀 쉬어요. 혹시라도 몸 더 안 좋아지면 병원 꼭 다시 가고."

이제는 정말 버스에 타야 할 시간이었다. 떨어지지 않는 발걸음을 애써 뗀 은경이 돌아서는데 순간 그에게 손목이 잡혔다.

인혁은 턱에 걸쳐져 있던 검은색 마스크를 슥 잡아 올린 후 은경의 양 뺨을 감쌌다. 눈꺼풀을 내려뜨린 채 천천히 고개를 숙인 그가 입을 맞추었다. 마스크가 씌워져 있어도 온기가 느껴졌다. 서로의 숨결이 코끝에 맴돌았다.

"……며칠만 기다려요. 숨도 안 쉬고 달려갈게."

인혁이 고개를 들고는 그녀를 품에 안아 토닥였다. 어쩐지 눈물이 핑 돈 은경은 황급히 버스에 올라탔다. 그녀를 마지막으로 태운 버스 문이 닫혔다.

은경은 잰걸음으로 창가 자리에 몸을 앉힌 후 우두커니 혼자서 있는 인혁을 향해 손을 흔들었다. 그런 그녀에게 화답하듯 손을 흔들던 인혁이 머리 위로 손을 모아 하트를 만들었다. 버스가 출발하고 그녀의 모습이 점차 멀어지는데도 인혁은 여전히 하트를 보내고 있었다.

"……사랑해요, 나도."

인혁의 모습이 온전히 사라지고 나서야 의자 등받이에 머리를 기댄 은경은 제 입술을 쓸어보았다. 마스크가 씌워져 있었음에도 그의 포근한 입술이 느껴지는 듯한 입맞춤이었다. 그래서 뭔가 더 애틋하고, 애틋했다.

그의 곁에 머무른 시간 일곱 시간 남짓. 얼굴을 마주하고 사랑을 속삭인 시간 한 시간 남짓. 아쉬운 만큼 너무도 행복했던 소중한 시간.

은경은 천천히 눈꺼풀을 내려뜨렸다.

하루빨리 결혼이 하고 싶어졌다. 매일을 함께 보낼 수 있는 방법이 결혼이라면 망설이고 싶지 않았다. 서울이든 남해든, 사는 곳은 중요하지 않았다. 누구와 함께인지가 중요할 뿐이었다.

***

"많이 피곤해 보여요."

상담실 의자에 앉아 잠시 눈을 감고 있던 은경은 등 뒤에서 들리는 음성에 슥 고개를 돌렸다. 제임스가 걱정스런 얼굴로 저를 보고 있었다.

"몇 시야? 서정현 회원님 오셨어?"

"아뇨, 아직. 8시 5분 전이에요."

어제 수업을 오늘로 미뤘던 정현의 수업 한 타임만 남은 은경은 얼른 시간이 지나가길 바랐다. 남해까지 다녀온 게 무리였는지 온몸이 찌뿌듯해서 오늘은 운동도 따로 하지 못한 터였다.

"연애하다가 골병들겠어요."

은경의 맞은편에 몸을 앉힌 제임스가 안쓰럽다는 듯 바라보았다.

"대체 얼마나 먼 장거리 연애를 하는 거예요? 어제도 부랴부랴 퇴근하시더니."

은경에게 애인이 있다는 건 센터 직원들 역시 모두 아는 사실이었다. 한데 인혁에 대해서 구체적으로 알고 있는 사람은 아무도 없었다. 하물며 그가 어디에 사는지, 뭐하는 사람인지조차 베일에 싸여 있었다. 그녀의 입장에서는 혹시나 인혁의 정체가 탄로 나서 말이 옮고 옮기게 될까 봐 함구하는 것이었지만, 직원들 입장에서는 다소 의아한 부분이 아닐 수 없었다.

"내가 지난번에도 얘기하지 않았나? 너무 많은 걸 알려고 하지 말라고. 남의 연애에 왜 이리 관심이 많아."

은경은 평소처럼 웃음으로 무마하며 그만 나가 보려는데 제임스가 말을 이었다.

"매니저님이 더 좋아하는 것처럼 보여서 그래요. 매니저님이 뭐가 아쉬워서요. 눈만 돌리면 다 매니저님 좋다는 남자들 천지일 텐데……."

"그중엔 그 사람이 없거든."

제임스를 향해 다가선 그녀가 팔짱을 낀 채 입꼬리를 올렸다.

"그리고 또, 내가 더 좋아하면 어때. 그러면 안 되는 이유라도 있어?"

노골적인 은경의 질문에 제임스가 머리를 긁적이며 머뭇거렸다.

"나 걱정해 주는 건 좋은데, 그런 건 하지 말라고 했지? 마치 날 여자로 보는 것처럼 오해할 만한 말, 행동, 그런 거."

"흠흠."

"어어, 그런 거 하지 마. 여기서 얼굴 빨개지면 진짜 난감해지는 거야."

 은경이 피식 웃으며 그의 어깨를 가볍게 두드리고는 상담실을 나섰다.

 "제임스 녀석, 귀엽기는……."
 "안녕하세요."

 혼잣말을 하던 은경은 상담실 옆에 위치한 화장실에서 나오던 정현과 마주치자 멈칫하다 인사를 건넸다.

 "오셨어요. 어제는 죄송했습니다. 갑자기 일방적으로 수업을 취소해서요."
 "괜찮아요. 급한 일이 있었던 거 같은데 해결은 잘하신 건가요?"
 "아, 네. 덕분에요. 감사합니다."
 "다행이네요."

 정현이 사람 좋게 웃으며 남자 탈의실로 향했다. 그의 레슨 일지를 챙겨서 오늘 진행할 수업을 다시 한 번 확인하던 그녀는 인혁에게서 전화가 오자 냉큼 받았다.

 "몸은 좀 어때요? 저녁은요? 벌써 여덟 시인데 약 먹어야 하잖아."
 ─나야 이제 먹으면 되는데, 은경 씨가 걱정이지. 여기 다녀가느라 되레 병난 건 아닌지.
 "난 튼튼 체질이라고 몇 번을 얘기해."
 ─많이 피곤할 텐데.

"괜찮아요. 이제 한 타임만 끝내면 퇴근인데, 뭘."

-오늘은 일찍 좀 푹 쉬어요.

"알았으니까 강윤 씨나 어서 밥 챙겨 먹어요. 약도 빼먹지 말고. 안 그러면 나 또 어제처럼 느닷없이 남해 갈지도 몰라. 날 위한다면 건강부터 회복하는 게 우선이란 걸 잊지 마요. 그래야 3일 후에 쌩쌩하게 만나지. 그렇지 않아도 우리 아빠 만난다고 긴장할 거 뻔한데 컨디션까지 안 좋으면, 인사 왔다가 쓰러질까 봐 걱정이야."

미소를 머금으며 얘기하던 은경은 어느새 옷을 갈아입고 나와 있는 정현을 발견하고는 서둘러 통화를 끝냈다.

"서정현 회원님, 오늘은 하체 근력운동……."

"인혁이가 아파요? 아, 본의 아니게 통화하는 걸 좀 들어서요."

"아…… 네. 좀."

"어디가 어떻게 아픈 겁니까?"

"감기 몸살이 좀 심하게 와서요. 오늘은 어제보다 좀 나은 거 같으니까 너무 걱정하지 마세요."

"다행이네요. 그래서 어제…… 수업 바꾸신 거군요. 남해 다녀오느라."

정현의 질문에 어쩐지 머쓱해진 은경이 어색하게 웃었다.

"대단하네요. 서울에서 남해가 좀 먼 거리가 아닐 텐데. 아무나 그렇게 할 수 있는 건 아닐 텐데 인혁이 녀석 엄청 감동받았겠어요. ……부럽기도 하네요. 그 먼 거리를 아무것도 아니게 만들 만큼 자신을 아끼는 연인이 있다는 게. 인혁인 정말 복이 많은 녀석이군요."

"복은 제가 많은 거죠. 사촌 형님이니까 잘 아실 거잖아요. 강윤 씨가 얼마나 좋은 사람인지. 그 먼 거리도 아무것 아니게끔 만들 만큼 근사한 사람이란 거. 그러니 제가 복이 많은 거죠."

"……그런가요."

희미하게 미소 지은 정현은 이내 더 이상의 사적인 대화를 이어 가지 않은 채 트레이닝에 집중했다. 50여 분의 수업을 마친 후 샤워까지 끝낸 그는 평소 가장 친하게 지내는 친구에게 전화를 걸었다.

"나야. 지금 시간 좀 돼? 한잔하게."

-어쩐 일이야. 요새 운동한다고 술은 아예 끊었다더니.

"술이 좀 당기는 날이라서. 우리 만나던 바(bar)에서 보자."

-알았다. 한 30분 걸릴 거야.

통화를 끝낸 정현은 친구보다 먼저 바에 도착해 늘 마시던 위스키로 주문을 했다. 빈속에 독한 알코올을 넘기자 목구멍부터 찌르르 열기가 올라왔다. 그는 개의치 않고 연거푸 스트레이트 잔을 비웠다.

"무슨 일이야?"

뒤늦게 도착한 친구가 정현의 어깨를 짚으며 옆자리에 착석했다.

"아, 난 온더록스. 스트레이트 너무 독해."

정현은 친구의 청에 따라 온더록스 잔에 얼음을 몇 개 넣은 후 갈색 알코올을 따라 내밀었다.

"캬, 소주에 길들여졌던 입맛이라 그런지 쓰다, 써. 그래도 정현이 너 때문에 이런 값비싼 위스키도 다 마셔 본다."

일반 샐러리맨이 소주가 아닌 위스키를 마신다는 건 사치 중의 사치일 테다. 하지만 어렸을 때부터 경제적으로는 부족함 없이 자란 정현은 그런 것들을 크게 신경 쓰지 않았다. 직장 동료가 아닌 친구들을 만날 때는 이따금씩 위스키를 마셨고, 계산은 언제나 그의 몫이었다.

"그나저나 진짜 무슨 일이야?"

과일 안주 하나를 집어 든 친구가 오물거리며 물었다. 정현은 스트레이트 한 잔을 더 비운 후 안주도 먹지 않은 채 입을 열었다.

"너 말이야. 남해에 사는 여자랑 만날 수 있어?"

"웬 남해?"

"대답해 봐. 만날 수 있어?"

"미쳤냐."

간단한 친구의 대답에 정현이 비식 웃으며 머리칼을 쓸어 올렸다.

"그렇지? 그런데 하물며 남해에 사는 애인이 아프다고 다 저녁에 일 끝나고 내려간다는 건 더 미친 짓일 거야. 다음 날 출근도 해야 하는 상황이라면."

"일 끝나고 남해에? 상상만으로도 끔찍하다. 그건 불가능하지."

"……그렇지? 불가능에 가까운 일이지."

"당연하지. 남해가 어디라고 거길 가. 그런데 왜 뜬금없이…… 누가 그랬대? 어떤 미친놈이? 얼마나 대단한 사랑이면 그게 가능해?"

정현은 잠시 말없이 술잔만 비우다가 가는 숨을 내쉬었다.

"비집고 들어갈 틈이 없어. 나는 그녀와 같은 서울에 있고, 그 녀석은 남해에 있는데도 비집고 들어갈 틈 하나가 안 보여."

"그게 무슨……."

"주말이면 내 집인 우이동이 아닌 서초동을 기웃거려. 이사를 왔다고 거짓말까지 하면서 그 여자 집 주변을 어슬렁거려. 사람 좋아 보이는 그녀의 어머께 이웃인 척 말을 건네고, 우연을 가장한 만남을 주도하지. 대기업에 다닌다는 걸 어필하고, 세상에 둘도 없는 효자인 것처럼 나를 포장해. 좋은 이미지를 심어 주고 싶어서. 잘 보이고 싶어서. 둘 사이에 비집고 틀어갈 틈이 없다면 그녀의 가족에게라도 환심을 사고 싶어서. 그러면 혹시나 내게도 기회가 생길까 싶어서. ……내가 요즘 이렇게 한심한 짓을 하고 다녀. 우습게도."

"정현아."

"왜 또 그 녀석일까. 왜 또 내가 갖고 싶은 걸 그 녀석이 갖는 걸까. 멀리 떨어져 있으면 그런 일 없을 거라 여겼는데, 소용이 없네."

"인혁이…… 얘기하는 거야?"

정현이 그렇게 이야기할 상대는 인혁뿐이라는 걸 친구 역시 알고 있었다. 국민영웅 서인혁을 사촌 동생으로 둔 그가 나름 얼마나 스트레스를 받으며 살아왔는지 알고 있었다. 때문에 그가 인혁에게 느끼는 열등감 역시 잘 알고 있었다.

"은퇴하고 나서는 통 인혁이 얘기 안 하더니 무슨 일이야. 서울에는 없다더니…… 다시 올라온 거야?"

인혁이 정확히 어디에서 사는지 듣지 못했던 친구가 조심스레 질문을 던졌다.

"그럴지도 모르겠어. 애인이 서울에 있으니까."

"그럼 아까 남해에 산다는 게…… 인혁이었어? 네가 마음에 둔 여자가…… 인혁이 여자고?"

"……."

"인마, 너 어쩌려고 그래. 괜한 시간 낭비, 감정 소모하지 말고 그만둬. 피차 상처만 남을 거야."

"……알아. 그래서 그만하고 싶은데…… 그냥 차라리 관심 끄고 살고 싶은데 그게 잘 안 되네. 담배 끊는 것만큼이나 힘들어. 부럽기도 하고, 그래서 배가 아프기도 해. 그녀가 생각보다 좋은 여자 같아서, 그녀의 어머니가, 가족들이 모두 좋은 사람들 같아서 탐이 나. 나도 저렇게 좋은 사람들과 함께할 수 있었으면 좋겠다 싶거든. ……숨 막히는 우리 집이 아닌."

"정현아. 그래도 그건……."

"한 가지 생각이 떨쳐지지가 않아."

빈 잔에 알코올을 채운 정현이 친구를 향해 슥 고개를 돌렸다.

"너무 탐이 나지만, 그래서 갖고 싶지만, 내가 갖지 못할 바엔 인혁이도 갖지 못했으면 좋겠다."

"그래서 훼방이라도 놓겠다는 거야? 너도 편하지 않을 거야. 그만둬."

"……궁금해. 그 대단한 사랑의 힘이란 게, 그 어떤 역경에도 정말 무너지지 않고 버틸까. 겨우 몇 달일 뿐인데. 몇 년이 아닌 몇 달 만난 사이일 뿐인데, 그 대단한 사랑이란 게 얼마나 버틸까."

"너 대체 무슨 생각을 하고 있는 거야?"

"너…… 아는 선배 중에 기자 있다고 했었지?"

정현은 스트레이트 잔을 들어 입안에 털어 넣었다.

"내가…… 제보를 하나 할까 하는데. 올림픽 금메달리스트 서인혁이 왜 잠수를 타게 된 건지, 국민들도 궁금해하지 않을까? 국민영웅 서인혁이 아닌, 인간 서인혁은 어떤 사람인지도."

"인마, 기자를 함부로 끌어들이지 마. 이슈를 위해서라면 목숨도 거는 사람들이야. 내가 친하게 지내는 형이긴 하지만 때로는 치가 떨릴 때도 있어. 대체 인간 서인혁에 대해서 뭘 제보하려고 그러는 건지는 모르겠지만, 조용히 사는 인혁이 인생에 큰 파장이 일게 되는 건 피할 수 없을 거야. 그래도 괜찮아? 정말 그걸 원하는 거냐?"

"……."

"하아. 난 도통 모르겠다. 대체 왜 네가 이렇게까지 하는지. 그간의 네 입장을 모르는 건 아니지만, 그래도 이건 아니잖아. 왜 이렇게까지 하는 건데. 너 인혁이 싫어만 했던 건 아니었잖아. 챙기고 걱정도 했었잖아. 아니야?"

정현은 대답 없이 또 잔을 채웠다.

취기 때문인지 머리가 어지러웠다. 식도를 타고 흐르는 알코올이 쓰디썼다.

***

며칠의 기다림 끝에 다가온 월요일이었다.

남해까지 찾아왔던 은경의 정성 덕분인지 컨디션을 많이 회복한 인혁은 이틀 동안 비울 펜션 정리를 깔끔하게 한 후 시간을 확인했다. 어느새 오후 두 시였다.

"퇴근 시간 안에 여유 있게 도착하겠다."

두부와 찐빵을 태우고 부리나케 차를 움직인 그는 은경을 만날 생각에 콧노래가 흘러나왔다. 화요일인 내일 올라오는 줄 알고 있던 은경이 자신을 보면 어떤 반응을 보일지 벌써부터 설렜다.

많이 놀라고, 많이 좋아해 줬으면.

머나먼 길을 조금의 지루함도 없이 오로지 설레는 마음으로 달려온 인혁은 저녁 일곱 시가 넘어서야 그녀가 일하는 센터 주차장으로 진입했다.

"당장 올라가서 보고 싶어 죽겠네."

"헥헥. 헥헥."

동조한다는 듯 두부와 찐빵이 꼬리를 살랑거렸다. 피식 웃으며 녀석들의 머리를 쓰다듬은 인혁은 조수석에 놓인 꽃다발과 쇼핑백을 힐끗 보고는 머리를 긁적였다.

"너무 유치한가."

이왕이면 그녀에게 제대로 된 서프라이즈를 해 주고 싶었다. 배꼽을 잡고 웃으며 즐거워할 그녀의 얼굴이 보고 싶었다.

"이미 엎질러진 물이야."

혼잣말을 하며 그녀의 퇴근 시간만을 기다리던 그는 때마침 은경에게서 전화가 오자 냉큼 받았다.

"수업 중 아닌가? 그래서 일부러 전화 안 했는데……."

-아, 내가 아까 얘기 안 했던가요? 오늘 6시 레슨이 마지막이었다고. 지금 퇴근해요. 엘리베이터 기다리고 있어.

한 시간은 더 기다려야 한다고 생각하고 있던 인혁이 의자 등받이에서 몸을 떼며 화들짝 놀랐다.

"에, 엘리베이터?"

-응. 그나저나 목소리는 많이 좋아진 거 같은데, 좀 어때요?

저녁은 아직이죠?

"아. 으, 응. 저기, 내가 이따 전화할게요. 화, 화장실이 급해."

허겁지겁 전화를 끊은 인혁은 발등에 불 떨어진 사람처럼 황급하게 쇼핑백을 뒤적거렸다. 어젯밤 미리 만들어 놓았던 피켓 두 개를 꺼낸 인혁은 꽃다발도 함께 챙겨 들고는 서둘러 차에서 내렸다.

"얌전하게 하고 있자. 몇 분만 참아."

두부와 찐빵의 목에 피켓에 매단 줄을 하나씩 걸어 준 인혁은 녀석들을 데리고 엘리베이터 앞으로 향했다. 10층에서 멈춘 엘리베이터가 한 층 한 층 아래로 내려오고 있었다.

"앉아."

나란히 서 있던 녀석들이 착하게도 엉덩이를 앉혔다.

"기다려."

"헥헥. 헥헥."

"기다려. 아빠 올 때까지 기다려. 피켓 떨어뜨리면 안 돼."

인혁은 슬금슬금 뒷걸음질을 치며 녀석들에게 다시금 얘기했다.

"기다려."

"헥헥. 헥헥."

움직이고 싶어서 움찔거리는 녀석들의 시선이 인혁을 따라 움직였다.

"쉿. 기다려."

은경의 눈에 띄지 않게 유리문 옆 벽면에 몸을 기대 숨긴 인혁은 콩닥거리는 가슴을 진정시키며 마른침을 삼켰다.

"헥헥. 헥헥."

다행히도 아직까지는 얌전하게 있는 녀석들의 숨소리만이 귓전에 맴돌았다.

"후우. 내가 왜 이렇게 긴장……."

순간 땡, 소리가 들렸다. 인혁의 입이 다물어짐과 동시에 두부와 찐빵의 귀가 쫑긋거리며 금속 문으로 시선이 향했다.

"왈왈! 왈왈!"

내내 얌전하게 앉아 있던 두 녀석이 발딱 일어나 꼬리를 미친 듯이 흔들었다. 아빠가 올 때까지 기다리라는 인혁의 말은 순식간에 안드로메다로 보내 버린 터였다.

"왈왈!"

엘리베이터 안에서 내릴 생각도 못 한 채 얼이 빠진 얼굴로 녀석들을 바라보던 은경은 문이 닫히려 하자 그제야 열림 버튼을 마구 눌렀다.

"이게…… 무슨 일이야?"

얼떨떨한 얼굴로 제가 아는 녀석들이 맞는지 확인하던 그녀의 시선이 녀석들 목에 걸린 피켓으로 향했다.

'아가씨, 시간 있어요?'

두부의 목에 걸린 피켓 문구였다. 순간 웃음이 터진 은경은 고른 치열을 드러내며 이마를 짚었다.

'커피 한잔해요. 찐하게.'

찐빵이 걸고 있는 피켓까지 모두 확인한 그녀가 연방 미소 짓고 있는데 인기척이 들렸다.

"얌전히 기다리라니까 난리를 쳤네."

언제 봐도 훤칠한 인혁이 멋쩍은 얼굴로 그녀에게 다가갔다.

"서프라이즈도 아무나 하는 건 아닌가 봐. 내가 생각해도 뭐가 이리 엉성한지."

꽃다발을 든 채 뒷짐을 지고 있던 그가 슥 팔을 앞으로 내밀었다.

"언젠가 그랬었죠. 퇴근했는데 남자 친구가 직장 앞에 와서 기다리고 있는 게 별거 아닌 거 같지만 엄청 로맨틱하다고. 엘리베이터 문이 열렸을 때 보고 싶던 얼굴이 보인다는 게 너무 설렌다고."

마주친 시선은 따사로웠다. 부드럽게 말린 입꼬리는 내려올 줄을 몰랐다.

"꿈만 같아요. 강윤 씨를 오늘 보게 되리라고는……."

"그거, 해 주고 싶어서. 로맨틱하고 설레는 거, 해 주고 싶어서."

"……."

"흠흠. 꽃다발 좀 받아 줘요. 귀까지 빨개질 지경이야."

인혁을 바라보느라 꽃다발 받을 생각도 하지 못했던 그녀가 뒤늦게 받아 들었다.

"단지 하루 빨리 만났을 뿐인데, 이렇게 반가울 수가 없네. 충분히 로맨틱하고, 충분히 설레었어요."

그에게 한 걸음 더 다가간 은경이 여전히 입매를 올린 채 물었다.

"몸은 온전히 괜찮아진 거예요?"

"보다시피 아주 멀쩡해요."

"좋네. 이렇게 건강한 모습 보니까."

커다란 손으로 버릇처럼 그녀의 머릿결을 쓸어 준 그가 나직이 얘기했다.

"좋네. 보고 싶던 얼굴 보니까."

슥 고개를 숙인 인혁이 그녀의 입술에 제 입술을 포개었다. 따뜻한 온기가 느껴지는 그녀의 입술을 할짝거리고 빨아 물던 그는 슬며시 고개를 떼었다.

"역시 입맞춤은 이렇게 해야 좋은 거네. 마스크 따위 없이."

"푸훗. 그러니까 아프지 마요."

"헥헥. 헥헥."

이제 그만 저한테도 관심 좀 달라는 듯 두부와 찐빵이 앞다리를 들어 인혁을 툭툭 건드렸다. 너 필요할 때 써먹고 나니 찬밥 신세로 전락시키는 거냐는 일종의 시위 같기도 했다.

"하하. 멀리 오느라 두부랑 찐빵이도 고생했어."

은경이 녀석들의 머리를 쓰다듬으며 알은척을 해 주었다. 이제 좀 기분이 좋아졌는지 녀석들이 또 꼬리를 마구 흔들었다.

"애견 호텔 먼저 들러야죠? 빨리 가요. 그래야 커피 한잔하죠. 찐하게."

그에게 팔짱을 끼며 녀석들과 함께 자리를 옮기려던 은경은 엘리베이터가 멈춰 서는 소리에 무심코 고개를 돌렸다.

"누나!"

엘리베이터 안에서 내리며 알은척을 하는 남자를 보던 그녀의 눈이 휘둥그레졌다.

"마침 딱 만났네. 센터 갔더니 누나 방금 퇴근했다고 해서 얼마나 황당……."

지금 왜 은성이 앞에 있는 건가 생각하기 무섭게 잠시 잊고 있었던 기억 하나가 뇌리를 스쳤다.

[누나. 나 오늘 퇴근하고 센터 갈 거다.]

[센터에? 왜?]

[왜긴. 운동하러 가는 거지.]

[네가? 웬일이야. 그렇게 나오라고 해도 안 나오던 녀석이.]

[술을 너무 마시고 다녔더니 배만 볼록 나와서 안 되겠어. 내 이 남다른 비주얼에 똥배가 웬 말이야.]

[그걸 이제 깨달았어? 그러게 내가 뭐래. 진즉 좀 관리하라니까.]

[나 회원권 싸게 끊어 줄 거지?]

[오기나 해.]

"왜 그래요?"

갑작스런 상황에 말을 잃고 눈만 끔뻑이던 은경은 옆에서 들리는 인혁의 음성에 겨우 정신을 차렸다. 그러고는 힐끔 고개를 내려뜨리자 그에게 팔짱을 끼고 있는 제 모습이 보였다. 슬그머니 다시 고개를 든 은경은 저보다 더 커진 눈으로 고개를 갸웃거리며 다가오는 은성을 바라보며 마른침을 꿀꺽 삼켰다.

"누나?"

은성의 시선이 은경과 인혁에게 번갈아 꽂혔다. 모자를 쓰고 있지 않은 인혁의 얼굴은 그 누가 봐도 서인혁이었다.

"누나가 왜 지금······."

은경에게 '누나'라고 호칭하는 은성을 보던 인혁의 얼굴에 서서히 당혹스러움이 번졌다. 그런 그를 빤히 응시하며 좀 더 다가가던 은성은 덩치가 커다란 사모예드 두 마리에게도 시선을 던졌다.

[그런데 개 이름이 진짜 웃기다. 웬 두부와 찐빵이? 주인이 진짜 이름 막 지었나 보다.]

[귀엽기만 한데 뭐가 어때서?]

[솔직히 너무 막 지은 건 맞잖아.]

[네가 뭘 알아.]

[누난 뭘 안다는 듯이 얘기하네?]

남해로 휴가를 다녀왔던 은경이 한동안 입에 달고 살던 녀석들의 이름을 또렷이 기억하고 있었다.

"······두부야?"

"왈왈!"

인혁의 옆에 있던 사모예드 한 마리가 꼬리를 흔들며 짖어 댔다.

"찐빵아?"

"왈왈!"

은경의 옆에 있던 사모예드 한 마리가 역시나 같은 반응을 보였다. 은성은 얼이 빠진 얼굴로 두 사람을 다시금 번갈아가며 쳐다보았다.

"……헐."

***

어색한 침묵이 흐르는 건 당연했다. 은성은 유일하게 정적을 깨는 두부와 찐빵의 숨소리를 들으며 멍한 얼굴로 정면을 응시했다.

'난 누구? 여긴 어디?'

어쩌다 인혁의 차에 탑승을 하게 된 건지, 어쩌다 이 덩치 큰 녀석들 사이에 끼어서 앉아 있게 된 건지 모를 일이었다.

"헥헥, 헥헥."

암컷인 두부가 은성의 곁으로 더 가까이 붙어 앉았다. 처음 만난 은성이 꽤나 마음에 든 모양이었다. 은성은 슬그머니 엉덩이를 빼며 몸을 떨어뜨렸지만 두부가 역시나 또 몸을 들이댔다.

"에취!"

너무 가까이에서 풀썩거리는 두부에게서 빠진 털이 은성의 콧구멍을 간질였다.

"혹시 개털 알레르기 있습니까?"

인혁이 룸미러로 은성을 응시하며 걱정스럽게 물었다.

은성은 TV에서나 봤던 서인혁이 제게 말을 걸고 있다는 게 아직도 신기한지 얼떨떨한 얼굴로 고개를 가로저었다.

"아닙니다. 털이 자꾸 날리고 콧속으로 들어가서 그런 겁니다."

"두부야, 좀 떨어져."

인혁이 슥 고개를 뒤로 돌렸다. 가까이에서 보는 인혁은 정말 나무랄 데가 없을 정도로 인물이 훤했다. 은성은 그를 힐끔거리며 방금 전의 상황을 되짚어 보았다.

[그러니까 누나. 내가 지금 보고 있는 현장이 실제상황이야?]

[무, 무슨 현장씩이나. 내가 뭐 죄졌니?]

당황해하던 은경은 이내 곧 차분하게 인혁을 소개했다.

[이렇게 만나게 될 줄은 몰랐지만, 인사해. 누나 남자 친구야.]

여전히 믿기지 않는 듯 은성이 아무 말도 하지 않자, 인혁이 먼저 한 걸음 다가서며 악수를 청했다.

[처음 뵙겠습니다. 서인혁입니다.]

[제가 아는 그 서인혁…… 맞는 거예요?]

[많이 놀랐을 테지만, 그렇습니다.]

[하……. 이게 대체 어떻게 된…….]

[은성아, 누나 남자 친구 팔 떨어지겠다. 누나 남자 친구가 먼저 인사 건네잖니.]

은성은 그놈의 '누나 남자 친구'를 강조하며 애기하는 은경의 말에 얼떨결에 인혁과 악수부터 나누었다.

[궁금한 거 많지? 많아도 오늘은 참아. 나중에 얘기해. 내가 오늘은 데이트를 해야 해서. 남자가 돼 가지고 촐랑거리면서 집에다가 쪼르르 얘기할 건 아니지? 누나가 지금 누구랑 있네, 어쩌네. 해도 내가 하니까, 넌 입 다물고 집에 들어가.]

그녀가 제 연인일 때가 아닌 현실 누나인 모습에 괜한 헛기침만 하던 인혁이 슬며시 끼어 든 건 그때였다.

[그러지 말고, 아직 식사 전이면 함께 가시죠.]

그럴 필요 없다는 은경의 말에도 인혁은 꿋꿋하게 함께하기를 권했다. 그렇게 몇 분 후, 은성은 어느새 인혁의 차에 얌전하게 올라타 있었다.

"하아. 꿈이야, 생시야."

혼잣말을 하며 인혁을 계속 힐끔거리던 은성은 어디인지 모를 목적지에 도착할 때까지 골똘히 생각에 잠겼다.

'누나가 만난다던 남자 친구가 수영선수 서인혁이고, 그 서인혁을 남해에 휴가 갔다가 만났고, 그 서인혁이 두부와 찐빵 주인인 펜션 사장이었다는 거고, 거기서 둘이 눈이 맞았고, 그래서

서울과 남해라는 엄청난 장거리임에도 불구하고 둘이 연애를 하고 있는 중이다.'

"판타스틱하다, 판타스틱해."

대충 상황 정리를 끝낸 은성이 구시렁거리며 도리질을 해 댔다. 정말이지 상상도 하지 못했던 엄청난 일이 아닐 수 없었다. 게다가 서인혁은 저와 동갑이 아니던가. 누나보다 네 살이나 어린……

"하!"

은성이 기가 찬다는 듯 머리칼을 쓸어 올리며 은경에게 눈을 흘겼다. 그간 본인이 떠들어 댔던 말들이 있으니 얼마나 민망할까 싶기도 했다.

"누나."

그가 상체를 앞으로 당기며 은경에게 소곤거렸다.

"연하 만나니까 좋아?"

은경은 역시나 기대를 저버리지 않는 은성의 반응에 얼굴이 화악 달아올랐다. 인혁만 없다면 당장 멱살을 쥐고 흔들어 댔을 것만 같았다. 그녀는 슬쩍 라디오 볼륨을 높인 후 복화술처럼 입술을 거의 움직이지 않고 얘기했다.

"조용히 가자."

"이야. 난 누나가 이럴 줄은 몰랐네."

약 올리듯 싱긋 웃은 은성이 그녀처럼 복화술로 말을 이었다.

"28년 살면서 가장 충격적인 날이야."

"더 충격적인 일을 당하고 싶지 않으면 입 다물어."

"나 때리게? 누나 남자 친구가 아는지 모르겠네. 누나가 이렇게 폭력적인 거."

"헛소리 그만해."

"이야. 나랑 동갑을 남자로 보다니. 이야, 진짜 누나가 이럴 줄은……."

"너 진짜 그만……!"

저도 모르게 목청이 커져 버린 은경이 흠칫 놀라며 고개를 돌렸다. 인혁과 눈이 마주친 그녀는 당황하지 않고 배시시 웃었다.

"아하하. 애가 참 유머러스해. 하하. 재밌는 녀석."

"내가 좀 그런 소릴 많이 듣긴 해."

깐족거리듯 받아치는 은성의 태도에 은경은 또 열불이 올랐지만 애써 평정심을 찾았다.

"응. 넌 참 웃긴 녀석이야."

억지로 미스코리아 웃음을 남발하며 심신을 다스리던 은경은, 두부와 찐빵을 맡기기 위해 먼저 찾아온 애견 호텔에서 차가 멈춰 서자 안전벨트를 풀었다.

"그냥 있어요. 나 혼자 다녀올게. 잠시 실례 좀 하겠습니다."

은성에게 양해를 구한 인혁이 서둘러 녀석들을 데리고 애견 호텔 안으로 들어갔다. 마침내 은성과 둘만 남게 된 은경이 휙 뒤를 돌아보았다. 얄밉게도 은성이 먼저 박수까지 치는 거창한 리액션을 선보이며 말을 건넸다.

"이야. 누나. 이야."

"너 자꾸 장난칠래?"

"이야. 우리 누나 능력자였어. 응? 네 살이나 어린 연하를, 그것도 서인혁을. 와하하. 진짜 이게 무슨 일이야?"

"처음부터 말하자면 길고, 아무튼 상황이 이렇게 됐으니까 말 조심해. 너랑 동갑이라도 누나가 만나는 사람이야. 존중해 줘야 한다는 소리야."

"이야. 옥 여사 알면 너무 놀라서 뒤로 넘어가겠네."

"……."

"그 반응은 뭐야. 서, 설마 엄마가 알아?"

은경이 이렇다 할 대답을 하지 않았다. 은성은 배신감에 치를 떨듯 흥분을 감추지 못했다.

"와아, 진짜 반전이 따로 없네. 나만 몰랐던 거야? 설마 아버지도 아셔?"

"……."

"헐. 진짜? 아버지도 아신다고? 와, 막 배신감 느껴지네. 왜 나만 빼고 다 알아?"

"그 이유를 너만 빼고 다 알 거야."

"설마 나 몰래 벌써 인사도 드린 건 아니지?"

은경은 이왕 이렇게 된 마당에 더 이상 속일 이유가 없을 거라는 생각이 들었다. 인혁과 결혼까지 생각하고 있으니 언젠가는 닥칠 일이었다.

"……엄마는 한 번 봤어. 아빠한테는 내일 인사드릴 참이고."

"헐."

"내일 올라올 줄 알았는데 하루 먼저 온 거고, 원래는 둘이서 했어야 했을 소중한 데이트에 네가 낀 거고."

"헐."

"그러니까 예의 갖춰. 내가 그만큼 진지하게 만나고 있는 사람이니까."

내내 장난스럽게 혀를 차던 은성이 짐짓 심각하게 물었다.

"누나 설마, 진짜 결혼 그런 것까지 생각하는 건 아니지? 거기까지 생각하고 부모님한테 인사드린 건 아니지?"

"은성아, 누나 서른둘이야."

"……."

"당장 내일 결혼한다고 해도 이상할 나이 아니야."

"만난 지 얼마나 됐다고 벌써……."

"너도 해 보면 알아. 진짜 인연 만나서 사랑이란 거 해 보면 알아. 만난 시간이 그리 중요하지 않다는 거."

진심이 느껴졌다. 행복해 보였다. 처음 보는 누나의 모습에 말문이 막힌 은성은 묵묵히 그녀의 말을 들어 주었다.

"너 지금 여자 친구 있잖아. 사람이 사람을 좋아하는 게 어떤 건지 정도는 알 거 아니야. 난 그저 그 사랑이란 걸, 이 사람하고 영원히 나누고 싶어졌을 뿐이야. 그래서 시간 낭비하고 싶지 않아졌을 뿐이야. 내일 아빠한테 인사드리고 나면 너한테도 조만간 얘기할 참이었어."

"……."

"각자 서울과 남해에 사는 사람들이 연애를 한다는 게 쉽지는 않았지만, 그럼에도 불구하고 그 사람이 좋으니까. 주말이든, 퇴근 후든 시간만 되면 언제나 연인을 만날 수 있는 너는 잘 모를 거야. 이렇게 얼굴 한 번 보는 것조차도 얼마나 소중한지, 얼마나 애틋한지 넌 모를 거야."

애견 호텔에서 나오는 인혁의 모습이 보였다. 은경은 그가 차에 올라타기 전에 빠르게 이야기를 마무리 지었다.

"그러니까 은성아, 너도 좀 진지하게 바라봐 줘. 궁금한 게 많겠지만 오늘은 일단 입 좀 다물고. 알았지?"

"기다리게 해서 죄송합니다."

잰걸음으로 차에 올라탄 인혁이 은성에게 먼저 사과를 건넸다. 그 역시 이런 불시의 만남이 굉장히 불편할 테지만, 어차피 이렇게 된 일 친분을 쌓으려고 노력하고 있다는 게 느껴졌다. 식사를 함께하자고 제안했다는 것부터가 그 증거라고 볼 수 있었다.

"아, 저야말로 죄송해야 할 거 같은데요."

뜬금없는 은성의 말에 은경 역시 뒤를 돌아보며 불안하게 바라보았다. 은성이 무슨 말을 하려고 저러나 걱정하는 기색이 역력했다. 그런 그녀를 보며 피식 웃은 은성은 다시금 인혁에게 시선을 돌리며 씩 웃었다.

"제가 아까는 너무 당황을 해서 어쩌다 보니 여기까지 함께

왔는데, 원래 약속이 있었어요. 저 여자 친구 있거든요."

"아……."

"오늘 잠깐이나마 만나 봬서 반가웠습니다. 나중에 정식으로 인사드릴게요."

"약속이 있었으면 아까 말씀을 하시지, 괜히 저 때문에 여자 친구 분 기다리게 해서 어떡합니까."

"지금 바로 가면 늦지 않습니다."

은성이 차에서 내리자 인혁이 황급히 바로 따라 내렸다.

"그럼 제가 약속 장소까지……."

"아닙니다. 여기서 가까워요."

방긋 웃으면서 사양을 한 은성은 차 안에서 의아한 얼굴로 바라보고 있는 은경을 힐끗 보고 난 후 인혁의 귓가에 대고 속닥거렸다.

"누나 시간 많을 겁니다. 커피 한잔 찐하게 하세요."

두부와 찐빵의 목에 걸려 있던 피켓 문구를 은성도 본 모양이었다. 잽싸게 거둔다고 거뒀는데 낭패라는 생각에 인혁의 얼굴이 삽시간에 벌게졌다.

"누나가 좋아하던가요?"

은성이 또 슬쩍 물었다.

"아. 흠흠."

"멘트가 사실 쌍팔년도에나 있을 법한 들이댐인데, 누나가 좋아하던가요? 진짜 궁금해서."

"쿨럭, 쿨럭."

"운동만 해서 여자 사귈 시간이 없었나 봅니다. 요즘 시대에는 걸맞지 않은 들이댐이던데."

"흠흠. 일부러 그런 겁니다. 웃게 해 주려고."

"진짜요? 그래서 누나가 웃던가요?"

"많이 웃었는데……."

"오올. 우리 누나가 그런 쪽으로 무딘 편인데 웃었단 말이죠. 음, 여자들이 의외로 그런 걸 좋아하는군요. 쌍팔년도 들이댐. 21세기, 5G 시대에 신선해서 그런가?"

"쿨럭, 쿨럭."

"뭐, 어찌 됐든 여친이 좋아하면 된 거겠죠. 저도 한 번 시도해 봐야겠네요. 그럼 진짜 가보겠습니다. 다음에 뵙죠."

은성이 개구지게 웃으며 은경에게 손을 흔들고는 냅다 뛰었다.

"둘이 있고 싶어서 죽겠다는 얼굴을 하고 있는데 어떻게 끼겠냐고. 이 눈치 빠른 동생이 빠져 줘야지. 그나저나 서인혁이 누나 남자 친구라니, 참 나. 사람 인연이란 게 진짜 신기하구나. 어떻게 남해로 휴가를 가서 서인혁을 만나? 와, 누가 믿지도 않을 거야. 이러다 진짜 동갑내기 매형 생기는 거 아니야? 그것도 유명인사 서인혁을? 진짜 사람 일은 모른다니까."

구시렁거리다 냉큼 손을 흔들어 택시를 잡아탄 은성이 모습을 감추었다. 그가 택시를 탈 때까지 그 자리에 서 있던 인혁은 그제야 다시 차에 올랐다.

"그냥 가도 된다니까 굳이 왜 서 있어요. 추운데."

"그래도. 왠지 미안하니까."

"밖에서 무슨 얘기를 그렇게 나눈 거예요? 이상한 말은 안 했나 몰라. 녀석이 좀 별나서. ……갑자기 동생 만나서 많이 놀랐죠? 미안해요. 동생이 오늘 센터에 온다고 했던 걸 깜빡했어."

"갑자기 찾아온 건 난데 왜 은경 씨가 미안해하고 그래. 나보다도 은경 씨가 더 놀란 거 같던데."

은경의 얼굴을 살펴보던 인혁이 저는 괜찮다며 그녀를 다독였다.

"동생이 좋은 사람 같아. 순수해 보여. 나랑 동갑이라고 했던 거 같은데, 동생처럼 느껴져서 귀여웠다고 한다면 실례인가요?"

"으음, 아니. 오히려 그렇게 말하는 강윤 씨가 더 순수해 보이는데? 공은성이 순수하다는 건 한 번도 생각해 본 적이 없어서."

"하하. 그럴 리가."

"강윤 씨."

"음?"

"이름…… 개명했는데, 불편하죠? 자꾸 예전 이름 얘기해야 해서. 워낙 알려진 이름이다 보니까 그런 건데, 내일 아빠한테 인사드리면서 그 얘기도 해요. 그래야 우리 가족들부터라도 강윤 씨라고……."

그녀의 세심한 배려가 고마웠다. 하지만 그건 그들의 잘못이 아니었다. 서인혁으로 알고 있으니 서인혁이라고 불렀을 뿐.

"난 사실 아직도 서인혁이라는 이름이 더 친숙해. 그럴 수밖에 없잖아. 그 이름으로 살아온 세월이 얼마인데. 사람들이 알아보는 게 싫어서 개명한 지 3년이 됐는데도 아직도 강윤이라는 이름이 어색해요. 어쩌다 병원이라도 가면 그렇게 어색할 수가 없어. 서강윤이라고 몇 번을 불러도 나인 줄 모를 때가 있거든."

"……."

"은경 씨 만나면서 바뀐 내 이름을 자꾸 불러 주니까 조금씩 익숙해지기는 하지만, 아직도 내 소개를 할 때는 서인혁이라고 하는 게 솔직히 더 편해. 그래서…… 참 우습기도 해요. 개명까지 할 정도로 그 이름에서 벗어나고 싶었으면서, 결국은 익숙하고 편한 걸 찾게 되는구나 싶어서. 서인혁이라는 이름의 무게가 버겁기도 했는데, 버리기는 싫은 거구나 싶어서. 진짜 이상한 놈이죠?"

은경은 천천히 고개를 가로저으며 그의 손을 잡았다.

"이상한 거 아니야. 당연한 거예요. 나라도 그럴 거야. ……나는 감히 이렇게 생각해요. 강윤 씨에게 그 이름 석 자가 버겁기만 했던 이름은 아니었을 거라고."

"……."

"온 국민이 서인혁을 연호했었어. 그 이름 석 자를 자랑스럽게 생각했었어. 내 자식 자랑하듯 입에 달고 살았던 이름이었어. 내게, 내 가족들에게, 대한민국 국민들에게, 서인혁은 그런 존재였어. 서인혁을 부르짖던 그 시간들이 우리들에겐 행복이었어."

"……."

"그래서 당연한 게 아닐까. 그 이름이 버겁기만 하지 않은 건 당연한 게 아닐까. 버리고 싶어도 버려지지 않는 건 당연한 게 아닐까. 강윤 씨의 지난 삶이, 영광이, 온 국민의 사랑이 담긴 이름이잖아. 그러니 강윤 씨에게 서인혁이라는 이름은 애증과도 같은 게 아닐까."

그는 내내 말이 없었다. 은경은 혹시나 자신이 너무 오지랖을 떨었나 싶어 그의 안색을 살폈다.

"아, 말하다 보니까 내가 너무 오버를……."

"언제나 그런 거 같아."

그녀의 손을 깍지 껴서 잡은 그가 천천히 입술을 달싹였다.

"답이 안 보여서 가슴이 답답하다가도, 은경 씨를 만나면 아무것도 아닌 쉬운 문제들이 되어 버려. 언제나 해답은 은경 씨가 갖고 있는 거 같아."

"그건 나도 그래요. 언제나 해답은 강윤 씨가 갖고 있어. 얼굴 한 번 보면 그냥 끝나. 그 어떤 고민도, 무엇도."

누가 먼저랄 게 없었다. 시린 눈도 녹일 듯한 뜨거운 입맞춤이었다.

***

"잠을 좀 자야 할 텐데."

인혁은 은경을 집까지 데려다준 후 다시 호텔로 돌아와 침대에 몸을 누였다. 저녁도 생략한 채 호텔에서 진한 커피 한 잔을 나눈 후 내일을 위해 바로 데려다준 터였다.

 더 오래 사랑을 나누며 밤새 같이 있고 싶었지만 지금은 그럴 상황이 아니라는 걸 알았다.

 열한 시가 다 되어 가는 시간을 확인한 인혁은 그만 잠을 청하려고 눈을 감았다. 이리저리 몸을 뒤치며 억지로 눈을 붙이는데 오히려 정신이 맑아졌다.

 "하아, 큰일이네."

 한숨을 푹 내쉰 인혁은 몸을 일으켜 앉아 휴대폰을 들고 만지작거렸다. 은경에게 전화를 하고 싶었지만 괜히 그녀까지 덩달아 잠을 못 잘까 봐 할 수가 없었다. 한동안 부동자세로 앉아 있던 그는 아쉬운 대로 그녀의 사진이라도 보기 위해 휴대폰 갤러리를 천천히 살펴보았다. 그녀와 남해에서 찍은 사진들을 쭉 훑어보며 미소 짓던 그는 그녀가 아닌 다른 사람이 찍힌 사진 한 장을 보고는 멈칫했다.

 은경이 남해로 휴가를 왔을 때 자신을 찾아왔던 정현의 사진이었다.

 [두부랑 찐빵이가 여기 펜션 마스코트라며? 나도 한 장 찍자.]

 하루를 묵고 다음 날 아침 떠나기 전 찍은 사진이었다. 추적추적 비도 내리는데 무슨 사진이냐는 핀잔에도 끝까지 포즈를 취하는 바람에 마지못해 찍었었다.

[형 휴대폰 주세요.]

[나 지금 두부랑 찐빵이 끌어안고 자세 잡았잖아. 비 맞아. 그냥 네 휴대폰으로 빨리 찍어.]

사진을 찍고 그에게 전송한 후 바로 삭제를 하려는데 무슨 이유에서인지 머뭇거렸었다. 다음에 지워야지, 했던 게 지금까지 간직하고 있을 줄은 몰랐다.

휴대폰을 내려놓고 다시 몸을 누인 인혁은 눈꺼풀을 내려뜨렸다. 여러 가지 생각들이 머릿속을 파고들었다. 하지만 지금은 내일 은경의 아버님께 인사를 드리는 게 우선이었다. 다른 문제는 두 번째였다.

"그러니까…… 잠 좀 자자."

모로 몸을 누인 그가 이불을 폭 뒤집어썼다. 밤새 뒤치다 움직임이 멈춘 건 동이 트고 나서였다.

-18-

 화요일 아침이었다. 오늘 점심 약속 후, 오후 출근으로 스케줄을 변경했던 은경은 습관처럼 일찍 눈이 떠져서 몸을 일으켰다.
 "강윤 씨는 잠 좀 잤나……."
 기지개를 켜며 방에서 나오던 은경은 마침 동시에 방문을 열고 나오는 은성을 힐끗 쳐다보았다. 어젯밤 귀가를 하면서도 혹시나 저 자식이 이상한 소리를 나불거린 건 아닐까 걱정했지만, 평소와 다름없는 옥 여사를 보니 별소리는 하지 않은 것 같았다.
 "여어, 능력자."
 은성이 히죽 웃으며 어깨춤을 추었다. 은경은 저 표정은 필시 뭔가 또 놀리기 위함이 분명하다고 생각하며 무시했다. 은성은 이에 굴하지 않고 쪼르르 따라왔다.
 "누나. 데이트는 잘했어?"

"아침부터 싸우기 싫다."

"찐한 커피는 도대체 어떻게 마시는 거야? 나 아직 스물여덟이라 그런 거 잘 몰라서."

은성이 눈꺼풀을 빠르게 깜빡거리며 천진난만한 표정을 지었다. 그를 향해 곱게 눈을 흘긴 은경이 은밀하게 소곤거렸다.

"까불지 마. 한 대 맞기 싫으면."

"까불기는. 사실을 얘기했을 뿐인데. 그러고 보니 서인혁도 나랑 동갑이니까 그런 거 잘 모를 텐데, 연상이 이래서 좋은……컥!"

결국은 아침부터 멱살이 잡힌 은성이 잘못했다면서 재빠르게 백기를 들었다.

"진짜 누나 이러는 거 아는지 몰라. 얘기해 주고 싶다."

은경과는 다르게 피부가 하얀 편인 은성이 그새 벌게진 얼굴로 기침을 해 댔다.

"그러게 왜 까불어. 아침부터 싸우기 싫다고 했잖아."

팔짱을 낀 채 저를 노려보고 있는 은경을 물끄러미 응시하던 그는 슥 손을 뻗어 그녀의 머리를 쓰다듬었다.

"나보다 키도 작은 게. 동생이었으면 한 대 쥐어박았을 텐데."

"뭐? 너 진짜 한 대 맞고……."

"별걱정은 안 해도 되는 거지?"

미간을 좁히던 그녀가 멈칫하며 은성을 올려다보았다.

"설마 얼굴 알려진 놈이 누나한테 나쁜 짓 하지는 않을 테니까, 별다른 걱정은 안 해도 되는 거지?"

철부지처럼만 여겨지던 은성이 오빠처럼 느껴지는 순간이었다. 은경은 괜스레 기분이 이상해져서 더 툴툴거리며 그의 손을 쳐냈다.

"또 오빠 코스프레하지. 어디서 누나 머리를 쓰다듬어."
"아유, 진짜. 한 대 쥐어박고 싶네."
"또 까분다. 그리고 놈이 뭐야, 놈이. 누나 애인한테. 존칭 써."
"벌써 편들기는."
"기본적인 예의야."
"알았어, 알았어."
"너 이러다 늦는다. 얼른 내려가서 밥이나 먹고 출근해."

은경이 먼저 2층 계단을 내려가기 위해 돌아서자 은성이 그녀에게 어깨동무를 했다.

"누나."
"팔 치워. 무거워."
"아버지랑 식사 잘 해. 괜히 긴장하지 말고."
"……별걱정을. 내가 알아서 해."
"반대할 게 뭐 있겠어? 연상연하가 흠이 되는 시대도 아니고. 뭐 다른 건 없잖아. 마음에 들지 않을 만한 그런 거. 오히려 내가 좀 불편하면 불편했지. 동갑 매형 생기게 생겼으니."

그녀를 힐끗 쳐다보던 은성은 들릴 듯 말 듯한 목소리로 말을 이었다.

"……그래도 시집은 너무 빨리 가지 마라. 나 심심하니까. 옥 여사! 오늘 아침은 뭐야!"

후다닥 계단을 내려간 은성이 주방으로 달려갔다.

"내가 뭐 저 장난감인가. 심심하니까 시집 늦게 가라니."

말은 그렇게 해도 그녀의 입가에 잔잔한 미소가 번지는 산뜻한 하루의 출발이었다.

***

"아빠 긴장하셨나 봐."

약속 시간인 12시가 코앞이었다. 아침에 가게를 들렀다가 한 시간 전에 미리 집으로 들어왔던 아버지는 연방 거실을 왔다 갔다 하고 있었다.

"그러게. 별일이네. 네 아빠가 긴장을 다 하고."

주방에서 은경과 함께 점심을 준비하던 옥 여사가 남편을 힐끔거렸다. 딸의 남자 친구를 처음으로 소개 받는 자리가 꽤 신경 쓰이기는 하는 모양이었다.

"이발한 지 얼마 되지도 않았는데 또 이발도 하고. 누가 보면 첫사랑이라도 만나는 줄 알겠어."

옥 여사의 말에 웃음이 터진 은경이 키득거렸다. 저 역시도 긴장하고 있었는데 엄마 덕분에 마음이 좀 편해졌다.

"어디쯤이래?"

"아. 곧 도착할 때 됐어."

"인혁이 긴장되겠다. 엄마 만날 때랑은 또 다르지. 아버지 뵙는 게 더 긴장될 거야."

처음에는 인혁을 서 선수라고 호칭했던 옥 여사는 그가 안부 전화를 하면서 통화를 자주 하다 보니 어느새 호칭이 편해진 터였다. 은성이와 동갑이라고 생각하니 더 아들처럼 여겨지곤 했다.

"응, 그럴 거 같아. 분명 잠도 설쳤을 거야."

인혁을 걱정하는 은경을 지그시 바라보던 옥 여사는 뭔가 더 하고 싶은 말이 있었지만 관두었다.

[오늘 한꺼번에 모든 걸 다 말하려고 애쓰지 마요. 내가 알고 있잖아. 그럼 된 거지. 속이는 게 아니라 잠시 미루는 거예요. 우리 부모님한테도 조금씩 다가가도록 해요. 얼굴 보면서 자연스럽게 정들다 보면 그런 것쯤 아무것도 아닌 게 되어 있을 거니까. 사실 그게 죄는 아니니까. 아픈 이야기 또 하게 될 강윤 씨가 더 걱정이야, 난.]

인혁이 처음 인사를 왔을 때 본의 아니게 엿듣게 된 이야기가 가슴 한구석에 계속 남아 있었다. 뭘 얘기하지 않은 걸까 궁금했었다. 왜 이름을 다르게 불렀을까, 궁금했지만 묻지 않았다. 속이는 게 아니라 잠시 미루는 거라니까 언젠가는 얘기하겠지.

"엄마, 엄마?"

"응?"

"강…… 아, 인혁 씨 왔나 봐. 내가 나가 볼게."

"응, 그래."

은경에게서 시선을 뗀 옥 여사는 앞치마를 풀었다. 잠시 복잡했던 머릿속을 정리한 그녀는 여전히 서성이고 있는 남편에게 다가갔다.

"당신 표정 좀 풀어요. 완전 얼었어."

남편의 옷매무새를 다시 한 번 단정하게 매만져 주고 나서야 본인의 차림새를 살핀 그녀는 방긋 웃었다.

"나 좀 따라서 해 봐요. 이제 곧 들어올 텐데 그렇게 살벌한 표정으로 맞을 거예요?"

"내가 뭘 어쨌다고······."

"얼마나 불편한 자리겠어요. 첫인사에 웃으면서 반겨 줘야 그나마 긴장이 좀 풀리지. 당신 처음 우리 집에 인사 왔을 때 아버지가 무뚝뚝해서서 진짜 더 긴장했었다고 했으면서, 당신도 똑같이 그러려고?"

"흐음, 흠."

현관문이 열렸다. 은경이 먼저 들어서고, 뒤따라 훤칠한 인혁의 모습이 보였다.

"어서 와요. 날이 많이 춥죠?"

옥 여사가 환하게 입꼬리를 올렸다. 인사를 하는 인혁을 그저 쳐다보기만 하는 남편의 옆구리를 찌른 그녀는 완벽한 복화술을 선보이며 웃었다.

"인사하잖아요. 웃어요. 웃으라고."

헛기침을 한 번 한 그가 이내 입꼬리를 실룩거리며 겨우 끌어 올렸다.

"어서 와요. 날이 많이 춥죠?"

아내의 인사 멘트까지 복사해 버린 그가 어색하게 웃었다. 그 모습을 바라보고 있던 옥 여사와 은경이 결국은 웃음을 참지 못했다.

"푸훗. 여보. 하하."

"푸훗. 아빠. 하하."

"당신 왜 이렇게 귀여워요?"

"아빠 왜 그렇게 귀여우셔?"

까르르 웃어젖히는 여자들 사이에서 웃지 못하는 건 남정네들뿐이었다.

"흐음, 흠. 어서 들어와요."

"예, 아버님."

아버지가 키가 큰 편인데도 그보다 더 큰 인혁이 그의 뒤를 따랐다. 아빠와 인혁의 뒷모습을 보고 있던 은경은 흐뭇하게 웃으며 엄마의 팔짱을 꼈다.

"이상하지? 너무 보기 좋으면서도 괜스레 찡해."

은경의 손을 포개어 잡은 옥 여사가 말없이 토닥였다. 엄마에게 너욱 깊이 팔짱을 끼던 은경은 넌지시 창밖으로 시선을 옮겼다. 한겨울의 햇살이 무척이나 따사로워 보였다.

***

"커피 좀 들어요."

다소 어색하긴 했지만 정겨운 분위기 속에서 점심 식사가 끝났다. 인혁은 찻잔이 놓인 트레이를 들고 나오는 옥 여사를 보고는 냉큼 일어섰다. 식사 후 식탁 정리라도 도우려고 했지만 그녀가 한사코 주방에서 나가라고 하는 바람에 아버지와 둘이서 데면데면하게 앉아 있던 참이었다.

"절 부르시죠. 왜 직접 갖고 나오세요."

"누가 갖고 나오면 어때. 손님한테 그럴 수가 있나. 어서 앉아요."

때마침 은경 역시 과일을 깎아 내왔다. 그녀가 눈에 보이고 나서야 안정이 된 인혁은 다시 차분하게 자리에 앉았다.

"멀리서 오느라 힘들었겠다. 남해에서 여기까지 한 다섯 시간 정도 걸려요?"

"예, 어머님."

"피곤하겠네."

"괜찮습니다. 저 온다고 점심 준비하시느라 어머님이 더 고생하셨죠."

인혁은 시선을 옆으로 옮기며 아버지에게도 조심스럽게 말을 이었다.

"가게 나가 보셔야 할 텐데 이렇게 시간 내주셔서 감사합니다."

 인혁이 꾸벅 고개를 숙였다. 그는 별일도 아닌데 인사를 한다며 슬며시 미소를 머금었다. 실제로 이렇게 가까이에서 겪어 보는 서인혁은 TV에서 보던 것보다도 뭔가 더 진중해 보였다. 최대한 쓸데없는 말은 아끼는 모습이 제 나이보다 어른스럽게 보이기도 했다. 그때 잠깐 가게에서 마주쳤을 때와는 분위기가 사뭇 달랐다. 그때보다 살도 더 빠진 듯 보였다.

"은경이한테 대충 얘기는 들었어요."

 커피 한 모금을 마신 그가 인혁을 응시했다.

"남해에 혼자 있다고······."

"아, 예."

그가 찻잔을 내려놓은 후 잠시 생각을 정리했다. 은경이 인혁을 어떻게 여기고 있는지를 알고 있다 보니, 이 만남의 무게가 가볍지 않았다. 때문에 이것저것 알고 싶은 게 많기도 했다. 단순히 딸의 남자 친구를 소개 받는 자리가 아닌, 사윗감을 소개 받는 것과 다를 바가 없었기에 더욱 그랬다.

"······혹시 상처가 될까 봐 묻고 싶지 않은데, 딸 가진 아비 마음이 그렇지가 못하네."

"예, 그럼요. 편하게 말씀하십시오."

"아버지가 돌아가시면서 펜션을 맡아서 운영하고 있다고 들었는데······."

"······예, 그렇습니다. 어머니는 제가 열다섯 살 때 사고로 돌아가시고, 아버지는 3년 전에 뇌출혈로 돌아가셨습니다."

"혼자 고생이 많았겠네. 그럼 다른 가족들은……."

인혁은 슬쩍 주먹을 말아 쥐었다. 손에 땀이 다 맺히는 것 같았다. 곁에 앉아 있던 은경이 슬며시 그의 등 뒤로 손을 뻗어 괜찮다는 듯 토닥였다. 인혁은 최대한 침착하게 숨을 고르며 긴장을 풀었다.

"서울에…… 작은아버지가 계십니다. 아버지의 유일한 형제분이십니다."

"음……, 작은아버지도 꽤 적적하시겠네. 자네가…… 아, 내가 말을 이리 편하게 해도 되겠나?"

"그럼요. 말씀 편하게 하십시오."

그가 알았다며 고개를 끄덕였다.

"자네가 남해에 있으니 자주 왕래하기가 힘들겠어. 오늘 서울 온 건 알고 계시나?"

"……아직 말씀드리지 않았습니다."

"저런. 여기까지 왔는데 뵙고는 가야지. 자주 못 보니 얼마나 보고 싶으시겠나. 아직 결혼도 하지 않은 조카가 멀리 혼자 있는데 얼마나 신경 쓰이시겠어. 형의 아들이면 작은아버지 입장에서도 제 아들이나 마찬가지일 텐데."

인혁은 작은아버지의 이야기를 하는 게 불편했지만 피할 수 없기 때문에 묵묵히 새겨들었다. 유일한 가족에 대해서 관심을 갖는 건 당연할 거다. 아버님의 말이 틀린 건 없었다.

"당신도 참. 인혁이가 알아서 하겠죠."

잠시 대화를 끊은 옥 여사가 사과 하나를 집어서 인혁에게 내밀었다.

"사과가 아주 맛있네. 좀 들어요."

"예, 감사합니다."

"그리고 당신은 좀 웃으면서 얘기하면 안 돼요? 무슨 면접관도 아니고 말이야. 가게에서 손님들한테는 잘도 방긋거리면서, 왜 집에서는 저렇게 무게 잡고 있나 몰라. 네 아버지 진짜 웃겨. 그치?"

옥 여사의 시선이 인혁 못지않게 긴장해 있는 은경에게 향했다. 일부러 분위기를 좀 띄우려고 장난기 있게 얘기하는 옥 여사와 눈이 마주친 은경이 그제야 입매를 조금 올렸다.

"내 표정이 그렇게 굳어 있었나?"

"거울 보여 줘요?"

"흐음. 나도 긴장해서 그러지."

아내의 눈치를 보는 그를 바라보며 인혁은 문득 이런 생각이 들었다. 부럽다. 무뚝뚝해 보이지만 아내를 향하는 마음이 느껴졌다. 티격태격하더라도 사람처럼 사는 것 같아서 부럽다. 아버지도 살아생전 그러셨으면 얼마나 좋았을까.

항상 아버지에게 기가 눌려 있었던 어머니. 용돈 한 번 주는 것도 아버지 눈을 피해 주고는 했던 어머니. 권위적인 아버지 앞에서 반기 한 번 들지 못했던, 그래서 힘들다는 아들의 말도 모른 척할 수밖에 없었던, 그래도 한 번씩 웃어 주긴 했던 어머니가 그리웠다.

"너무 멀리 살아서 자주 오라는 말은 못 하겠지만, 데이트하러 이따금씩 서울 올라오면 집에 들러요. 난 항상 집에 있잖아."

옥 여사가 인혁을 바라보며 다정하게 말했다. 인혁은 콧날이 시큰거려서 대답을 하지 못하고 고개만 끄덕였다.

"여보. 우리 내년 휴가 때는 남해로 갈까요? 딸 남자 친구가 펜션 운영하는데 방 하나는 내주겠지."

"음, 좋은 생각이네."

짤막한 그의 대답이 위로처럼 다가왔다. 어렵기만 하던 그가 조금은 편하게 다가왔다. 그래서 인혁은 더 마음이 무거워지기도 했다. 오늘 꼭 해야 할 말. 더 늦기 전에 해야 할 말. 그가 선택할 수 있는 일은 아니었지만, 그게 죄는 아니라지만 환영받지 못할 말.

인혁은 살며시 고개를 옆으로 돌려 은경을 바라보았다. 은경이 차분하게 고개를 끄덕이며 그의 손을 슬그머니 잡았다.

"엄마, 아빠. 드릴 말씀이 있어요."

두 사람의 고개가 동시에 그녀를 향했다.

"꺼내기 쉬운 말이 아니라서 망설였는데, 자꾸 늦추면 속이는 거 같다고 인혁 씨가 싫대. 그래서 오늘 드릴 말씀이 있어."

은경의 말에 더 긴장하는 건 옥 여사였다.

"무슨…… 말을 하려고?"

더 이상은 은경이 말을 하지 않았다. 다시금 말문을 연 건 곁에 있던 인혁이었다.

"은경 씨에 대한 마음이 진심이다 보니까, 무엇이 되었든 감추는 게 있으면 안 되겠다는 생각이 들었습니다."

인혁이 맞잡은 두 손에 힘을 주었다. 그를 보던 옥 여사 역시 초조하게 손가락을 만지작거리며 다음 말을 기다렸다.

"돌아가신 어머니, 아버지는…… 제 친부모님이 아닙니다."

전혀 예상하지 못한 말이라서인지 옥 여사조차도 멈칫하며 놀란 얼굴을 했다.

"제가 일곱 살 때 입양해 주신, 제 양부모님이십니다. 친부모님이 누구인지 아무것도 아는 게 없습니다. 보육원 원장님이 말씀하시길, 제가 태어난 생년월일이 적힌 쪽지 하나만 있었다고 했습니다. 입양되기 전까지 보육원에서 살았고, 일곱 살 때 입양이 되면서 제게도 가족이란 게 생겼습니다."

인혁은 의외로 덤덤하게 말하고 있는데, 외려 은경이 속상해서 눈시울이 붉어졌다. 아픈 이야기를 제 입으로 꺼내야 하는 그의 심정이 느껴졌다. 일곱 살 어린 시절의 인혁의 모습이 아른거렸다.

"부모님을 모두 떠나보낸 지금, 아버님 말씀처럼 작은아버지 댁과 더욱 친밀한 관계를 유지하며 왕래를 하는 게 옳은 것이겠지만, 사실 전…… 작은아버지와 연락을 끊고 사는 사이라고 봐도 무방할 정도로 관계가 좋지 못합니다. 그래서 송구스럽게도,

서울까지 왔는데 뵙고 가야 한다는 아버님 말씀에도 그러겠다는 대답을 하지 못했습니다."

무거운 침묵이 흘렀다. 선뜻 어떤 말을 꺼내기가 어려워서 옥 여사 역시 입을 다물고 있었다. 잠시 후 은경의 아버지가 먼저 입을 열었다.

"작은아버지와 왜 사이가 안 좋은 건지……, 말해 줄 수 있겠나?"

인혁은 잠시 뜸을 들였다. 거짓을 말할 생각은 없었다. 다만 그렇다고 해서 작은아버지를 일방적으로 헐뜯고 싶지도 않았다. 돌아가신 아버지 역시 굳이 헐뜯고 싶지 않았다.

"……아버지가 쓰러지던 날, 제가 함께 있었습니다. 제가 은퇴하는 걸 아버지가 많이 반대했습니다. 그럼에도 불구하고 제가 은퇴를 선언했고, 아버지가 적잖이 충격을 받았습니다. ……아버지의 권유로 수영을 시작했고, 많은 명예와 영광을 얻었고, 조금만 더 선수로 활약해 주기를 바랐던 아버지 마음을 이해하면서도 제 의사를 굽히지 않았습니다. 상황이 그렇게 되다 보니 작은아버지 입장에서는 제가 원망스러울 수 있다고 생각합니다. 작은아버지에게 아버지는 하나뿐인 형이었으니까요."

"……."

"그렇게 아버지가 돌아가시고 난 후……, 제가 이름을 개명했습니다. 조용히 살고 싶어서, 사람들 눈에 띄고 싶지 않아서였다고 하지만, 작은아버지 입장에서는 많이 서운하셨을 수 있다고 생각합니다. 아버지가 돌아가신 지 얼마 되지 않아서 개명을 했으니까요. 그렇게 조금씩 생겨난 오해의 골이 깊어졌고, 결국 지금까지도 소원한 관계가 되었습니다. 제가 좀 더 살갑게 다가갔다면 지금보다는 나아졌을 수도 있었지만, 그러지를 못했습니다. 어쩌면 제가…… 철저히 혼자가 되기를 자처했었는지도 모르겠습니다."

인혁의 말을 잠자코 듣고 있던 은경은 슬며시 입술을 깨물었다. 그의 과거를 제대로 말을 하고자 한다면 끝이 없을 이야기들임을 알았다. 이 자리에서 굳이 작은아버지를 헐뜯고 싶지 않아 하는 그의 마음도 이해했다. 흙탕물 싸움과도 같았던 지난 시간들을 구구절절 이야기하고 싶지 않겠지. 지극히 일부분일 뿐인 이야기, 그마저도 에둘러서 제 잘못이라고 말할 수밖에 없는 그의 심정을 알 것 같아 눈물이 나왔다.

"제가…… 너무 많이 부족하다는 것을 압니다. 저도 은경 씨에게…… 이렇게 따뜻한 밥 한 끼 지어서 먹이고 싶습니다. 아버님, 어머님이 제게 그랬듯이, 은경 씨를 따뜻하게 반겨 줄 부모님이, 가족이 제게도 있었다면 얼마나 좋았을까. 어찌 보면 너무도 당연한 그거 하나 해 줄 수 없다는 게 너무 미안하고, 그래서 그만큼 제가 더 아껴 주고 사랑하려고, 그렇게 하려고……."

내내 침착하던 인혁은 순간 감정이 울컥 치솟았다. 수없이 바랐던 진심.

인혁은 목울대가 점차 뜨거워지려고 하자 주먹을 꽉 쥐며 애써 심신을 다스렸다. 이 자리에서 꼴사납게 눈물을 보일 수는 없었다.

"흐음……."

잠자코 인혁의 말을 듣고 있던 아버지가 조심스럽게 가는 숨을 내쉬었다. 사실은 반갑지 않은 이야기들이었다. 화목한 가정에서 사랑받고 자란 사람이 딸의 짝이었으면 하는, 어찌 보면 부모로서 당연한 바람이었다. 인혁이 얼굴이 알려진 사람이라는 것도 한편으로는 부담스럽기도 했다. 국민의 한 사람으로서 수영선수 서인혁을 응원할 때와는 입장이 다르니까. 언제 어느 때 스포트라이트를 받게 된다고 해도 이상하지 않을 만큼 대한민국에서 그를 모르는 사람이 없으니까. 혹시나 그로 인해 불편한 일들이 생기지는 않을까, 내 딸이 상처 받게 되는 일이 생기지 않을까 하는 많은 염려들이 꼬리에 꼬리를 물었다.

그래서 사람이란 참 간사하기도 하지. 마냥 자랑스럽던 대한의 아들 서인혁이었는데, 입장이 바뀌었다는 이유로 그렇지가 못하니 사람이란 참 간사하지.

이미 차갑게 식어 버린 찻잔을 든 그는 커피 한 모금을 삼켰다. 그 달달하던 커피가 이토록 쓰게 느껴질 수 없었다.

"……은경아."

찻잔을 내려놓는 그의 손끝이 살며시 떨렸다. 눈시울이 젖어 든 딸을 바라보는 아버지의 시선은 애틋했다.

"……은경아."

"······네, 아빠."

"너······, 괜찮은 거지?"

아빠의 짤막한 그 한마디에, 은경은 왈칵 눈물이 터져 나왔다. 그 한마디에 얼마나 많은 의미가 담겨 있는지 알고 있어서 콧날이 시큰해졌다. 은경은 울음을 꾹 참은 채 천천히 고개를 끄덕였다.

"······그래. 네가 괜찮으면 된 거지."

옅은 숨을 내쉰 그는 제 옆에서 소리 죽여 눈물을 찍어 내고 있는 옥 여사에게 나직이 얘기했다.

"당신 차 한 잔 다시 내와야겠어."

그가 인혁의 앞에 놓인 차갑게 식은 찻잔을 슥 빼냈다.

"귀한 손님에게 따뜻한 차를 대접해야지."

"아······, 응. 그럴게요."

옥 여사가 서둘러 자리를 피했다. 은경은 결국 두 손으로 얼굴을 가린 채 어깨를 들썩였다. 인혁 역시 슬며시 입술을 깨물며 말을 잇지 못했다.

"자네, 뭐하나. 여자가 우는데 그렇게 가만히 있을 텐가?"

인혁을 바라보며 희미하게 미소 지은 그는 다시금 식은 커피 한 모금을 마셨다.

그 수많은 염려도, 뱀처럼 간사한 마음도 이겨 낼 수 있는 한 가지.

자식을 향한 아비의 마음이었다. 사랑이었다.

***

　인혁은 지난번 인사를 왔을 때처럼 대문 밖까지 배웅을 나온 옥 여사를 보며 고개를 숙였다.

"그만 들어가세요. 춥습니다."

"아니야. 인혁이…… 아, 강윤이라고 했었지?"

"편하신 대로 부르셔도 됩니다."

"……차차 고쳐 볼게. 아직은 인혁이가 더 입에 붙어서."

"당연하시죠. 편하게 말씀하세요. 저는 괜찮습니다. 어머님, 오늘 정말 감사……."

"내가 한 번 안아 봐도 될까?"

　느닷없는 옥 여사의 말에 잠시 당황하던 인혁은 이내 먼저 한 걸음 다가섰다. 키가 작은 그녀를 위해 그가 무릎을 굽혔다. 옥 여사가 두 팔로 그의 어깨를 감싸 토닥였다.

"다음부터는 그런 거 사오지 마."

　인혁은 오늘 인사를 오며 아버님과 어머님께 드릴 캐시미어 니트를 선물로 준비했었다.

"그냥 편하게 와. 빈손으로 오는 게 정히 마음에 걸리면 과자 한 봉지나 사와. 바삭바삭한 걸로. 집에만 있어서 그런가, 요새 그렇게 주전부리가 당겨."

"……예, 어머님."

"된장찌개 먹고 싶을 때, 아무 때나 와도 된다고 했던 말 잊은 건 아니지?"

"……예."

"그렇게 편하게 와. '어머니, 된장찌개 좀 주세요.' 하면서, 그렇게 편하게 와."

"……예."

"나는 인혁이 네가 행복했으면 좋겠어. 그래야 내 딸이 행복할 테니까. 이런저런 하고 싶은 말들이 많지만 아낄게. 그냥 예쁘게만 만나. 변함없이 우리 은경이 사랑해 줘. 그거면 돼."

"……예, 어머님."

인혁을 품에서 떼어 낸 옥 여사가 그를 물끄러미 바라보며 물었다.

"지금 바로 내려갈 건 아니지? 은경이랑 제대로 데이트도 못 했잖아."

"아, 예. 은경 씨 저녁에 퇴근하면 얼굴 보고 가려고 합니다. 너무 늦지 않게 들여보낼……."

"늦어도 돼. 얼마나 같이 있고 싶겠어. 나도 다 해 봐서 알아. 그럼 그때까지 어디……."

은경이 퇴근할 때까지 어디서 기다릴 거냐고 물으려던 옥 여사는 이내 관두었다. 인혁의 얼굴이 알려지다 보니 편하게 돌아다니기도 불편했을 거다. 그가 지난 몇 년간 모습을 드러내지 않았다고 해도 알아보는 사람들은 분명 있을 테니까. 사람들 눈에 띄지 않고 둘이 오붓하게 데이트를 할 수 있는 곳은 정해져 있을 거다.

"은경이 출근 늦겠다. 3시인가 수업 잡혀 있다며."

"응. 이제 가봐야 해."

"그래. 얼른 가. 인혁인 조심히 내려가고."

서둘러 두 사람을 보내고 혼자 남은 옥 여사는 차 뒤꽁무니가 사라질 때까지 바라보다가 안으로 들어섰다.

거실 소파에 그대로 앉아 있는 남편에게 다가간 그녀는 넌지시 말을 건넸다.

"당신 오늘 참 멋졌어요."

"……."

"잘 했어. 잘 한 거야."

"……."

"은경이 속상하게 해서 뭐해. 저리도 좋아하는 걸."

"……."

"이래저래 아쉬운 게 많기도 했어요. 유일하게 남은 가족들과도 이왕이면 사이가 좋으면 좋을 텐데 아쉽기도 하고, 이것저것 궁금한 것도 많았어. 더 자세하게 묻고 싶은 게 많았어. ……그런데 못 물어보겠더라고. 아픈 부분 건드리게 될까 봐 조심스러워서 못 하겠더라고. 은경이가 더…… 가슴 아파하는 거 같아서 못 하겠더라고."

하아, 짧게 숨을 내쉰 옥 여사는 남편의 손을 잡았다.

"여보. 나는 우리 은경이를 믿어요. 우리 은경이가 선택한 사람이야. 나쁜 녀석일 리가 없어."

"……"

"그러니 우리 마음을 편하게 가지도록 해요. 욕심 같은 거 부리지 마요. 둘이 좋으면 된 거지."

말없이 듣고만 있던 그가 몸을 일으켰다.

"가게 다시 나가게요?"

뒤따라 일어난 옥 여사는 남편이 현관이 아닌 주방으로 향하자 의아하게 바라보았다.

"설거지하려고요?"

그릇이 산더미처럼 쌓여 있는 싱크대 앞에 선 그가 고무장갑을 꼈다.

"좀 앉아서 쉬어. 아침부터 온종일 음식 준비한다고 서 있었잖아."

"놔둬요. 내가 할 거야. 손님 앉혀 놓고 설거지하고 있으면 불편해할 테니까 대충 치워만 둔 거야."

"요새 자꾸 무릎 아프다며. 앉아서 좀 쉬어. 내가 집에 있을 땐 내가 한다고 했잖아."

남편의 뒷모습을 빤히 바라보던 옥 여사는 식탁 의자를 빼내어 앉았다.

"그럼 여기 앉아 있을래요. 설거지 얼마나 잘하나 감시해야지."

달그락, 달그락. 설거지하는 소리만 이어지던 찰나, 어렴풋이 남편의 음성이 들렸다.

"……생겼더라."

"응?"

"인물이 참 잘……생겼더라. 이마도 반듯하고, 눈썹도 짙고, 새카만 눈동자도 똘똘해 보이고, 콧대도 곧고……."

"응. 참 잘생겼죠?"

"……몰랐는데, 우리 은경이가 남자 외모를 많이 보나 보네."

"그걸 이제 알았어요? 그건 은경이가 나 닮았잖아. 난 정말 당신 잘생겨서 반한 거거든. 남자 얼굴 뜯어 먹고 사는 거 아니라지만, 난 아니야. 난 당신 잘생겨서 결혼한 거야. 그래서 우리 은경이랑 은성이도 인물이 남다르잖아. 그래서 유전자는 무시 못 하는 거예요."

애교 섞인 아내의 말에 그의 입가에 모처럼 미소가 걸렸다.

"인혁인 언제 또 남해까지 내려가나."

"걱정돼요?"

"너무 머니까. 자주 못 보니까 서로 애도 탈 거고. 서울로 오면…… 좋을 텐데. 아무래도…… 어렵겠지?"

"쉬운 일은 아니겠죠. 펜션은 어떡하고. 생업이잖아요."

"……그러네."

"결혼하게 되면……, 은경이가 가야겠죠."

별다른 대답을 하지 않은 그가 묵묵히 설거지만 했다. 아마도 네 식구가 함께 보내는 마지막 겨울일 거라는 생각이 물밀듯 밀려드는 오후였다.

***

"오늘 시간 진짜 안 가겠네. 누가 기다리고 있는지 아니까."
 인혁의 차를 타고 센터 주차장에 도착한 은경은 꿀처럼 달달한 눈빛으로 그를 응시했다.
"그냥 토낄까?"
"그러면 안 된다는 말을 할 거라고 예상했다면 오산인데."
"하하. 그러게. 정말 토끼자고 할 줄은 몰랐는데."
 아침부터 내내 긴장해 있던 그녀가 이제야 비로소 활짝 웃었다. 인혁은 지금 이 순간, 이렇게 웃으면서 마주 볼 수 있음에 그저 모든 게 감사했다.
 인혁은 안전벨트를 풀고 은경을 향해 몸을 틀어서 살포시 어깨를 끌어당겼다.
"난 참 불행한 놈이라고 생각했었어요."
 그녀의 목덜미에 고개를 파묻은 그가 나직이 말을 이었다.
"불과 몇 달 전까지만 해도 그랬어. 그런데…… 아니었던 거야."
 은경을 더 꽉 껴안은 인혁이 눈꺼풀을 내려뜨렸다.
"날 행운아로 만들어 줘서 고마워요. 내가 더 잘할게. 은경 씨는 물론 아버님, 어머님께도 잘할게. 내가 다 잘할게. 잘할게."

너무 행복해도 눈물이 나온다는 건 맞는 말인 것 같았다. 하지만 은경은 애써 감정을 추스르며 더 밝게 웃었다.

"언제까지 안고 있을 거예요? 이러다 수업 늦겠어. 분위기 잡는 건 나중에 하는 게 어때요?"

"아."

인혁이 황급히 몸을 떼어 내며 멋쩍게 웃었다.

"역시 웃는 게 더 근사해."

"푸훗."

"뽀뽀."

은경이 입술을 동그랗게 모아 쭉 내밀었다. 그가 입꼬리를 올리며 쪽, 소리가 나게끔 입을 맞추자 그녀가 눈꼬리를 곱게 접었다.

"찐한 뽀뽀는 밤에."

"오늘 시간 진짜 안 가겠네."

"푸훗. 이러다 진짜 늦겠다. 나 그만 갈게요. 어제 잠도 못 잤을 텐데 좀 쉬고 있어요. 퇴근할 때쯤 깨워 줄게."

"알았어요. 얼른 가 봐."

엘리베이터 앞까지 그녀를 배웅한 후 다시 차로 돌아온 인혁은 바로 호텔로 가려다가 잠시 고민을 했다. 은경은 아홉 시나 되어야 퇴근을 하니 아직 여섯 시간이나 남아 있었다.

[여기까지 왔는데 뵙고는 가야지. 자주 못 보니 얼마나 보고 싶으시겠나.]

그는 문득 은경의 아버님이 했던 말이 떠올랐다. 동시에 제 얼굴을 보자마자 또 고래고래 소리부터 지를 작은아버지의 얼굴이 아른거렸다.

"하아."

짧게 숨을 내뱉으며 고민하던 인혁은 휴대폰을 꺼내들었다. 우이동 식구 중에서 자신을 보고 싶어 할 사람이 누가 있을까, 하는 생각 끝에 떠오르는 얼굴은 한 명뿐이었다. 작은아버지와의 관계가 이렇지만 않았다면 정현과는 연락을 하고 지냈을 거다. 세상에 둘도 없는 우애 좋은 사촌지간까지는 아니더라도, 타인보다 못한 관계로 지내지는 않았을 거다.

[형한테는…… 미안하게 생각해요. 그런데 이제 그만해요. 안 보고 살 수 있는 한 최대한 안 보고 사는 게 정답인 거 같아요.]

추석 때 마지막으로 우이동을 찾았다가 작은아버지와 또 언성을 높이고 나오면서 정현에게 한 말이었다. 먼저 보지 말자고 했으면서 저가 먼저 연락을 다시 한다는 게 우스운 모양새인 것 같아서 망설이던 인혁은 이내 정현에게 전화를 걸었다.

서로 어떻게 지내는지 아예 모르면 모를까, 중간에 은경이 끼어 있었다. 은경이 말은 하지 않지만 중간에서 꽤 불편하겠다는 생각도 들었다. 센터 회원이고 자신에게 트레이닝을 받고 있는 사람이 남자 친구의 사촌 형이었다. 작은집과 사이가 썩 좋지 못하다는 것도 알고 있는 마당에 사실 얼마나 불편할까.

—오랜만이네.

휴대폰 너머로 들려오는 정현의 목소리는 염려했던 것과 달리 여느 때와 다름없었다. 바로 어제 통화를 했던 것처럼 어색함이 없었다. 그래서 고맙기도 했다. 네가 왜 전화를 했느냐는 타박 대신에 평소처럼 받아줬다는 게 고맙기도 했다.

"잘 지냈어요?"

―나야, 뭐. 네가 먼저 전화를 다 하고 진짜 웬일이야. ……몸은 좀 괜찮아? 아팠다는 얘기는 들었어.

"아, 괜찮아요."

―다행이네. 그런데 나 지금 근무 중인데, 무슨 일 있어서 전화한 거야? 네가 그냥 전화했을 거 같지는 않아서.

"……오늘 잠깐 시간 돼요? 지금 서울이거든요."

―아……, 그래?

"형 시간 되면 퇴근 후에 얼굴 잠깐 보려고 했죠."

고민을 하는 듯 잠시 말이 없던 그의 목소리가 다시 흘러나왔다.

―그래, 그럼. 네가 먼저 보자고 한 적은 처음인데 짬을 내봐야지. 한 6시 30분 정도까지 네가 여기로 올래?

"그럴게요. 이따 봐요."

정현을 만나기까지 시간이 남았던 인혁은 센터에서 가까이 있는 애견 호텔로 차머리를 돌렸다. 녀석들에게도 이 기쁜 소식을 알리고 싶었다.

'두부야, 찐빵아. 아빠 장가가게 될지도 모르겠어.'

분명 꼬리를 흔들며 난리를 치겠지. 그 커다란 앞발을 들어 올리며 달려들지도.

인혁은 슬며시 입꼬리를 올리며 차창을 내렸다.

더 이상 불행하지 않았다. 외롭지 않았다. 그래서 행복했다.

-19-

2008년 베이징 올림픽, 수영 남자 접영 100미터 결승전.

-이제 잠시 후 남자 접영 100미터 결승전이 시작되겠는데요. 아, 정말 가슴 떨리는 일이 아닐 수 없습니다. 우리 서인혁 선수, 이제 열아홉 살입니다. 올림픽 첫 출전이고요. 우리 서인혁 선수에게는 미안한 말이지만, 솔직히 여기까지 올라올 거라고 아무도 기대하지 않지 않았습니까? 정윤철 코치가 인터뷰에서 열심히 준비했다는 말은 했었지만 정말 대단하네요.

-그렇죠. 평소 우리 서인혁 선수가 연습벌레로 유명하긴 했습니다. 평소 훈련 양이 어마어마하다고 합니다. 정윤철 코치가 서인혁 선수 칭찬을 많이 하더라고요. 나이는 어리지만 근성과 끈기 하나는 세계 최고일 거라고.

-아, 대단합니다. 그러니까 지금 이렇게 세계적인 선수들과

어깨를 나란히 할 수 있는 거겠죠. 자, 오늘 경기 결과를 어떻게 예측해 볼 수 있을까요? 명불허전 세계 랭킹 1위 올리버 앤더슨 선수가 역시나 너무 막강한데요.

─음, 그렇죠. 올리버 앤더슨 선수뿐만 아니라 정말 쟁쟁한 선수들이 다수 포진되어 있는데요. 조심스럽게 예측을 좀 해 보자면, 메달권 안에 드는 것만으로도 금메달 이상의 값진 결과라고 볼 수 있지 않을까 싶습니다. 우리나라 최초입니다. 사실 올림픽에서 수영 접영으로 결승전까지 올라왔다는 자체만으로도 저는 박수를 보내고 싶습니다. 서인혁 선수 이제 겨우 열아홉입니다. 앞으로 얼마나 더 성장할지 저는 벌써 가슴이 두근거립니다. 벌써 4년 후 런던올림픽이 더 기대됩니다.

시끌벅적해야 할 호프집 안은 생각보다 조용했다. 홀 한쪽 벽면에 설치된 대형 TV에서 서인혁의 결승 경기를 중계하고 있기 때문이었다.

"인혁이가 진짜 대단하긴 한가 보다. 기분이 어때? 넌 좀 남다를 거 같은데."

여느 손님들과 같이 TV에 시선을 고정시키고 있던 정현은 그제야 고개를 돌리며 친구를 응시했다.

"아쉽지 않아? 너도 수영 계속했으면 지금 저 자리에 있었을 수도……."

"그럴 가능성이 있었다면 수영 그만두지도 않았을 거야. …… 인혁인 나와 레벨이 달라."

"인혁이가 난놈이긴 하지. 내가 올림픽 수영 중계방송을 볼 줄은 몰랐다. 우리나라가 잘하는 종목만 보다 보니까 수영은 볼 일이 없었는데 말이야. 어? 인혁이 나온다."

평소처럼 담담하게 경기장으로 입장하는 인혁의 모습이 카메라 앵글에 잡혔다.

"이야. 새삼 인혁이 진짜 잘생겼다. 저 나이답지 않은 시크함이란. 몸도 좋아, 얼굴 잘생겨, 저러니까 여자애들이 좋아서 죽지. 정현이 네가 고생 많이 했잖아. 인혁이 사촌 형이라는 이유로 온갖 연애편지, 선물 배달, 네가 도맡아 했겠잖아. 인기가 좀 많았어야지. 그런데 이거 앞으로가 더 어마어마할 거 같긴 하다. 메달이라도 하나 따면 완전 스타 될 텐데."

친구의 수다가 더 이어질 찰나 경기가 시작됐다. 호프집 안은 순식간에 더 고요해지며 모두 다 같은 마음으로 두 손을 맞잡고 숨죽여 지켜보았다.

-6레인, 6레인 검은 수영모가 서인혁 선수입니다! 현재 5위로 50미터 턴을 했습니다!

흥분한 해설위원만큼이나 정현 역시 맥주잔을 쥐고 있던 손에 힘을 주며 경기에 집중했다. 3, 4, 5위가 거의 일직선으로 나란히 나아가던 순간, 30미터도 채 남지 않은 시점에서 인혁이 치고 나오기 시작했다.

-서인혁! 서인혁! 서인혁! 서……, 서인……, 서인혁! 은메달입니다아! 은메다아알! 이게 웬일입니까아! 은메달입니다

아! 열아홉 살입니다아! 열아홉 살 서인혁 선수가 해냈습니다아!

호프집 안에 있던 모든 사람들이 환호성을 지르며 자리에서 일어났다. 모두가 한마음으로 목이 터져라 서인혁을 연호했다.

"서인혁! 서인혁!"

"와, 시팔. 인혁이 쟤 미친 거 아니냐? 도핑테스트 다시 해 봐야 하는 거 아니냐? 막판에 봤어? 와, 진짜 한 20미터만 더 길었다면 금메달 땄을지도 몰라. 올리버 앤더슨이랑 얼마 차이 안 났어. 와, 시팔. 좆나 멋있어. 진짜 수영은 접영이 제일 쩌는 거 같아. 도대체 어떤 유전자를 물려받으면 저런 괴물이 나오는 거냐?"

흥분을 감추지 못한 친구가 욕지거리까지 뱉어 내며 연방 감탄을 했다. 인혁이 설마 메달을 딸 줄은 정말 몰랐던 정현 역시 넋이 나간 얼굴로 TV에서 시선을 떼지 못했다.

올림픽 첫 출전에서 은메달이었다. 그것도 수영 불모지 대한민국에서 이뤄 낸 쾌거였다.

"와, 인혁이 이제 완전 스타 되겠다. 한국 오면 난리 나겠어. 은메달이면 포상금이 어떻게 되지? 광고 장난 아니게 들어오게 생겼다. 여기저기 인터뷰 다니고 방송 출연하고, 와아. 완전 인생이 바뀌겠네."

정현은 친구가 시끄럽게 떠드는 소란 속에서도 조용히 맥주 한 잔을 비웠다.

인혁은 한순간에 대한민국의 영웅으로 떠올랐다. 자신은 군

입대를 앞두고 있었다.

 인혁이 베이징올림픽에서 거둔 성과는 실로 대단했다. 접영 100미터 은메달, 200미터 동메달, 개인혼영 200미터에서 동메달이라는 엄청난 성과를 거두며 금의환향했다. 언론에서는 서로 앞다투어 인혁을 취재하기 바빴고, 이듬해 이탈리아 로마에서 열리는 세계수영선수권대회에서 첫 금메달을 획득할 가능성이 더욱 높아졌다면서 입을 모았다.
 인혁의 나이 이제 열아홉. 4년 후 런던올림픽 때면 스물셋이었다. 그의 전성기는 아직 시작도 하지 않은 셈이었다.
 한국으로 오자마자 제대로 쉬지도 못하고 이리저리 끌려다녔던 인혁이 모처럼 집에서 휴식을 취하게 된 건 보름여가 지난 후였다. 정현 역시 인혁과 같은 아파트 바로 윗집 아랫집에 살면서도 얼굴을 제대로 보는 건 오랜만이었다.
 "축하한다."
 정현이 웃으면서 인혁의 어깨를 두드렸다. 그에 반해 인혁의 표정에는 별다른 변화가 없었다.
 "너 때문에 대한민국이 난리도 아니다. 어떤 기분이야? 하늘을 나는 기분인가?"
 "……잘 모르겠어요."
 "너도 참. 전국이 너 때문에 떠들썩한데, 정작 본인은 이리도 무덤덤하다니. 인터뷰할 때도 좀 웃지 그랬냐. 그 잘생긴 얼굴로 한 번 웃어 주면 좀 좋아? 큰아버지 엄청 좋아하시던데, 진짜 네가 큰일 해냈다."

역시나 별다른 반응이 없는 인혁을 힐끗 쳐다보던 정현은 다시금 웃으면서 말을 건넸다.

"참, 인혁아. 나 부탁이 하나 있는데."

"뭐요?"

"사인 몇 장만 해 줄 수 있어? 친구 녀석들이 하도 부탁을 해서 모른 척을 할 수가 없네."

"난 사인이랄 게 없는데. 형도 알잖아요. 그냥 이름 석 자 써주는 게 다인 거."

"알지. 그런데도 그거 한 장 받으려고 목을 매잖아. 팬심이란 게 그렇지."

"그럼 몇 장이나 하면 돼요?"

"한…… 100장 정도는 너무 많나? 친구 녀석들이 한 명당 몇 장씩 부탁을 하는 바람에 좀 많네."

인혁이 바로 대답을 하지 않자 정현이 뒷머리를 긁적이며 정정했다.

"아무래도 너무 많지? 이미 엄청나게 해 댔을 텐데 지겹기도 하겠지. 그래, 너 피곤할 텐데 너무 많긴 하다. 그럼 한 50장 정도는? 너 푹 쉬고 시간 날 때 해주면 되는데."

"100장 하면 돼요?"

"아, 응. 고맙다."

윗집인 인혁의 집에서 나와 아랫집으로 향한 정현은 A4용지를 대충 한 움큼 집어서 다시 위로 향했다. 이런 사인 부탁 같은 거 하고 싶지 않았지만 주위에서 가만히 두지를 않았다. 서인혁의 사촌인데 사인 한 장 못 받아 주냐는 핀잔이 자존심 상하고 거슬리기도 했다. 하지만 그보다 더 거슬리는 건, 엄청난 일을 해 내고도 무덤덤한, 전혀 기뻐하지 않는 것 같은 인혁의 태도였다. 차라리 좋아했으면 공감을 했을 거다.

그래. 나라도 저럴 거야. 얼마나 좋을까. 하지만 인혁은 그러지 않았다. 언제나 담담했다. 마치, 난 별로 노력한 것도 없는데 메달을 따 버렸네, 하듯이. 누군가는 미치도록 원하는 것일 텐데. 아무리 노력해도 안 되는 그저 꿈만 같은 일일 텐데.

여자애들이 고백을 할 때도 마찬가지였다. 그 누구든 관심이 없었다. 편지를 읽지도 않았다. 인혁을 좋아하는 여자애들에게 말해 주고 싶었다.

정신 차려. 인혁인 네가 누구인지도 몰라. 네 이름도 몰라. 너만 상처 받을 거야. 정신 차려.

"인혁아. 여기……."

집에 다녀오는 사이 인혁은 소파에서 잠이 들어 있었다. 정현은 A4용지를 거실 테이블 위에 올려놓고는 인혁을 물끄러미 바라보았다.

사촌 동생 서인혁은 챙겨 주고 싶었다. 아홉 살 때 처음 만났던 인혁을 기억한다. 기가 죽어서 눈치를 보는 일곱 살배기 인혁이 가엾기도 했다. 그래서 더 챙겼는지도 모르겠다. 하지만 어느새 인혁은 제 손을 벗어나 너무 높이 올라가 있었다. 이제 시작일 뿐, 인혁인 더 높이 올라갈 일만 남았겠지.

정현은 한참을 말없이 바라만 보다가 인혁의 방에서 이불을 가져와 덮어 주었다. 쌔근쌔근 잠이 든 모습이 일곱 살배기 서인혁 같았다.

***

[형, 차가 밀려서 조금 늦을 거 같아요. 어디 들어가 있으면 그리로 갈게요.]

인혁을 기다리면서 먼저 한 잔 시작한 정현은 흡연실로 향해 담배 한 대를 입에 물었다. 며칠 전 친구와 함께 들렀던 바(bar)였는데 그날 키핑해 놓고 갔던 게 있었다. 인혁은 술을 즐기지 않았지만, 어쩐지 오늘 인혁과 함께 술을 한잔 먹고 싶었다.

"후우……."

정현은 희뿌연 담배 연기를 길게 내뿜으며 눈을 감았다. 피식, 웃음이 나왔다. 생각지도 못했던 인혁의 전화를 받고 우습게도 조금은 반가웠던 것 같다. 인혁이 먼저 전화를 하는 건 아주 드문 일이니까. 그 오랜 예전부터 그랬다.

그가 담배 한 대를 태우고 나오는데 마침 인혁이 두리번거리며 바(bar) 안으로 들어섰다. 모자를 깊게 눌러쓰고 마스크까지

하고 있었지만 남다른 체격까지는 감춰지지 않았다. 저렇게 키가 크고 어깨가 넓은 사람은 흔치가 않다.

"생각보다 일찍 왔네."

인혁의 뒤에서 어깨를 툭 친 정현이 따라오라며 고갯짓을 했다.

"늦어서 죄송해요."

인혁이 마스크를 턱에 걸치며 시간을 확인했다.

"겨우 10분 늦었는데, 뭘."

아직 초저녁이라 그런지 바(bar) 안에는 손님이 없었다. 인혁은 마스크를 아예 벗어 내며 의자에 몸을 앉혔다.

"빈속에 웬 술이에요."

"그냥. 너랑 한잔하고 싶어서. 밥을 먹고 한잔하기에는 네가 시간이 없을 거 같아서. 이따 다시 강남으로 넘어갈 거 아니야? 데이트해야 하잖아."

정현이 온더록스 잔에 위스키를 따라서 내밀었다. 차를 가져오기도 했고, 은경을 만나야 해서 술을 마시지 않으려던 인혁은 잔을 받았다.

"그럼 한 잔만 마실게요. 위스키는 독해서 잘 못 마시겠더라고요."

정현은 말없이 얼음 조각을 잔에 더 채워 주었다.

"요새 운동한다더니, 몸 좋아졌네요."

인혁의 시선이 몸에 딱 맞는 하얀색 목 폴라티를 입고 있는 정현에게 향했다. 키는 자신보다 작긴 했지만 수영을 했던 터라 어깨도 넓고 골격 자체도 좋았다. 얼굴도 작고, 전체적인 비율이 좋아서 외적으로 이성에게 호감을 살 만한 충분한 조건이 되었다.

"그간 술도 끊고 식단 관리한 보람이 있네."

"요새 만나는 사람은…… 없어요?"

"웬일이야. 네가 그런 걸 다 묻고. 아마 처음인 거 같은데? 내 연애사에 관심을 갖는 건."

정현이 설핏 웃으며 잔을 들어서 입에 대었다.

"무슨 일 있어? 먼저 연락을 다 하고."

인혁은 바로 대답하지 않고 온더록스 잔만 쥔 채 뱅글뱅글 돌렸다. 생각나서 했다는, 보지 말자고 말해 놓고도 내내 마음에 걸렸었다는 진심이 입 밖으로 나오지는 않았다.

"혹시 뭐……, 결혼이라도 해?"

정현의 질문에 멈칫한 인혁은 그를 응시했다.

"아니라는 말을 안 하는 걸 보니 계획은 있나 보네. 역시 인연은…… 따로 있는 건가?"

정현이 슥 고개를 돌렸다.

"신기하네. 여자에게는 도통 관심이 없는 줄 알았던 녀석이, 그래서 그 수많은 여자들 눈에서 눈물 나게 하던 녀석이 사랑에 빠졌다니."

"……."

"무슨 소리냐는 듯한 표정을 보니, 넌 잘 몰랐나 보네. 너 때문에 얼마나 많은 여자들이 상처를 받고 눈물을 흘렸는지."

정현은 독한 알코올을 입안에 털어 넣었다.

"하긴, 모를 만도 하겠지. 넌 그냥 아예 관심이 없었으니까. 어떤 심정으로 네게 편지를 쓰고 고백했을지, 한 번도 관심 가져 본 적 없을 테니까. 네 그 무관심이 때로는 얼마나 상처가 되기도 하는지 넌 잘 모르겠지. 좋아해 달라고 한 적 없었으니, 네가 원한 적 없었으니 상대의 심정 따위 헤아릴 줄 몰랐겠지."

인혁은 정현에게서 이런 이야기를 듣게 된 건 처음이었지만, 그의 말이 맞기는 했다.

관심이 없었다. 자신의 삶이 고달파서 다른 이의 마음까지 챙길 여유 같은 건 없었던 게 사실이었다. 그런 자신 때문에 누군가는 상처를 받았을 수도 있겠다는 생각을 하지 못했던 게 사실이었다.

"넌 고1이고, 난 고3일 때야. 수영 그만두고 실의에 빠져 있었고, 수능 준비는 해야겠고, 나름 질풍노도의 시기를 보내고 있던 그때에도, 난 네 사촌 형이라는 이유로 온갖 편지들과 선물들을 대신 건네받고는 했어."

"……"

"어느 날인가는 너무 화가 나서 네가 보는 앞에서 다 내팽개쳤더니 네가 하는 말이, '앞으로는 그냥 받지 마세요.' 그러더라. 아주 무미건조한 표정으로 미안하다고 한마디를 하면서."

인혁은 사실 그 당시 일이 잘 기억나지 않았다. 하지만 정현의 말이 틀리지는 않았을 거라는 생각이 들었다. 웃고 다닌 적이 거의 없었으니까. 여자들의 그런 관심 또한 반긴 적이 없었으니까.

"내게 전해 달라는 편지와 선물들을 받지 않고 거절하는 것도 내겐 곤혹이었거든. 넌 몰랐겠지만."

"……."

"너 때문에 마음 아파서 내 앞에서 눈물 보인 여자들은 셀 수도 없을 거야. 무심한 너 대신 여자애들을 위로해 줘야 했던 것 역시 내 몫이었지. 역시 넌 몰랐겠지만."

"……."

"혹시 기억나? 내가 수영 그만뒀을 때, 네가 어떤 말을 했는지. ……내가 부럽다고 했어."

정현은 쓸쓸하게 웃으며 머리칼을 쓸어 넘겼다.

"난 그만두고 싶어서 그만둔 게 아닌데, 네 그 남다른 재능이 얼마나 부러웠는데, 넌 되레 내가 부럽다고 하더라. 네가 수영을 하고 싶어서 하는 게 아니라는 건 알고 있었지만, 내게는 그렇게 말하면 안 되는 거였어. 마치 전교 1등이 2등에게 '난 네가 부러워.' 하는 것 같잖아. 2등은 얼마나 1등이 하고 싶겠어. 그 자리를 얼마나 갈망하겠어."

적막이 흘렀다. 인혁은 옅은 한숨을 내쉬며 알코올을 넘겼다.

"아, 얘기가 너무 진지해져 버렸나? 아무튼 신기하다는 말이었어. 사랑이란 참 대단한가 싶기도 하고. 네가 여자를 만나러

이 먼 거리를 달려온다는 게 여전히 믿기지가 않아서. 내가 알던 서인혁이 아닌 거 같아서……."

"……미안하게 생각해요. 형한텐…… 미안한 게 많아. 고마운 것도…… 많아요."

정현의 얼굴을 쳐다보지도 못한 인혁이 잔만 만지작거렸다. 이런 식의 속내를 말해 본 적이 없어서인지 차마 시선을 맞추기가 어색했다.

"가족 중에서 내게 가장 많이 웃어 준 사람도 형이었고, 밥은 먹었냐고 물어봐 주고, 같이 먹자고 챙겨 주고, 아버지 돌아가시고 나서도…… 유일하게 나를 가족처럼 대해 준 건 형뿐인 걸 알아요. 1년에 한 번이 되었든, 두 번이 되었든 남해까지 찾아온다는 게 쉬운 일은 아닌 걸 알아요."

"……."

"형에게 고마운 게 많으면서도 특별히 더 잘하려고 애쓰지 않았던 건, 어쩌면 형이라서 그랬는지도 모르겠어요. 예쁨 받기 위해서 이 악물고 노력하지 않아도…… 형이라면 나를 이해해 줄 거 같았으니까. 그만큼 나도 모르게 형에게 꽤 많은 의지를 했는지도 모르겠어요."

잠시 말을 멈춘 인혁은 잔에 담긴 위스키를 모두 마신 후 다시 한 잔을 따랐다. 첫사랑에게 고백이라도 하는 것처럼 떨리고 낯설었다.

"……아버지께 칭찬받고 싶어서, 혹시나 내쳐질까 봐 그게 무서워서 죽을 듯이 수영에 매달렸어요. 말 잘 듣는 착한 아이가 되기 위해 발버둥 쳤어. 그런데 형에게는…… 그러지 않아도 된다고 생각했던 거 같아. 억지로 잘 보일 필요 없다고, 있는 그대로인 나여도, 멋대가리 없는 동생이어도 형은 내 편일 거라고……, 은연중에 그렇게 생각하고 있었던 거 같아."

"……."

"때로는 부담스러울 때도 있었어요. 아버지가 돌아가시면서 작은아버지와의 사이가 점차 어그러질수록 차라리 혼자가 편하다고 생각했으니까. 그래서 일정한 거리를 두고 멀어졌는데, 형은 왜 내게 계속 잘하는 걸까 의아하기도 했어요. 내 성격이 모나서 그런 건지 한편으로는 뭔가 부담스럽고, 친절을 곧이곧대로 받아들이지 않을 때도 있었어."

"……."

"형과는 특별히 사이 안 좋을 게 없었음에도 불구하고, 작은아버지와 연결이 된다는 게 내가 불편해서 연락하지 말자고 해놓고도, 문득문득 형 생각이 많이 났어요. 형이 마냥 편하기만 했던 게 아니었음에도 불구하고, 형 생각이 많이 났어요. 그리고 결국 오늘 이렇게 형을 만난 걸 보면…… 내가 생각했던 것보다, 내 삶에서 형이 차지하는 자리가 꽤 컸나 봐."

정현은 어떠한 반응도 보이지 않고 가만히 앉아만 있었다. 새로 잔을 채웠던 위스키를 꿀꺽꿀꺽 한 번에 비운 인혁은 급속도로 전해지는 취기를 느끼며 자리에서 일어났다. 이런 자리가 너무도 낯설다 보니 어색하고 민망하기도 했다. 은경을 만나야 하는데 술에 취한 모습을 보이게 될까 봐 신경 쓰이기도 했다.

"내가 너무 말이 많았나 보네. 잠깐 화장실 좀 다녀올게요."

화장실을 핑계 댄 인혁이 잠시 찬바람을 쐬기 위해 바깥으로 나갔다. 바(bar)에 혼자 남은 정현은 그가 눈에 안 보이고 나서야 연거푸 스트레이트 잔을 비웠다.

담뱃갑을 들고 다시금 흡연실을 찾은 정현은 지갑 안에서 명함 한 장을 꺼내들었다.

친구에게서 받았던 기자 명함이었다.

"후우……."

폐부 깊숙이 담배 한 모금을 빨아들였다가 내뱉은 그는 슬며시 이마를 짚었다.

[조용히 사는 인혁이 인생에 큰 파장이 일게 되는 건 피할 수 없을 거야. 그래도 괜찮아?]

친구가 했던 말이 떠올랐다.

[총각도 이렇게 친절하고, 게다가 잘생기기까지 하니 분명 좋은 짝이 생길 거예요. 사람은 뿌린 대로 거두는 법이니까요.]

은경의 어머니가 했던 말도 떠올랐다.

[……내가 생각했던 것보다, 내 삶에서 형이 차지하는 자리가 꽤 컸나 봐.]

인혁이 했던 말 역시 귓가에서 윙윙 울렸다.

명함을 들여다보며 한참 동안 흡연실에 앉아 있던 정현은 시간이 꽤 흘렀는데도 인혁이 보이지 않자 화장실에 들러 보았지만 아무도 없었다.

"바깥으로 나가시는 거 같던데요."

바텐더의 말에 바(bar)에서 빠져나온 정현은 입구에 쪼그리고 앉아 있는 인혁을 발견했다. 빈속에 독한 알코올을 마셔서인지 금세 취한 것 같았다.

"인혁아."

인혁의 어깨를 잡고 흔들어 보았다. 그가 영 정신을 차리지 못했다. 정현은 인혁의 눈높이에 맞춰서 함께 쪼그리고 앉은 후 물끄러미 그를 응시했다.

"또…… 일곱 살배기 서인혁이 되어 버렸네."

낮게 중얼거린 정현은 이내 몸을 일으켜 다시 안으로 들어갔다. 인혁이 벗어 두었던 패딩점퍼와 마스크를 챙겨 들고 그는 바깥으로 나왔다. 인혁에게 옷을 입히고 마스크까지 씌워 주는데 인혁의 휴대폰 벨소리가 울렸다. 발신인은 은경이었다. 전화를 받을까 말까 고민하던 사이 벨소리가 끊어졌지만, 곧바로 다시 전화가 왔다.

"……."

역시나 또 그가 고민하는 사이 전화가 끊겼다.

-강윤 씨, 무슨 일 있어요? 연락 안 되니까 걱정돼요.

은경이 보낸 카톡이었다. 정현은 다시금 인혁을 빤히 응시했다.

인혁은 여전히 일곱 살배기 같은 얼굴을 하고 있었다. 인혁에게 향하는 이 감정을 한마디로 정의 내릴 수 없었다.

***

"감사해요."

퇴근을 하자마자 부랴부랴 달려온 은경이 머리를 숙였다. 인혁이 정현을 만난 건 몰랐기 때문에 그의 연락을 받고 얼마나 놀랐는지 몰랐다.

"차 가지고 오셨네요."

"아, 네."

"인혁이 차는 여기 두고 가야겠네요."

은경은 몸을 제대로 가누지도 못한 채 정현에게 기대어 있는 인혁을 바라보았다. 저렇게 흐트러진 모습은 처음 봐서 그런지 괜스레 가슴이 아릿해졌다.

"차 문만 좀 열어 주세요. 혼자 부축하기 힘들 겁니다."

그녀의 세단에 인혁을 태운 정현은 안전벨트까지 단단히 매 주었다.

"전화 주셔서 감사해요."

은경은 차 문을 닫고 돌아서는 정현을 향해 다시금 인사를 건넸다. 인혁이 작은아버지와 사이가 좋지 못한 탓에 그와의 관계가 여전히 좀 불편하기는 했다. 하지만 그가 인혁이 의지할 수 있었던 유일한 가족이었을 거라는 생각이 다시금 들기도 했다.

"강윤 씨랑 연락이 안 돼서 걱정하고 있었거든요. 이런 적이 없었던 터라······."

말끝을 흐린 은경은 저를 가만히 바라보며 서 있는 정현을 응시했다. 평소 잘 웃고 다니는 그였는데, 뭔가 복잡 미묘해 보이는 그의 얼굴에서 미소는 찾아볼 수 없었다.

"혹시 뭐····· 저한테 할 말이라도······."

조심스럽게 묻는 그녀의 말에 정현은 천천히 고개를 가로저었다.

"아닙니다. 들어가세요."

"아····· 네. 그런데 차는····· 가져오셨어요?"

정현만 남겨 두고 먼저 가기가 미안했던 그녀가 말을 이었다.

"안 가져왔으면 제가····· 태워 드릴까요? 여기 택시도 잘 안 잡힐 거 같은데요."

"괜찮습니다. 여기서 우이동까지 갔다가 언제 다시 서초동으로 갑니까. 인혁이도 재워야죠. 내일 아침에 일찍 일어나야 할 텐데."

"그럼····· 먼저 가볼게요. 오늘 감사했어요."

은경을 먼저 보낸 후 혼자 남은 정현은 담배 한 대를 빼 물었다. 오늘만 벌써 몇 대를 태우는 건지 셀 수도 없었다.

인혁과 나누었던 이야기들을 하나하나 곱씹어 보던 정현은 휴대폰 진동음이 울리자 코트 주머니에서 휴대폰을 꺼내 들었다.

자신에게 기자 명함을 건넸던 친구 녀석이었다.

-퇴근은 했겠고, 운동 중이야?

"아니, 오늘은 수업 없어서 쉬었어."

-그래. 쉬기도 해야지. 요새 몸 만든다고 너무 빡세게 운동하더라. 그나저나…… 연락은 해 본 거야? 아직 아니지?

"……."

-잘 생각했어. 고민하고 있다는 건, 너도 그게 잘못된 일이라는 걸 인지하고 있다는 거잖아. 망설여질 땐 그만두는 게 답인 거야.

"……."

-어쩔 수 없이 명함을 주기는 했지만, 나도 마음이 불편했어. 후회하고 있었어. 사촌이 땅을 사면 배가 아프다지만, 그런 네 마음 모르지는 않지만, 정도는 지키자. 인혁이가 불쌍해서가 아니야. 너를 위해서인 거야. 인혁이 때문에 낭비하는 네 시간이 아깝지 않아? 너 이제 얼마 안 있으면 서른하나야. 좋은 여자 만나서 결혼도 해야지. 왜 그런 데 시간을 허비해.

"……나중에 통화하자. 내가 지금 일이 있어서."

친구와 통화를 끝낸 정현은 뚜벅뚜벅 구둣발 소리를 내며 걸음을 옮겼다.

술을 꽤 마신 것 같은데도 정신은 오히려 또렷했다. 오늘 밤은 쉬이 잠이 오지 않을 것 같았다.

***

"엄마, 미안해. 아빠 일어나시기 전에는 들어가 있을게."

인혁을 부축해서 가까스로 호텔에 도착한 은경은 엄마에게 먼저 전화를 했다. 늦어도 된다고는 했지만 그 말이 외박을 하라는 뜻은 아니었다. 한데 상황이 인혁만 두고 가기가 마음에 걸렸던 터라 아무래도 그가 일어나는 걸 보고 집에 가야 할 것 같았다.

전화를 끊고 난 은경은 그가 입고 있는 겉옷을 벗겨 낸 후 이불을 끌어올려 덮어 주었다.

정현과 무슨 대화를 나눴던 걸까. 뭔가 많이 속상했던 걸까.

잠이 든 인혁의 얼굴을 빤히 바라보던 은경은 그의 곁에 몸을 누였다. 몇 시간 후면 또 헤어져야 한다는 사실에 잠자는 시간도 아까웠던 그녀는 그의 가슴팍을 꼭 끌어안은 채 두 눈을 끔뻑거렸다.

"자면 안 되는데……."

마치 자장가처럼 들리는 그의 심장소리 때문인지, 의지와는 다르게 그녀의 눈꺼풀이 점차 스르륵 감겼다. 그에게 기대어 잠이 든 그녀의 숨소리가 깊어지고 난 후 고요한 밤이 찾아왔다. 인기척 하나 없이 긴 정적이 이어지길 몇 시간 후, 먼저 몸을 뒤치며 슬며시 눈을 뜬 건 인혁이었다.

밀려오는 두통에 이마를 짚으며 슬며시 미간을 좁히던 그는 곁에 누워 있는 은경을 보고는 엊저녁 기억을 더듬어 보았다. 정현과 술을 마시다가 취기가 올라와서 바깥으로 나왔을 때가 여덟 시쯤이었다. 은경에게 전화를 하려다가 수업에 방해가 될까 봐 하지 않았다. 술이 좀 깰 때까지 바로 들어가지 않고 벽에 기대 서 있었던 것 이후로는 기억이 희미했다.

"하아, 이런……."

인혁은 관자놀이를 꾹 누르며 자책이 담긴 한숨을 푹 내쉬었다. 오랜만에 정현을 만났는데 너무 일찍 술에 취해 나가떨어진 것도 미안했다. 그녀와 헤어지기 전 마지막 데이트 기회를 날려 버리고 민폐나 끼치게 되어서 그 또한 은경에게 미안했다.

새벽 4시.

참 오래도 뻗어 잤구나, 생각하던 인혁은 그녀가 깨지 않게끔 조심스럽게 몸을 일으켰다. 씻지도 않고 잠이 들어서 꿉꿉했던 그는 욕실로 향해 뜨끈한 물로 샤워를 했다. 개운하게 씻고 나니 머리가 좀 맑아진 인혁은 역시나 살금살금 욕실에서 나와 젖은 머리칼을 대충 털어 냈다. 입은 옷 그대로 불편하게 잠든 그녀에게 다가간 그는 미안한 마음에 가는 숨을 내쉬며 머리칼을 슬며시 쓸어 넘겼다. 아마도 정현이 연락을 해서 온 것 같은데 얼마나 놀랐을까 싶었다.

"으음……."

그의 손길에 은경이 몸을 뒤치며 이불을 풀썩거렸다. 인혁이 손끝을 오므리며 멈칫했지만 이미 그녀가 눈을 뜬 후였다.

"아, 미안. 깨워 버렸네."

"언제 일어났어요? 속은 괜찮아?"

"난 괜찮은데, 은경 씨 어떡해요. 나 뒤치다꺼리한다고 밥도 못 먹었을 거고, 집에도 못 가고, 어머님 걱정하실 텐데······."

몸을 일으켜 앉은 은경이 물끄러미 그를 바라보다가 어깨를 끌어안았다. 방금 씻고 나온 그에게서 향긋한 냄새가 진동을 했다.

"엄마한테는 전화했으니까 신경 쓰지 마요. ······괜찮은 거죠?"

그녀의 뒷머리를 쓰다듬은 인혁이 미안한 표정을 지으며 고개를 끄덕였다.

"또 걱정만 끼쳐 버렸네."

"괜찮으면 됐어."

"정현이 형이······ 연락한 거예요?"

"응. 전화 몇 번 했는데도 안 받아서 걱정하고 있었는데, 마침 전화를 해 줘서 내가 바로 간 거야."

인혁의 품에서 떨어진 은경은 그의 안색을 살펴보았다.

"강윤 씨가 먼저······ 만나자고 했어요?"

"아, 응."

"혹시 우리 아빠가 한 말 때문에 만난 거예요? 서울까지 왔는데 뵙고 가야 한다는 말 때문에 부담 느낀 건 아닌지······."

"아니야. 내내 신경 쓰고 있긴 했었어. 작은아버지는 몰라도 형한테는 연락을 해야 하는 거 아닌지 고민하고 있던 참이었어."

"형이······ 반가워하죠?"

"응. 그런 거 같아서 고마웠어. 이런저런 생각도 좀 많이 하게 됐고……, 내가 생각했던 것보다 내가 참 많이 무심했던 놈이구나 싶기도 했어. 진즉 좀 이런 시간을 가졌으면 어땠을까 안타깝고, 유일하게 남은 가족들과 지금 이렇게 된 건, 어쩌면 내 탓이 더 클 수도 있겠구나 싶어서 속상하기도……. 남 탓만 하기 이전에 나를 좀 더 돌아봤어야 했던 건 아닐까 후회도 되면서, 여전히 화가 나는 마음도 남아 있어요. 실은 그냥 이대로 남처럼 지내는 게 여러모로 좋을 거라는 생각이 아직 남아 있다는 게 씁쓸하기도 해."

그가 내뱉는 짤막한 한숨에서 고민의 무게가 느껴졌다. 하루 이틀 쌓인 감정들이 아닐 테니 한순간에 훌훌 털어 내 버릴 수는 없을 거다.

"어쩌면 형이나 나나 서로 다 바보 같다는 생각도 들었어. 서로가 가진 것에 감사할 줄 모르고, 갖지 못한 것에만 너무 연연했던 건 아닐까. 그래서 나는 형이 너무 부러웠고, 형은 내가 너무 부러웠고, 그렇게 애증…… 같은 게 켜켜이 쌓여진 게 아닐까."

은경은 말없이 그의 어깨를 토닥였다. 그에게 상처를 준 가족들이 예쁘지는 않았다. 화도 많이 나는 게 사실이었다. 그냥 이렇게 남처럼 지내는 게 낫겠다는 생각도 했었다. 하지만 가슴 한구석에 늘 무거운 짐을 안고 살아가야 할 그를 위한다면 그건 또 아니겠다는 생각이 들기도 했다.

"아, 그나저나 진짜 미안하네."

무거운 마음을 뒤로한 인혁이 시간을 확인하며 그녀의 손을 포개 잡았다.

"원래 술을 마시려던 게 아니었는데, 어쩌다 보니 이렇게······."

"아쉽기는 하지만, 형하고 의미 있는 시간 보낸 거니까 이해할게요."

인혁은 늘 그렇듯 또 이해하고 배려하는 그녀를 애잔하게 바라보았다. 자주 볼 수 있는 것도 아니고, 그래서 함께하는 시간이 더없이 소중할 텐데, 그래서 화도 날 법한데. 저랑 약속했으면서 왜 다른 약속을 또 잡아서 곤란한 상황을 만드느냐고 화를 낼 법한데.

"화나면 화내도 돼요."

"음?"

"일부러 그런 건 아니지만 어쨌든 난 약속을 어겼잖아. 9시까지 은경 씨 데리러 가기로 해 놓고는, 되레 인사불성이 돼서 은경 씨가 데리러 오게 만들고······."

"강윤 씬, 제 자신에 대해서 너무 뭘 모르는 거 같아."

그의 손을 잡고 제 뺨에 갖다 댄 은경이 살포시 웃었다.

"화낼 시간도 아깝게 만들잖아. 화가 났다가도 언제 그랬냐는 듯 눈 녹듯 사그라지게 만들잖아. 그 얼굴 한 번 보면 그냥 모든 게 끝난다고 말했었잖아. 그 어떤 고민이든, 무엇이든."

그녀의 해사한 미소에 그 역시 따라 웃을 수밖에 없었다. 슬며시 상체를 숙인 그가 고개를 틀며 그녀의 얼굴 가까이 다가갔다.

"엇. 지금 뭐하려고?"

"생각하는 그거 하려고."

"안 돼, 지금은. 나 씻지도 않았고……."

"그게 중요해요? 난 상관없는데."

"난 상관있단 말이야. 강윤 씬 씻었잖아. 그럼 나 빨리 씻고……."

은경이 그를 밀쳐 내며 일어나려고 했지만, 이내 또 손목이 잡혔다.

"씻는 시간도 아까워."

그녀의 귓가에 대고 소곤거린 그가 입술을 포개며 허리를 끌어당겼다. 그녀가 입고 있는 베이지색 터틀넥 니트 안으로 손을 넣은 그는 보드라운 살결을 어루만지다가 이내 옷을 벗겨 냈다. 언제 봐도 탄력 넘치는 그녀의 속살에 입을 맞춘 그가 브래지어 후크 역시 끌러 내리려는데, 그녀가 가슴팍을 밀치며 그를 누였다.

풀썩, 아직 젖어 있는 그의 검은 머리칼이 새하얀 시트 위로 흐트러졌다. 그가 입고 있는 샤워가운 앞섶이 벌어지며 여자보다 더 예쁜 쇄골라인과 함께 탄탄한 가슴 근육이 빠끔히 모습을 드러냈다.

"우린 서로 바뀐 거 같아. 내가 그렇게 뽀얗고, 강윤 씨가 까무잡잡해야 하는데."

그의 허리춤에 올라탄 그녀가 생긋 웃으며 그의 양어깨 위로 손을 짚으며 내려다보았다. 은성이도 피부가 하얀 편인데, 인혁 역시 웬만한 여자 못지않게 피부가 고왔다. 수영선수였던 게 믿기지 않을 만큼 곱고 희었다.

"아무려면 어때요. 눈앞에 있는 여자가 마냥 좋은 걸."

그의 말에 여전히 입꼬리를 올린 그녀가 슥 손을 뻗어 새하얀 목덜미를 감쌌다. 샤워한 직후라서 더 촉촉한 듯 보이는 그의 살결은 매끈했다.

"오늘은 강윤 씨가 당하는 게 좋겠어."

"푸훗. 뭘 당해."

"애무?"

노골적인 그녀의 표현에 그가 또 웃음을 터트렸다.

"야해. 지금 강윤 씨 모습이 참 많이 야해. 그래서 예뻐요. 그래서 만지고 싶어. 여기저기 다."

고개를 숙여 그의 목덜미에 입술을 갖다 댄 그녀는 혀를 할짝거리며 간질였다.

"아웃."

그가 움찔거리며 눈꺼풀을 내려뜨리자 그녀가 좀 더 강하게 살갗을 빨아 당기며 검붉은 흔적을 남겼다.

"당분간 목 폴라티 입어야 할 거 같아."

그녀가 귓불을 할짝거리며 속삭이는 말에 그가 살며시 눈을 뜨며 미소를 머금었다.

"부럽네. 나는 못 하는 걸 하니까."

그녀가 트레이닝을 할 때의 복장 때문에 목덜미라든지 노출이 되는 부분을 애무할 때는 늘 조심을 하는 그였다.

"그럼 좀 더 부러워해 봐요."

은경이 얄궂게 웃으며 그의 몸 아래쪽으로 자리를 옮겼다.

"다리 벌려요."

알몸 위에 샤워가운만 걸치고 있던 인혁은 잠시 당혹해했다. 보통 사랑을 나눌 때 자신이 그녀에게 했던 말을 역으로 들어 보니 기분이 묘했다.

"다리 벌리라니까."

"음, 은경 씨."

"시간 아까워요. 빨리 벌려."

"음, 그러니까 잠깐……, 엇!"

그가 머뭇거리는 사이 그녀가 무릎을 잡아 벌렸다. 이미 단단해졌던 남성이 벌어진 가운 사이로 남세스럽게 솟아올랐다. 그녀와 한두 번 사랑을 나눠 본 건 아니었지만 이런 식은 처음이었던 그가 낯뜨거워하며 어쩔 줄을 몰라 했다. 어떻게든 가운으로 그것을 가려 보려고 했지만 다리가 너무 활짝 벌어져 있어서 여의치가 않았다.

"아, 이런……. 잠깐, 나 지금 너무……."

"푸훗. 얼굴이 왜 그렇게 빨개져요?"

그가 다리를 오므리려고 했지만 어느 여자들과는 달리 남다른 힘을 자랑하는 그녀가 더 세게 허벅지를 잡아 눌렀다.

"아, 은경 씨. 잠깐만……."

"이런 기분이었군요?"

은경이 또 개구지게 웃었다.

"당하는 입장에서는 아주 민망한데, 가하는 입장에서는 아주 흐뭇한 거였어."

평소 그녀가 애무를 받는 입장이다 보니 그 앞에서 다리를 벌리는 건 주로 그녀였다. 그의 뜨거운 시선을 받으며 은밀한 곳을 내보이고 있다는 게 매번 참 민망하고는 했었다. 그의 허벅지를 쓸며 점차 중심부로 향한 그녀의 손길이 멈췄다.

"아웃."

귀까지 빨개진 그가 고개를 옆으로 돌리며 시트를 말아 쥐었다. 새하얗던 피부가 발갛게 달아올랐다.

"예쁘네요. 새색시처럼."

그녀의 손이 슬며시 위아래로 움직였다.

"하아, 잠깐, 웃."

"그래서 강윤 씨도 그랬던 거였나? 그만하라는 데도 더 파고들었던 게."

말이 끝나기 무섭게 고개를 숙인 그녀가 크게 입을 벌렸다. 그녀의 고개가 빠르게 움직일수록 그 역시 뜨거운 신열을 토해 내며 눈을 질끈 감았다.

그녀가 제 것을 애무해 주는 게 처음도 아니었건만, 그는 유난히 더 흥분이 되어 몸이 파르르 떨렸다. 벌써 파정을 하고 싶을 정도로 발가락까지 찌릿찌릿했다.

"하웃, 잠깐!"

"어엇!"

그가 간신히 이성을 붙잡으며 그녀의 손목을 낚아채 확 끌어당겼다. 가쁜 숨을 몰아쉰 그가 어느새 그녀를 제 아래 누인 채 손목을 잡아 눌렀다.

"이렇게 짓궂은 줄 몰랐네."

"풋. 그러니까 누가 그렇게 야하게 하고 있으래요?"

그녀가 눈꼬리를 접으며 배시시 웃었다. 그녀를 보며 피식 따라 웃던 그는, 그녀의 양쪽 손을 모아 한 손으로 움켜쥔 채 머리 위로 올려 단단히 고정시켰다.

"그럼 이제 내 차례네."

그의 입술 끝이 매력적으로 말려 올라가며 그녀에게 입을 맞추었다.

헤어짐을 앞둔 연인의 시간은 오늘도 열대야 같았다.

***

오전 여덟 시였다. 호텔을 빠져나와서 두부와 찐빵이를 데리고 인혁의 차가 주차되어 있는 곳까지 온 은경은 그와 함께 차에서 내렸다.

"추워. 내리지 말라니까."

"가는 거 볼래."

각자 차가 있다 보니 여기서 헤어져야 했다. 오늘부터는 펜션 예약 손님이 있었기에 입실 시간 전에 여유 있게 도착하려면 늑장을 부릴 수가 없었다. 입실 시간을 어기고 꼭 더 빨리 도착하는 손님들이 있기 때문이었다.

두부와 찐빵을 차에 먼저 태운 인혁은 언제나 그렇듯 아쉬운 얼굴로 그녀를 응시했다.

"외박을 해 버려서 어떡해."

"그건 내가 알아서 할게요. 그보다 남해까지 또 언제 가."

그녀의 걱정에 인혁이 염려하지 말라면서 웃어 보였다.

"춥다. 어서 먼저 가요."

"1분만. 얼굴 조금만 더 봐두려고. 이제 크리스마스 때나 볼 거 아니야."

그녀의 허리를 끌어당긴 그가 가까운 거리에서 얼굴을 마주 보았다.

"……큰일이다. 점점 더 헤어지기 싫어져서."

별다른 말없이 서로의 얼굴만 빤히 들여다보던 두 사람은 이내 마지못해 품에서 떨어졌다. 더 이상은 지체할 시간이 없다는 걸 알았다.

"먼 길 가는 사람 먼저 가요."

"아니야. 은경 씨 먼저 가."

"나 고집 꽤 세요. 어서 먼저 출발해요. 나 추워."

결국은 인혁이 먼저 운전석에 올랐다. 차창을 내린 후 손을 맞잡은 채 어쩔 수 없는 작별을 나눈 인혁은 차바퀴를 굴렸다. 점차 멀어지는 그의 차량을 바라보던 은경은 방금 전까지만 해도 빠르게 흐르던 시간이 그와 헤어짐과 동시에 더디게 흐른다는 생각에 비식 웃음이 새어 나왔다. 다시 만날 때까지 또 얼마나 긴 기다림이 될지 벌써 골이 다 지끈거렸다.

"빨리…… 결혼해야겠다."

혼잣말을 하며 세단에 올라탄 은경은 시간상 집에 들렀다 가기에는 늦을 것 같아서 바로 센터로 이동하며 엄마에게 전화를 걸었다.

"응, 엄마. 아빠는?"

-일어나셨지. 너 일찍 나갔다고 했어.

"후우. 미안해, 엄마."

-계집애. 늦어도 된다고 했다고 아예 외박을 하면 어떡해. 아빠가 알면 어쩌려고.

"진짜 미안해."

-그나저나 인혁인 좀 괜찮아? 몸도 안 좋은데 남해까지 무사히 내려가려나 모르겠네.

은경은 차마 인혁이 술에 취해서 혼자 두고 갈 수가 없다고 사실대로 말할 수가 없었다. 그가 아직 감기 기운이 남아 있던 차에 잠도 못 자고 많이 긴장한 탓인지 몸이 더 안 좋아졌다고 둘러댔 터였다.

―하긴, 인사드린다고 얼마나 긴장을 했겠어. 그 먼 길 오가느라 병날 만도 하지. 도착했다고 연락 오면 엄마한테도 알려 줘. 걱정돼.

"응, 알았어."

―참, 인혁이 펜션 주소 좀 문자로 남겨 놓을래?

"응? 왜?"

―뭘 그렇게 깜짝 놀라. 불시에 찾아가기라도 할까 봐 그래? 그럼 또 어때.

"엄마도 참. 내가 뭘 그렇게 놀랐다고."

―아무튼 주소 남겨 놔. 김장 김치 좀 보내려고 그래. 어제 왔을 때 좀 챙겨 준다는 걸 깜빡했지 뭐야. 혼자 있으면 김치도 다 사다 먹을 거 아니야.

은경은 저도 미처 생각하지 못했던 걸 챙겨 주는 옥 여사에게 미안하고, 고마웠다. 쉽지는 않았을 거다. 귀한 손님 따뜻한 차로 대접해야 한다는 말을 내뱉기가, 언제든 마음 편하게 찾아오라는 말을 내뱉기가 쉽지는 않았을 거다. 부모이기 때문에 이런저런 욕심들이 있었을 거다. 그걸 내려놓고 인혁을 온전히 받아들이기가 쉽지는 않았을 거다.

―김치냉장고는 있을까? 혼자 사니까 아무래도 그런 것까지는 없겠지? 그럼 많이 보내지 말아야겠다. 다음에 또 만날 때…….

"고마워, 엄마. ……엄만 정말 날 사랑하나 봐. 그래서 고마워요."

-……그거 알면 나한테 잘해.

"여부가 있으려고. 내가 잘할게. 어떻게, 당장 오늘 저녁에 둘이 오붓하게 외식 한번 할까?"

-거절할 거라고 생각했다면 오산이야. 너 퇴근 시간 맞춰서 센터로 갈 거야.

"풋, 알았어. 저녁에 봐요."

기분 좋게 전화를 끊은 은경은 저도 모르게 또 시간을 확인했다.

"시간 참 더디게 가는구나."

그와 헤어진 지 겨우 10분이 지났을 뿐이었다.

결혼을 서둘러야 할 이유가 매시간, 매분마다 늘어나고 있었다. 그가 보고 싶고, 또 보고 싶었다.

-20-

 인혁이 서울을 떠난 지 12시간이 지나고 있었다. 수요일인 오늘 은경의 마지막 수업은 정현이었다. 월 수 금, 저녁 8시. 일주일에 3회씩 20회를 끊었던 그는 어느새 오늘이 18회 차 수업이었다.

 "이번엔 케이블 프런트 레이즈, 스탠딩 자세로 먼저 해 볼게요."

 은경의 코치에 따라 익숙하게 스트레이트 바를 잡은 정현은 허리를 곧게 펴고 섰다.

 "바 들어 올릴 때 반동 없이 전면 삼각근만 활용하시는 거 잊지 마시고요. 눈높이까지 들어 올렸다가 원래대로 돌아올 때 빨리 내리지 말고, 저항하면서 천천히 내려올게요. 바를 어깨 위로 과도하게 들어 올리면 승모근이 자극되니까 유의하시고요. 첫

세트 20회 시작할게요. 하나, 둘, 셋, 자세 좋아요. 그렇죠."

회원이 수업을 잘 따라올 때면 구령과 함께 칭찬을 아끼지 않는 그녀는 더욱 힘차게 파이팅을 외쳤다.

"열여덟, 열아홉, 스물! 아주 좋아요. 이제는 저보다 더 자세가 좋은 거 같은데요?"

"후우, 그럴 리가요."

"아주 훌륭해요. 어깨 좀 잠깐 풀어 주시고요. 워낙 자세가 좋으셔서 무게 좀 올려 봐도 될 거 같은데, 어떠세요?"

은경의 제안에 정현이 흔쾌히 고개를 끄덕였다. 꾸준히 식단 관리까지 하면서 운동을 했더니 제법 근사한 바디가 만들어지고 있었다.

"이제 2회 남았나요?"

"네, 다음 주 월요일이면 끝나네요. 월요일 날 마지막으로 인바디 체크해 볼게요."

"PT 끝남과 동시에 다시 게을러지는 거 아닌지 모르겠네요."

"그럴 리가요. 워낙 잘 따라오셨잖아요. PT 끝나더라도 지금처럼 일주일에 두세 번 정도는 나와서 관리해 주시는 게 좋아요. 센터 연간 회원권 끊어 놓은 것도 있으니까 꾸준히 나오세요."

"머리로는 다짐을 하는데, 몸이 따라줄지 그게 걱정이죠."

정현이 어깨를 으쓱이며 설핏 웃었다.

"강윤 씨가…… 좀 많이 무뚝뚝하죠?"

은경이 먼저 인혁의 이야기를 꺼내는 건 처음이었던 정현이 다소 놀란 얼굴로 쳐다보았다.

"종종 얘기하고는 했어요. 형한테 많이 고맙다고. 그런데 그걸 표현을 잘 못 하는 거 같더라고요."

"······."

"감사해요. 강윤 씨에게, 가족이 되어 주어서."

"······별말씀을요. 잠시 화장실 좀 다녀오겠습니다."

"아, 그러세요."

그에게 언제고 한 번은 고마운 마음을 표현하고 싶었다. 이대로 쭉 인혁에게 좋은 형이자 가족으로 남아 주기를 바랐다.

"그나저나 좀 있으면 옥 여사 오겠네. 저녁을 뭐로······."

"은경아!"

익숙한 음성에 고개를 돌린 은경은 매일 보면서도 뭐가 그리 반가운지 함박웃음을 지었다. 엄마가 센터에 온 건 정말 오랜만이었다.

"일찍 오셨네?"

"얼마나 맛있는 걸 사주려고 그러나, 설레서 빨리 왔지 뭐야."

"푸훗. 누가 보면 나 되게 못된 딸인 줄?"

"그러니까 맛있는 거 많이 사줘. 엄만 집밥 지긋지긋해."

옥 여사가 장난처럼 생글거리며 얘기했다. 은경은 그런 엄마 모습이 어쩐지 짠해서 미안한 마음이 앞섰다. 평생을 남편과 자식 뒷바라지를 하며 하루도 손에 물마를 날이 없이 살아온 어머니였다. 가족을 위해서 해 먹인 집밥이 몇 끼나 될까. 그 은혜는

죽을 때까지도 다 갚지 못할 거다.

"대게 사드릴까? 엄마 그거 좋아하잖아."

"영덕 대게? 그거 되게 비싼데?"

"비싸면 좀 어때. 정성 듬뿍 들어간 우리 옥 여사표 집밥은 값을 매길 수가 없을 텐데도, 공짜로 얻어먹은 세월이 얼마야. 대게 먹자. 엄마 딸 남부럽지 않게 벌 만큼 벌어."

"거절할 거라고 생각했다면 오산이야. 엄만 먹을 거야."

"거절할 옥 여사가 아니라는 것쯤은 나도 알아. 난 엄마 딸이잖아."

은경이 새치름하게 웃으며 수다를 이어 가고 있을 때, 화장실을 다녀온 정현이 다가왔다.

"제가 너무 늦었……."

서너 걸음 거리를 두고 발길이 멈춰선 그가 말끝을 흐렸다. 은경의 시선을 따라 뒤돌아서던 옥 여사 역시 웃고 있던 입매를 거두며 댕그래진 눈으로 바라보았다.

"어머……."

그녀가 막 알은척을 하려던 찰나, 은경이 한발 앞서 말문을 열었다.

"아, 엄마. 나 아직 수업 중이었어. 음, 엄마한테 말씀드린 적은 없는 거 같은데 강윤 씨 사촌 형이야. 제 엄마예요."

옥 여사에게 정현을 소개하던 은경이 이번엔 그에게 엄마를 소개했다. 결혼할 사이인 인혁의 사촌 형인데 소개를 하는 게 맞는 거라고 판단을 한 터였다.

"……안녕하세요, 서정현입니다."

여기서 만나게 될 줄은 몰랐던 정현이 당황한 기색을 감추며 깍듯하게 허리부터 숙였다. 옥 여사는 여전히 놀란 얼굴로 눈만 끔뻑거리며 쳐다보기만 했다. 분명 친절한 이웃 총각이 맞는데, 왜 처음 보는 것처럼 인사를 하는지 어리둥절해서였다.

"엄마, 인사하잖아."

은경이 멍하니 서 있는 옥 여사의 옆구리를 쿡 찔렀다. 그제야 정신을 좀 차린 그녀는 일단 정현과 똑같이 고개를 숙이며 인사를 건넸다.

"아, 네. 반가워요. 인혁이……, 사촌…… 형이라고요?"

"……예, 그렇습니다."

"……세상에."

"엄마, 상담실에서 조금만 기다려. 수업 끝내고 갈게."

은경에게 등 떠밀려 별수 없이 걸음을 옮긴 옥 여사는 다시 한 번 뒤를 돌아서 정현을 응시했다. 혹시 닮은 사람일까 생각도 해 보았지만, 사람 얼굴 하나 구분 못 할 정도로 정신이 나가지는 않았다.

"어떻게 이런 우연이……. 인혁이 사촌 형이 우리 이웃이었다고? 작은집이 서울에 산다더니 같은 서초동이었어? 어머나. 세상에 이런 일이."

상담실로 들어와 의자에 몸을 앉힌 그녀는 아직도 이 상황이 신기해서 헛웃음이 다 나왔다. 그리 친절하던 동네 총각이 인혁의 사촌이라니. 작은집과는 사이가 좋지 않다고 들었는데 형은 예외인 모양이었다. 은경에게 트레이닝까지 받는 걸 보니 사이가 썩 괜찮은 모양이었다.

"하긴…… 워낙 성품이 좋아 보이긴 했지. 요즘 젊은이들 같지 않게 예의 바르고……. 그런데 왜 날 모른 척한 거지? 분명 날 알아봤을 텐데, 너무 놀라서 그랬나? 뭐…… 그럴 수도 있긴 하겠네. 그저 동네 아줌마인 줄 알았던 내가, 사촌 동생의 예비 장모였다면 놀랄 수도 있긴 하지."

팔짱을 낀 채 의자에 기댄 옥 여사는 다시금 곰곰이 생각에 잠겼다. 정현을 처음 골목에서 만났을 때 부모님 역시 참 좋은 분들일 거라고 확신했었다. 자식 농사를 이리 잘 지은 분들이면 분명 좋으신 분들일 거라고. 그래서 안면이라도 트고 지내면 좋겠다는 생각을 했었다. 좋은 이웃을 만난다는 건 행운이니까.

한데 인혁에게 들은 작은아버지의 인상은 좋지가 못했다. 인혁이 했던 말만을 가지고 판단할 수는 없겠지만, 자신이 봐온 인혁은 절대 허튼소리를 할 녀석이 아니었다. 오히려 최대한 말을 아끼는 게 느껴졌다. 제 얼굴에 침 뱉기와도 같은 그런 지난날들을 하나하나 끄집어내고 싶지 않았을 거다. 그래서 궁금해도 참고, 은경의 눈을, 남편의 눈을, 제 눈을 믿어 보기로 하지 않았던가. 적어도 인혁인 거짓을 말할 녀석은 아닐 거라고.

"세상 참 좁네. 어떻게 이웃으로 만난 사람이 인혁이 사촌일 수가⋯⋯."

그녀가 생각의 생각을 거듭하는 사이 은경이 수업을 끝낸 후 상담실로 들어왔다.

"엄마, 나 얼른 옷만 갈아입고 나올게."

"서울에 산다고 했어도 이렇게 바로 옆일 줄은 몰랐는데."

"응?"

"인혁이 작은집 말이야. 우리랑 같은 서초동일 줄은 몰랐어."

탈의실로 향하려던 은경이 의아한 얼굴로 돌아섰다.

"그게 무슨 말이야? 작은아버지 댁은 우이동이야."

"⋯⋯우이동? 그럼 혹시 사촌 형은 서초동에서 혼자 따로 살아?"

"아니. 당연히 사촌 형 집도 우이동이지. 부모님이랑 같이 사는데. 왜 자꾸 이상한 말을 하셔? 울 엄마 꿈 꿨어?"

"응? 아⋯⋯."

"암튼 나 얼른 갈아입고 올게."

[이사 왔어요? 내가 이 동네에 오래 살아서 동네 사람들 얼굴은 좀 아는데 처음 보는 거 같아서요.]

[아⋯⋯, 예. 얼마 전에 이사 왔습니다.]

옥 여사는 슬며시 미간을 좁히며 테이블 위에 올린 손가락을 톡톡 두드렸다. 그때 분명 짐을 들어 주면서 이사를 왔다고 했었다. 그 말이 사실이 아니라면 너무 말이 안 되지 않은가. 우이동에 살면서 왜 이사를 왔다고 거짓말을 한단 말인가?

"뭐지……."

좀 더 기억을 더듬어 보던 그녀는 순간 멈칫했다. 정현과 나누었던 또 다른 대화가 선명하게 떠올랐다.

[이렇게 인성 좋고 잘생긴 총각이 왜 애인이 없을까? 눈이 높은가?]

[아뇨, 아직 인연을 못 만나서 그렇죠.]

[내가 딸이 둘이면 좋겠는데, 아쉽게도 딸이 하나라서. 우리 딸은 남자 친구가 있거든.]

[남해에 사는…….]

[응? 어떻게 그걸…….]

[아, 방금 전에 어머님 혼잣말하시는 걸 본의 아니게 들어서요. 죄송합니다.]

"날……, 알고…… 있었나?"

그녀는 순식간에 머릿속이 혼란스러워졌다. 왜 그런 걸까. 뭘 의도한 걸까. 인혁의 사촌이면서 마치 남처럼 그렇게…….

"엄마, 가자."

서둘러 퇴근 준비를 한 은경의 손에 이끌려 상담실을 나선 옥 여사는 센터 안을 이리저리 둘러보았다.

"사촌 형은…… 갔니?"

"탈의실 들어갔지. 땀 흘려서 씻어야 하니까."

"……인혁이랑은 잘 지내니?"

"음…… 내가 뭐라고 함부로 단정 지을 수는 없겠지만, 잘 지

내려고 하는 과정에 있다고 설명하는 게 가장 맞을 거 같아. 작은아버지 아들이긴 하지만…… 사람 자체가 나쁜 사람은 아닌 거 같아. 서로 함께하면서 좋은 날만 있었던 건 아니었겠지만 나쁜 사람은 아닐 거라 믿어. 강윤 씨가 표현을 못 해서 그렇지 많이 의지하면서 살아온 거 같던데……, 좋은 형이어야 하잖아. 한 명쯤은 강윤 씨에게 진짜 가족이어야 하잖아. 그래야…… 슬프지 않잖아."

엘리베이터가 멈춰 섰다. 은경을 뒤따라 올라탄 옥 여사는 물끄러미 딸을 바라보았다.

무턱대고 이 사실을 말할 수가 없었다. 친절한 동네 총각이 인혁의 사촌 형이었다고, 무슨 의도에서인지 거짓말까지 하면서 접근을 했다고 말할 수가 없었다. 혹시나 만에 하나, 사촌 형이라는 사람이 인혁에게 좋은 형이 아닐까 봐, 그래서 딸이 슬퍼할까 봐 말할 수가 없었다.

지하주차장에 도착해서 엘리베이터 문이 열렸다. 옥 여사는 내리지 않고 다시 10층 버튼을 눌렀다.

"은경아. 엄마 갑자기 배가 아파. 화장실 좀 다녀올게."

"많이 아파?"

"화장실 다녀오면 되는 거야. 빨리 갔다 올게. 잠깐만 기다릴래?"

"천천히 다녀와. 서두르다 넘어지지 말고. 차에 있을게."

혼자 다시 센터로 올라간 옥 여사는 화장실을 가는 척하며 힐끗 남자 탈의실을 살펴보았다. 정현이 언제쯤 나올까 노심초사하며 서성이는데 때마침 그가 나타났다. 머리를 감고 제대로 말리지 않았는지 아직 젖어 있는 머리칼을 손으로 털어 내며 나오고 있었다.

"어머, 역시 그 총각이 맞네?"

엘리베이터 앞에서 마주친 정현이 잠시 당혹스러워하다가 고개를 숙였다. 그의 얼굴을 보니 심란했지만 그녀는 최대한 평소처럼 아무렇지 않게 말을 건넸다.

"아깐 많이 놀랐죠? 나도 너무 놀라서 제대로 알은척도 못 했지 뭐야."

"……."

"어떻게 이런 우연이 다 있어요? 총각이 여기 회원인 줄은 몰랐네. 진짜 신기하다."

떠드는 건 옥 여사 혼자일 뿐, 정현은 좀처럼 이렇다 할 말을 하지 않았다. 그 역시 뭔가 머리가 복잡한 것인지 연방 가는 숨만 내쉴 뿐이었다.

"엘리베이터 왔네요."

정현과 함께 엘리베이터 안으로 들어선 옥 여사는 9층부터 지하1층까지 층마다 버튼을 다 눌렀다. 정현이 의아하게 바라보던 찰나 문이 닫혔다. 엘리베이터에는 둘뿐이었다.

"나한테 할 말 없어요?"

옥 여사는 방금 전과는 사뭇 다르게 나직이 얘기했다.

"나한테 정말…… 할 말 없어요?"

정면을 응시하며 서 있던 그녀가 정현을 향해 고개를 돌렸다. 가까운 거리에서 눈이 마주치자 그가 바로 시선을 피해 버렸다.

"내가 은경이 엄마란 거…… 알고 있었던 거죠?"

침묵은 긍정이다, 는 말은 이럴 때 쓰는 말일 거다. 옥 여사는 살며시 떨리는 손을 그러쥐었다.

"나는…… 인혁이 사촌 형인 서정현이라는 사람에 대해서는 아무것도 몰라요. 내가 아는 사람은, 이따금씩 동네에서 마주치던 친절한 이웃 총각뿐이야."

"……"

"지금 내 눈앞에 있는 사람이…… 내가 알던 그 사람이었으면 좋겠어요. 살갑게 웃으면서 말동무가 되어 주던, 타인이 내게 그렇게까지 친절했던 적이 없었을 만큼 다정했던 참 괜찮은 총각."

잠시 말을 멈춘 옥 여사는 정현의 얼굴을 빤히 바라보았다. 시선을 아래로 내려뜨린 채 가만히 서 있어서 그가 무슨 생각을 하는지는 알 수 없었다. 혹시나 하는 그런 일들이 모두 기우에 지나지 않았다는 실낱같은 희망을 놓고 싶지 않았다.

좋은 형으로 남아 주기를, 인혁이 어깨 펴고 떳떳하게 소개할 수 있는 진짜 가족으로 남아주기를.

"나한테 할 말이 있을 거라고 생각해요. 그러니 언제든 찾아와요. 나한테 할 말이 생기면 찾아와요."

"……"

"은경이한테는 아무 말도 하지 않을 생각이에요. 나는 오늘 인혁이 사촌 형을 처음 만난 거예요. 우리는 오늘 처음 본 거야."

긴 정적이 흘렀다. 층마다 멈춰 서느라 천천히 내려온 엘리베이터가 지하 1층에서 멈췄다. 옥 여사는 먼저 내리기 위해 걸음을 내딛으며 한마디를 더 건넸다.

"그렇게 머리 젖은 채로 찬바람 쐬면 감기 걸려요. 잘 말리고 다녀요."

엘리베이터에서 내린 옥 여사는 은경의 세단을 향해 걸어가다 잠시 뒤를 돌아보았다. 정현은 내리지 않았다. 엘리베이터 문은 금세 다시 닫혔고, 더 이상의 움직임도 없이 그 자리에 멈춰 서 있었다.

"엄마!"

은경이 차창을 내리며 손을 흔들었다. 옥 여사는 여느 때처럼 웃는 얼굴로 다가갔다.

"미안. 오래 기다렸지?"

"생각보다 빨리 왔는데? 자자, 대게 먹으러 가자고."

옥 여사는 고개를 끄덕이며 차창 밖으로 시선을 돌렸다. 그 맛있는 대게가 오늘은 그리 맛있을 것 같지가 않았다.

***

나른한 오후였다. 가족 모두 다 출근을 하고 혼자 남은 옥 여사는 평소처럼 설거지를 하고, 세탁기를 돌리고, 청소도 하고, 화초에 물도 주고 나서 커피 한 잔을 마셨다.

"하아, 머리야……"

어젯밤 그녀는 한숨도 제대로 자지 못했다. 이런저런 걱정들이 머릿속을 비집고 들어와서 도통 나가지를 않았다.

그녀가 여전히 또 생각에 잠긴 채 커피가 식어가는 줄도 모르고 있을 때쯤 휴대폰 벨소리가 울렸다. 남해에서 걸려온 전화였다.

"……응, 인혁아."

-어머님, 방금 택배 받았습니다.

"아, 잘 도착했구나. 맛있게 한다고 했는데 입에 맞을지 모르겠네."

-너무 감사드립니다. 아까워서 먹지도 못할 거 같아요.

"……."

-어머님 김장하실 때 하나도 도와드리지 못했는데, 이렇게 먹기만 해도 되는 건지 모르겠습니다. 정성들여 담그셨을 어머님 생각하니까 진짜 아까워서 못 먹겠어요.

옥 여사는 순간 목울대가 뜨거워졌다.

인혁을 원망했었다. 어젯밤 잠을 이루지 못하며 인혁을 원망했었다. 그 녀석 탓이 아님에도 불구하고 못난 마음을 먹기도 했었다. 화목한 가정 안에서 자란 녀석이었으면 얼마나 좋았을까. 그랬다면 애초에 이런 머리 아픈 상황들은 생기지 않았을 텐데.

담담하게 말했지만 실은 불안하고 내내 신경 쓰였다. 사촌 형의 행동을 곱씹어 볼수록 한숨이 나오고 걱정이 쌓여 갔다. 못된 마음먹고 있으면 어쩌나, 그래서 우리 딸 상처 받는 일 생기면 어쩌나.

차라리 인혁이 못된 놈이었으면, 그렇다면 매몰차게 떼어 버릴 수 있을 텐데. 너는 안 된다고 단호하게 얘기할 수 있을 텐데. 한데 그렇지가 않아서, 보고 있으면 또 너무 예뻐서, 하나라도 더 챙겨 주고 싶어져서, 그런 환경 속에서도 바르게 잘 자란 녀석이라는 걸 너무도 잘 알겠어서, 그래서 미워할 수도 없어서 원망스럽기도 했었다.

-어머님. 어머님?

"아, 응."

-어디 편찮으세요? 목소리가 안 좋으신 거 같아요.

"아니야. 낮잠 자다 일어나서 그래. 김치는 아끼지 말고 푹푹 먹어. 식구들 먹이려고 정성스럽게 만든 거니까, 잘 먹어 주는 게 보답하는 거야. 그래도 정히 그냥 먹는 게 미안하거든…… 내년엔 같이 김장해."

-……예, 어머님. 그럴게요. 꼭 그렇게 할게요.

통화를 끝낸 옥 여사는 인혁과 함께 김장을 하는 모습을 머릿속에 그려 보았다.

'어머님, 제가 할게요. 앉아계세요.'

'저 시키세요. 제가 다 할게요.'

그래. 그럴 녀석이지. 인혁인 그럴 녀석이지.

어울리지도 않는 빨간 고무장갑을 끼고, 그 잘생긴 얼굴 여기저기에 고춧가루를 묻혀 가면서, 서툴러도 꾀부리지 않고 힘든 건 제가 하겠다고 나설 녀석이겠지. 그렇게 진심으로 우리 은경이를 위하겠지. 사랑해 주겠지.

"빨리…… 결혼시켜야겠다."

사위가 아닌 아들로 품어야겠다. 그래야 못난 생각이 들지 않을 테니까.

내 자식 허물은, 부모의 눈에는 허물이 아닌 것이니 그렇게 품어야겠다. 인혁일 그렇게 품어야겠다.

***

"오늘 하루도 지나갔네요."

은경은 잠자리에 들기 전 인혁과 영상 통화를 하며 연방 입꼬리를 올렸다. 갈수록 미모 갱신 중인 인혁은 오늘 역시 샤방한 얼굴을 뽐내고 있었다.

"기뻐요. 오늘 밤이 지나면 못 본 지 5일째가 되는 거니까, 그만큼 만날 날이 가까워지고 있다는 뜻이니까 기뻐."

-보고 싶네. 그렇게 말을 하니까 더 보고 싶어.

"아아, 곤란해요. 그렇게 그윽하게 바라보면서 보고 싶다고 하면 설레서 잠 못 자. 자제해 줘요."

그녀의 너스레에 인혁이 어깨를 들썩이며 웃음을 쏟아 냈다.

"난 참 좋더라. 강윤 씨의 그런 무방비한 웃음이."

—하하. 무방비한 웃음은 또 뭐야.

"강윤 씨가 정말 즐거울 때 짓는 표정이 있거든. 눈 찡긋 감으면서, 고개가 막 뒤로 넘어가면서, 막 이렇게."

은경이 리얼하게 흉내를 내자 인혁이 또 숨이 넘어갈 듯 웃어젖혔다.

"그렇게 무방비하게 웃으면, 막 끌어안고 뽀뽀하고 싶어져."

—아쉽네. 옆에 있었어야 하는 건데.

"아무튼 결론은, 다른 여자 앞에서는 그렇게 웃으면 안 된다는 거야."

—푸훗. 내가 다른 여자 앞에서 이렇게 웃을 일이 뭐가 있다고.

"그건 모르는 일이지."

—누누이 말하지만 여기는 강남 한복판이 아니라니까. 여자 구경할 일이 없어. 그러고 보면 내가 할 소리를 자꾸 먼저 해. 그 어려운 걸 해내는 사람이 누군데, 누가 누구 단속을 하는 거야. 걱정을 하면 내가 더 하겠지.

"어려운 걸 해내요? 그게 뭔데? 언젠가 우리 사귀기 전에도 나한테 그런 말 했던 적이 있었던 거 같은데, 그게 무슨 뜻이에요?

베개를 끌어안으며 턱을 괸 인혁이 입꼬리를 올렸다.

—세상 해내기 힘든 건데, 은경 씬 밥 먹듯이 하는 거야.

은경이 정말 궁금하다는 듯 큰 눈을 끔뻑거렸다. 씻고 난 후라 민낯인 얼굴에는 적당히 홍조가 띠었고, 도톰한 입술은 살짝 벌어져 있어서 매혹적이었다.

-지금도 또 그 어려운 걸 해내시네. 귀엽고, 섹시하고 혼자 다 해.

은경은 갑자기 훅 치고 들어오는 그의 멘트에 괜한 헛기침을 하며 머리칼을 쓸어 넘겼다.

-섹시해요.

기분이 좋으면서도 멋쩍은 그녀가 콧잔등을 긁적이며 눈을 요리조리 굴렸다.

-귀여워요.

"흠흠. 그만해요. 무슨 뜻인지 알았으니까 그만해."

그가 고개를 비스듬히 기울이며 은경을 빤히 바라보았다.

-……사랑해요.

휴대폰을 쥐고 있는 그녀의 손끝이 살며시 떨려 왔다. 처음이었다. 인혁이 이렇게 직접적으로 사랑을 고백한 건 처음이었다.

삽시간에 눈시울이 붉어진 은경은 천천히 입매를 올리며 그와 눈을 맞추었다.

"그렇게 그윽하게 바라보지 말라니까……. 설레서 잠 못 잔다니까……."

-사랑해요.

달콤한 고백과 너무도 잘 어울리는 감미로운 음성이었다. 영상 속 그의 시선은 한없이 애틋했다.

"오늘 진짜…… 잠 못 자겠네."

슬며시 손을 뻗어 휴대폰 액정을 어루만진 그녀가 속삭였다.

"사랑해요."

***

여느 때와 다름없는 아침인 듯 보였지만 아주 많이 다르기도 한 아침이었다. 평소처럼 출근 준비를 하고 아침을 먹기 위해 1층으로 내려온 은성은 가스레인지 앞에 서서 찌개 간을 보고 있는 은경의 뒷모습을 보며 고개를 갸웃거렸다.

"엄마는?"

"일찍 나가셨어."

"아직 여덟 시도 안 됐는데 이렇게 일찍 어디를?"

질문을 건네면서 식탁을 스캔한 은성은 밥 그릇 두 개를 꺼내어 밥솥 앞에 섰다. 은경은 아침 식단이 따로 있기 때문에 아버지와 자신이 먹을 밥만 푸면 되었다.

"엄마 나가는 거 누나는 봤어?"

"아니, 나도 못 봤어. 통화만 했어. 오랜만에 친구 좀 만나고 오신다던데?"

"그럼 대체 몇 시에 나가신 거야? 누나 일곱 시 전에 일어났을 거 아니야. 무슨 친구를 이렇게 아침 댓바람부터 만나? 어디 사시는 분이기에? 엄마가 종종 만나는 친구 분들은 내가 다 아는데 서울에 계실 텐데? 전화해 봐야겠다."

"놔두고 아버지 식사하시라고 말씀이나 드려. 엄마도 사생활이 있는 거지, 뭘 그렇게 스토커처럼 캐려고 들어?"

"이상하잖아. 이런 적 없었는데."

"평소에나 잘해."

은경의 편잔에 입술을 삐죽 내밀던 은성은 때마침 아버지가 모습을 드러내자 득달같이 질문을 퍼부었다.

"아버지. 엄마 몇 시에 나가셨어요? 누구 만나러 가신 거예요? 아버지도 아는 분이에요?"

"녀석. 아침부터 귀 따가워 죽겠네. 네 엄마 어디 도망간 거 아니니까 밥이나 먹어."

"어디 가신 건데요?"

"있어. 멀리 사는 친구."

"친구 누구요?"

"넌 말해도 몰라."

"설마 남자 친구는 아니죠?"

"녀석. 남자 친구면 또 어때."

덤덤한 아버지의 대답에 은성이 더 열을 올리며 흥분했다.

"울 옥 여사가 아직도 얼마나 고운데, 아버지는 그렇게 천하태평이세요?"

"쓸데없는 소리 하지 말고 밥이나 먹자."

"오늘 오시는 거죠?"

"좀 늦을 수도 있으니까, 퇴근하면 가게로 와서 밥 먹고 가."

"대체 어디를 가셨기에……."

"그나저나 은성이 너 어제 또 술 먹고 들어오지 않았어? 운동 시작했다더니 퍽이나 효과가 있겠다."

"흠흠. 오늘부터 금주할 거예요."

은경은 뾰로통한 표정으로 그제야 입을 닫고 밥을 먹는 은성을 보며 피식 웃었다. 엄마의 부재에 대해 떠들어 대다 결국은 아빠에게 잔소리를 들으며 마무리를 하는 은성이 귀엽기도 했다.

"누난 그거 안 지겨워?"

은경이 제 아침 식사가 담긴 둥근 접시를 식탁 위에 올려놓자 은성이 고개를 절레절레 흔들었다. 건포도와 호두가 들어간 100% 통밀 베이글과 땅콩버터, 계란 흰자 찜, 토마토를 곁들인 샐러드는 보기만 해도 맛없음이 느껴졌다.

"난 진짜 그렇게 먹고는 못 살아."

"먹어 봐. 꽤 맛있어. 닭가슴살보다는 훨씬 낫거든. 너도 식단 관리 같이하면서 운동해야지. 점심은 회사에서 먹으니까 어쩔 수 없다고 해도 아침, 저녁은 누나 거 준비할 때 같이할 테니까 그거 먹어."

"아아, 싫어. 난 술 끊고 운동만 해도 돼."

"그건 네 생각이지."

티격태격하며 엄마 없이 아침 식사를 마친 은경은 설거지까지

싹 끝낸 후 옥 여사에게 문자 하나를 남겼다.

<아빠랑 은성이 아침 챙겼으니까 걱정 마세요. 오랜만의 외출인데 즐거운 시간 보내고 오시고.^^>

은경이 일어났을 때 이미 옥 여사는 나가고 없었고, 식탁 위에 메모지 하나가 있었다.

『은경아. 엄마 오늘 볼일이 좀 있어서 일찍 나가. 아빠한테는 말했으니까 걱정 말고, 네가 아침만 좀 차려드려. 저녁에 올 거야.』

"누나, 안 나가?"

"아, 가야지."

아버지와 함께 세 식구 모두가 출근을 위해 집을 나섰다. 항상 대문 앞까지 배웅을 해 주던 옥 여사가 없어서인지 허전함에 뒤를 힐끗 돌아보던 세 사람은 이내 각자의 차에 올라탔다. 유일하게 차가 없는 은성은 버스정류장까지만 태워다 달라며 은경의 세단 조수석 문을 잡아당겼지만, 그녀는 단호히 고개를 내저었다.

"운동 삼아 걸어가. 회사에서 매일 앉아 있으면서. 아빠, 저 먼저 갈게요! 은성이 태워 주지 마세요!"

구시렁거리는 은성을 뒤로한 채 먼저 출발한 은경은 라디오 볼륨을 높이며 콧노래를 흥얼거렸다. 드디어 이번 주 일요일, 크리스마스이브에 인혁을 만날 수 있었다. 막차를 타고 내려가면 지난번처럼 자정이 다 되어서야 도착할 거다. 인혁이 버스터미널까지 마중을 나오기로 되어 있었다.

"대체 며칠 만에 보는 거야. 진짜 기린 목 되겠네. 시간아, 빨리 가라~."

라디오에서 겨울과 어울리는 잔잔한 발라드곡이 흘러나왔다. 은경은 마치 클럽 음악이라도 듣는 듯이 고개를 까딱거렸다. 며칠 앞으로 다가온 연인과의 만남에 어깨춤이 절로 나오는 상쾌한 아침이었다.

***

오전 10시가 좀 넘은 시간이었다. 어제 묵었던 손님들이 모두 퇴실을 하고 혼자 남은 인혁은 평소보다 더 날쌔게 정리 정돈에 들어갔다. 수시로 시간을 체크하며 한겨울에 비지땀을 흘리던 그는 시계바늘이 11시를 향해 다다르자 부리나케 차 키를 가지고 나왔다. 다행히 어제 이용했던 객실 중 오늘 또 예약이 된 객실은 하나여서, 급한 대로 그 객실 하나만 정리를 끝마친 터였다.

"일단 가자."

두부와 찐빵이만 남겨 두고 서둘러 펜션을 나선 인혁은 시외버스터미널로 향했다.

[인혁아. 나 남해 한번 놀러가도 되니?]

[예?]

[남해 겨울은 어떤지 궁금하네. 한 10년 전 여름에 한 번 가보고 안 가본 거 같거든.]

[저야 언제든 괜찮습니다만, 너무 멀어서 어머님이 힘드실 텐데요. 마음 같아서는 제가 모시러 가고 싶은데…….]

[에이, 그게 무슨 소리야. 여기가 어디라고 모시러 와. 모처럼 여행가는 기분이라 너무 설레는데? 인혁이 너만 부담되지 않으면…….]

[부담은요. 저야 언제든 환영입니다. 어머님 혼자…… 오시는 건가요?]

[응. 나 혼자. 왜, 둘이 데이트하기 싫어?]

[그럴 리가요. 좋아서 그러죠.]

[7시 10분에 첫차가 있더라고. 도착하면 11시 40분이던데, 버스터미널에서 펜션까지는 어떻게 가야 해? 그냥 택시타면 되나?]

[무슨 말씀이세요. 터미널엔 당연히 제가 나가 있어야죠.]

[펜션 비워도 괜찮아?]

[퇴실 시간이 11시라서 움직일 수 있는 시간이에요. 걱정 마시고 무사히만 오세요.]

[그래, 알았어. 참, 우리 남해에서 데이트하는 거, 은경이한테는 일단 비밀로 하자. 다녀와서 내가 얘기할게.]

[예, 어머님. 알겠습니다.]

엊그제 전화가 왔던 옥 여사와의 통화 내용이었다. 인혁은 그녀와 둘이 만난 적은 처음인 데다, 서울도 아닌 남해에서 보게 되리라고는 상상도 못 했던 터라 내심 긴장이 좀 되었다. 누군가

자신을 보기 위해 이 먼 곳까지 온다는 게 감격스럽기도 하면서, 그 상대가 연인의 어머니인 만큼 긴장이 되는 건 당연했다.

옥 여사가 도착하기 10분 전에 먼저 시외버스터미널에 도착한 인혁은 차에서 내리기 전 룸미러를 한 번 들여다보고는 후다닥 내렸다. 손이 시린지도 모른 채 두 손을 맞잡고 서성이던 그는 드디어 서울에서부터 달려온 시외버스가 도착하자 목을 빼고 옥 여사를 찾아 두리번거렸다.

"어머님!"

인혁은 그녀가 버스 계단을 내려오자마자 쏜살같이 달려갔다.

"여기까지 오시느라 고생하셨어요."

"고생은 무슨. 운전해서 오는 것도 아니고 자면서 왔는데. 나야말로 괜히 와서 시간 빼앗은 거 아닌지 모르겠어."

"그럴 리가요. 추우시죠. 얼른 차로 모실게요."

"아, 잠깐만. 나 짐 내릴 거 있어."

옥 여사가 버스 짐칸에서 커다란 스티로폼 아이스박스 하나를 꺼내려고 하자 인혁이 냅다 대신 챙겨 들었다.

"이렇게 무거운데 들고 오신 거예요?"

"빈손으로 올 수가 있나. 이것저것 챙기다 보니까 생각보다 양이 많아져서."

"그냥 오셔도 되는데……."

"별거 없어. 이런 거 저런 거 찬가지들 몇 개 챙겨 온 거야. 일단 어서 가자. 서울보다는 안 추운 거 같기는 한데, 여기도 겨울은 겨울이네."

처음으로 느껴보는 묘한 기분이었다. 인혁은 뭔가 가슴이 뭉클해짐을 느끼며 그녀와 함께 걸음을 옮겼다.

"시장하시죠. 식사부터 하고 가실래요?"

"사먹게? 난 집에서 해 먹으려고 했지."

"어머님은 매일 집밥 드시잖아요. 여기까지 오셔서 또 주방에만 계시려고요?"

사려 깊은 인혁의 말에 옥 여사가 흐뭇하게 웃었다.

"요새 내가 아주 외식 복이 터졌네. 음, 그럼 나 먹고 싶은 거 하나 있어. 남해하면 멸치쌈밥이 유명하잖아."

"제가 아주 맛있게 잘하는 집을 압니다."

빙긋이 웃으며 차에 올라 음식점으로 자리를 옮긴 옥 여사는 한상 푸짐하게 차려지는 남해 밥상에 입을 떡 벌렸다. 멸치쌈밥은 물론 멸치회와 꼬막, 갈치구이까지 먹을 게 많아도 너무 많았다.

"이걸 다 어떻게 먹지?"

"천천히 많이 드세요."

뭐부터 먹어야 할지 행복한 고민을 하며 눈빛을 반짝이던 옥 여사가 본격적인 먹방을 시작했다. 하나하나 야무지게 챙겨 먹는 그녀를 보며 흐뭇하게 웃던 인혁 역시 모처럼 누군가와 함께 먹는 식사에 밥 한 그릇을 뚝딱 해치웠다.

"밥 좀 더 먹지 그래."

"아닙니다. 많이 먹었어요. 어머님 좀 더 드세요."

"아휴. 나 배 나온 거 좀 봐. 내가 다 먹었잖아."

"맛있게 드셨어요?"

"맛있다마다."

만족스런 식사를 끝낸 두 사람은 펜션으로 가는 내내 별다른 어색함 없이 도란도란 이야기를 나누었다. 서서히 펜션이 모습을 드러내기 시작하자 옥 여사가 눈을 동그랗게 떴다. 생각했던 것보다도 너무 근사하고 바로 앞에 펼쳐진 바다가 정말 환상적이었다.

"어머나, 세상에. 너무 예쁘다."

쑥스러운지 그저 웃기만 한 인혁은 펜션 안으로 차량이 들어서자마자 주인을 반기며 짖어 대는 두부와 찐빵을 발견하고는 순간 멈칫했다. 옥 여사가 어렸을 때 동네 개한테 물린 적이 있어서, 특히 대형견을 무서워한다고 했던 게 생각나서였다.

그림 같은 풍경에 심취해 있던 옥 여사는 미처 녀석들을 발견하지 못한 채 소녀감성 충만한 얼굴로 서둘러 차에서 내렸다.

"와아, 너무 좋다. 매일 이런 데서 사는 건 어떤 기분일까? 와아, 그림 같네."

"왈왈, 왈왈!"

넋을 놓고 감상을 하던 옥 여사가 뒤늦게 주위를 두리번거렸다.

"헥헥, 헥헥."

"……."

"헥헥, 헥헥."

덩치 커다란 새하얀 사모예드 두 마리가 목줄을 끊을 듯이 앞다리를 쳐올리며 거친 숨을 몰아쉬고 있었다.

"엄마야!"

자지러질 듯 화들짝 놀란 옥 여사가 뒷걸음질을 치며 팔을 허우적거렸다. 그녀의 눈치를 보며 뒤에 서 있던 인혁이 서둘러 받쳐 안아서 넘어지지는 않았지만, 그녀가 정말 놀랐는지 냉큼 그의 뒤로 몸을 숨겼다.

"어, 어머님. 괜찮으세요?"

덩달아 같이 놀란 인혁이 당황해하며 물었다.

"아, 미안. 내가 너무 놀라서……. 그런데 웬 개가……."

말끝을 흐리던 그녀는 은경이 휴가를 다녀와서 했던 이야기가 비로소 생각이 났다. 펜션 주인장이 개 두 마리와 함께 지내며 혼자 운영을 한다고 말했었다. 개 사진까지 보여 주면서 며칠 내내 입에 달고 살았던 기억이 떠올랐다.

"아, 맞다. 그랬었지……."

그녀의 반응이 멋쩍어서 머리를 긁적인 인혁은 좋아서 날뛰는 녀석들을 진정시키기 위해 가까이 다가갔다.

"쉬잇. 조용히 좀 해."

"헥헥, 헥헥."

"매일 보면서 뭐가 그렇게 좋아. 앞다리도 좀 내려놓고, 꼬리도 그만 흔들고. 한 대 맞으면 쓰러질 듯이 흔들고 그래. 그러니까 무섭잖아."

"헥헥, 헥헥."

두 녀석들이 인혁의 손을 핥으며 여전히 꼬리를 살랑거렸다. 그 모습이 귀여운 인혁이 녀석들을 감싸 안으며 뺨을 비볐다.

"어머님 놀라시니까 얌전하게 앉아 있자."

"헥헥, 헥헥."

말귀를 알아듣기라도 했는지 두부와 찐빵이 땅바닥에 엉덩이를 붙이고 앉았다. 잘했다며 머리를 쓰다듬어 주는 인혁의 얼굴에 미소가 번졌다. 그 모습을 뒤에서 물끄러미 바라보고 있던 옥 여사는 조심스럽게 한 걸음 다가섰다.

휴가를 온 여행객 입장에서는 아름답기만 한 이곳이, 인혁에게는 꼭 그렇지만도 않았을 거라는 생각이 들기도 했다. 이 크고 넓은 곳에서 혼자 잠을 이루고, 눈을 뜨고, 참 많이 외로웠을 거라는 생각에 안쓰럽기도 했다. 자신에게는 마냥 무서운 저 개 두 마리가, 인혁에게는 유일한 가족이자 의지할 수 있는 대상이었나 보다. 녀석들과 함께하며 미소 짓는 인혁의 표정만 보아도 얼마나 소중한 존재들인지가 느껴졌다.

"물지는…… 않아?"

등 뒤에서 들리는 음성에 인혁이 발딱 일어섰다. 서너 걸음 떨어진 채이긴 했지만, 처음 녀석들을 봤을 때의 반응에 비한다면 그녀가 많은 용기를 낸 것이라는 걸 알았다.

"동물이기 때문에 '절대'라는 건 있을 수 없겠지만, 엄청 순한 녀석들임엔 분명합니다. 사람을 물고 그런 적은 한 번도 없었습니다. 덩치가 커서 그렇지 어린아이 같다고 보시면 돼요. 제 덩치가 큰 줄도 모르고, 제 딴에는 좋아서 달려드는 거거든요."

"그런데…… 개가 원래 이렇게 웃고 있나?"

두부와 찐빵을 빤히 바라보던 옥 여사가 고개를 갸웃거렸다. 덩치에 어울리지 않게 방긋 웃고 있는 모습이 어쩐지 귀엽기도 했다.

"사모예드가 원래 이렇게 웃고 있는 상이라서 그래요. 생김새만큼이나 순하고요."

옥 여사가 관심을 보이자 이때다 싶은 인혁은 좀 더 적극적으로 녀석들의 매력을 어필했다. 개를 무서워하는 그녀가 이 녀석들로 인해 생각이 좀 바뀌면 좋겠다는 마음에서였다.

"이 녀석들 말도 잘 들어요. 한번 보실래요? 손."

인혁이 좀 더 훈련이 잘 되어 있는 수컷 찐빵을 향해 손을 내밀었다. 그러자 녀석이 기다렸다는 듯 앞발 하나를 척 올려놓았다.

"엎드려."

"헥헥, 헥헥."

"앉아."

"헥헥, 헥헥."

용케도 다 그대로 따라 하는 찐빵을 보며 옥 여사가 저도 모르게 입꼬리를 올렸다. 덩치는 큰데 생김새며 하는 짓이 귀여웠다.

"이 녀석은 수컷 찐빵이고, 이 녀석은 암컷 두부예요."

옥 여사가 보기에는 생김새가 달라 보이는 게 없는데 어떻게 구분을 하나 신기한 듯 바라보았다.

"한번 만져 보실래요?"

"응? 내가?"

옥 여사가 제 손을 뒤로 감추며 머뭇거렸다.

"괜찮아요. 제가 옆에 있잖아요. 순한 녀석들이에요."

인혁이 녀석들의 머리를 계속 쓰다듬었다. 인혁의 손길이 머리에 닿을 때마다 눈을 감으며 귀를 뒤로 젖히는 모습이 썩 귀여웠던 그녀는 슬그머니 손을 내밀었다. 하지만 그녀가 녀석들 머리 근처까지 갔다가 다시 손을 거두기를 반복했다. 인혁은 그녀의 손을 포개 잡으며 살포시 끌어당겼다.

"이렇게 하시면 돼요. 녀석들이 좋아해요."

인혁의 커다란 손안에 감싸인 그녀의 자그마한 손이 찐빵의 머리를 쓰다듬었다.

한 번, 두 번, 세 번.

경직되어 있던 그녀의 얼굴이 점차 평온을 되찾으며 어느새 스스로 머리를 쓰다듬고 있었다. 인혁은 슬며시 손을 떼어 내며 한 걸음 뒤로 물러났다. 그것도 모른 채 마냥 찐빵을 쓰다듬던 옥 여사는 옆에 있던 두부가 저도 쓰다듬어 달라는 듯 슬금슬금 다가오자 그제야 깜짝 놀라 물러났다.

"두부도 예쁨 받고 싶어서 그러는 거예요. 두부가 질투가 많아요."

옥 여사가 손을 만지작거리며 두부를 힐끔거렸다. 녀석이 여전히 웃으면서 꼬리를 흔들었다.

"저도 만져 달라고 그러는 걸까?"

"네. 사람을 원체 좋아해요."

이번에도 역시 옥 여사의 손을 감싸 쥔 인혁이 두부의 머리를 쓰다듬어 주었다. 옥 여사의 입가에 점차 미소가 번졌다.

"정말 순한가 보다. 어쩜 이렇게 계속 웃고 있을까. ……귀엽네."

인혁이 손을 떼자 옥 여사가 자연스럽게 나머지 한쪽 손마저 내밀어 찐빵도 쓰다듬었다.

"예쁜 녀석들이네."

"헥헥, 헥헥."

"그런데 숨은 꼭 그렇게 쉬어야 하니?"

"헥헥, 헥헥."

"가만 들여다보니 생김새가 약간 다른 것도 같네. 애가 두부, 애가 찐빵이."

"헥헥, 헥헥."

"푸훗……. 웃지 마. 정들어."

옥 여사가 녀석들과 친해지는 사이 차에서 짐을 내린 인혁은 별관 안으로 들여놓았다. 저가 들기에도 무거운 걸 힘들게 챙겨 왔을 그녀의 마음이 전해져서인지 찬바람도 차게 느껴지지 않았다.

"아, 찬거리 가져온 거 정리 좀 해야지."

녀석들에게서 냉큼 물러난 옥 여사는 인혁이 있는 별관 1층으로 향했다. 열려진 문 안으로 슬그머니 고개를 내민 옥 여사는 남자 혼자 산다고 여겨지지 않을 만큼 깔끔한 내부를 보며 입을 다물지 못했다.

"원래 깨끗한 거야, 내가 온다니까 치운 거야?"

그녀의 물음에 인혁이 웃으면서 둘 다라고 대답을 했다.

"와아, 실내도 엄청 넓고 좋네. 모델하우스 같아."

뭐가 더 필요한지 살펴보듯 천천히 꼼꼼하게 둘러본 옥 여사는 주방으로 향했다. 그새 인혁이 따끈한 유자차 두 잔을 준비해두었다.

"음, 향긋한 냄새."

"제가 직접 만든 거라 맛이 어떨지 모르겠어요."

"어머, 정말?"

호호 불어서 한 모금을 삼킨 그녀가 격하게 고개를 끄덕이며 온몸으로 맛있음을 표현했다.

"아, 찬거리들은 냉장고에 넣기만 하면 돼. 반찬통 없을 거 같아서 내가 다 새로 사서 담아서 왔거든. 오래 두고 먹을 수 있는 마른 반찬 몇 개랑 장조림하고, 생선은 구워 먹기 귀찮아 안 먹을 거 같아서 코다리찜으로 해왔어. 코다리찜은 데우지 않고 냉장고에서 바로 꺼내서 먹어도 되니까 챙겨 먹기 귀찮지 않을 거야. 그리고 된장도 좀 가져왔거든? 찌개에 들어갈 채소랑 다 다듬어서 싸왔으니까 두부만 사다가 그때그때 넣어 먹어. 된장찌개는 쌀뜨물로 해야 더 깊은 맛이 나는데……, 아니면 내가 끓여 놓고 갈까? 바로 해 먹는 게 더 맛있긴 할 텐데."

반찬통을 냉장고에 직접 가지런히 넣어 두며 쉴 새 없이 얘기하던 그녀가 고개를 돌렸다. 인혁이 입을 꾹 다문 채 고개를 떨어뜨리고 있었다.

"설마 이 정도 가지고 감동 받은 건 아니지?"

"……."

"LA갈비도 좀 재오려다가 그건 무거워서 못 들고 올 거 같아서 참은 건데, 그것까지 가져왔으면 대성통곡할 뻔했네."

유쾌한 그녀의 말에 고개를 든 인혁이 슬며시 붉어진 눈시울로 응시했다.

"감사해요, 어머님. 제가 뭐라고……."

"뭐긴. 가족이지."

"……."

"이제 우리 가족 되는 거잖아."

"……."

"결혼…… 서두르고 싶지? 말 안 해도 다 알아. 나도 그랬어. 우리 애들 아빠랑 연애할 때 나도 그랬어. ……실은 그래서 와본 거야. 앞으로 우리 딸이 살아야 할 곳에 한 번은 와봐야 할 거 같아서."

은경을 남해로 보내겠다는 말이었다. 내심 바라고 있었지만 감히 내뱉을 수가 없었던 인혁은 더욱 고개를 떨어뜨렸다.

"애들 아빠하고는 얘기 다 끝냈어. 결혼하면 은경이가 내려가는 게 맞는 거라고, 은경이도 여기서 살고 싶어 하기도 하고. 솔직히 서울에서 살면 좋겠다는 욕심을 아주 버리지는 못했었는데, 오늘 여기 와 보고 나서 완전히 버렸어. 그러니까 서울로 올라가야 한다는 고민 같은 거 하지 마. 인혁이 네가…… 서울을 떠났을 땐 다 이유가 있었을 거고, 수영을 더 이상 하지 않는 데에도 다 이유가 있을 테니까."

목이 멘 인혁은 아무런 말도 하지 못했다. 듬직한 모습을 보여야 하는데 눈물이 왈칵 쏟아질 것만 같았다.

"우리 은경이 이제 곧 서른셋이야. 결혼 서두르고 싶은 마음은 내가 더 급해."

옥 여사가 인자하게 웃으며 인혁의 어깨를 두드렸다.

"바다 보고 싶다. 시간 괜찮으면 가까운 데 가볼 만한 해수욕장이 있을까?"

"……그럼요, 어머님."

그가 마음을 좀 추스르게끔 옥 여사가 먼저 바깥으로 나갔다. 가만히 앉아 있다가 옥 여사를 보고 꼬리를 흔드는 두부와 찐빵을 바라보던 그녀는 슬며시 입매를 올리며 손을 흔들었다.

"자꾸 보니 진짜 귀엽네. 그런데…… 인혁이가 서울 올라올 때

이 녀석들은 여기 계속 혼자 있었나? 밥은 누가 챙겨 주고?"

그녀가 의아해하고 있는 사이 인혁이 나왔다. 그의 얼굴을 보자마자 궁금했던 걸 물어본 옥 여사는 서울에 데리고 다녔다는 인혁의 말에 깜짝 놀랐다.

"애견 호텔? 거기에 애들을 맡긴 거야?"

"예."

"에휴. 녀석들도 스트레스였겠다. 그 먼 거리 차 타고 와서 주인이랑 또 떨어져 있어야 하고⋯⋯. 여러모로 빨리 연애 끝내는 게 답이겠네."

두부와 찐빵을 안쓰럽게 바라보던 옥 여사는 녀석들의 하얀 털을 보고 있노라니 어느 날의 기억이 문득 떠올랐다.

[문단속 좀 잘 해야겠어. 마당에 웬 개털이 잔뜩 있어. 엄마 진짜 깜짝 놀랐잖아. 막 털이 어마어마해. 한 마리만 들어온 게 아니었나 봐. 게다가 똥도 싸놨지 뭐야. 양이 어마어마해.]

솜뭉치 같은 하얀 털이 마당에 뒹굴러 다녔더랬다. 대문을 열어 놔도 그런 적은 없었는데. 그래서 이상하다고 생각하면서 개똥을 치웠더랬다.

옥 여사가 인혁을 힐끗 보며 슬쩍 물었다.

"혹시⋯⋯, 저 녀석들이 우리 집 마당에 들어온 적 있었나?"

잊고 있던 기억이 스멀스멀 떠오른 인혁은 당혹스런 표정으로 말을 잇지 못했다. 그런 인혁을 보면서 피식 웃은 그녀는 먼저 차로 향하며 한마디를 건넸다.

"결혼할 사이니까 용서하겠어. 다음부터는 애견 호텔에 맡기지 말고 우리 집으로 데려와. 대신, 목줄은 꼭 해서 묶어 놔야 해. 아직은 겁나니까."

"흠흠. 예, 어머님. 죄송합니다."

"헉. 벌써 2시가 다 되어 가네. 입실 시간이 몇 시라고 했었지?"

"3시입니다. 아직 여유 있으니까 염려 마세요. 참, 어머님. 서울 올라가는 버스 시간이 몇 시라고 했었죠?"

"4시 버스야. 아, 나 데려다주는 거 신경 쓰지 마. 3시부터 입실이면 펜션 비울 수 없잖아. 이따 택시만 한 대 불러 줘. 손님 오기 전에 얼른 해수욕장 다녀오자."

그녀는 괜찮다고 하지만 인혁은 죄송하기 짝이 없었다. 먼 길 오셨는데 버스터미널까지 배웅을 하는 건 당연한 일일 텐데, 손님들이 언제 올지 모르니 3시 이후부터는 펜션을 비우기가 어려웠다. 인혁은 먼저 차에 타 있는 옥 여사에게 잠시만 기다리라고 한 후 별관 안으로 들어갔다. 오늘 방문할 예약 손님들에게 일일이 전화를 한 그는 예상 도착 시간을 하나하나 확인했다.

"제가 중요한 일이 좀 있어서 오후 4시가 좀 넘어서야 있을 거 같아서요. 아, 그러세요? 그럼 5시 이후에나 도착하시겠네요. 예, 알겠습니다."

다행히 방문객 모두 오후 늦게 또는 저녁에 입실할 예정이라고 했다. 인혁은 나지막이 나이스를 외치며 기쁜 마음으로 서둘러 나섰다.

"어머님. 이따 제가 모셔다 드릴게요. 지금 전화 다 해 봤는데 다행히 늦게 도착한다고 하네요. 바다 보고 나서 제가 바로 버스 터미널까지 모셔다 드릴게요."

"안 그래도 되는데 괜히 애썼네."

"당연한 일인 걸요."

그가 막 운전대를 잡고 출발을 하려는데 은경에게서 전화가 왔다.

"은경이?"

"아, 예."

아까 멸치쌈밥을 먹을 때도 은경에게서 전화가 왔었다. 옥 여사는 저 왔다는 말만 하지 말라면서 어서 받으라고 했다. 인혁은 잠시 실례하겠다며 차에서 내렸다. 1분여 정도 짤막하게 통화하는 내내 그의 입가에 미소가 사라지지 않았다.

"좋을 때지."

인혁을 보며 엄마 미소를 짓던 옥 여사는 그가 다시 차에 오르자 방긋 웃었다.

"그리 좋아?"

"아…… 예."

"우리 은경이가 좀 심하게 예쁘긴 하지?"

"그럼요. 좀 많이 심하게 예쁩니다."

연방 웃으면서 펜션에서 가까운 은모래비치로 향한 인혁은 푸른 바다를 보며 아이처럼 좋아하는 옥 여사를 보니 은경이 오버랩 되었다. 신이 나서 혼자 막 뛰어가던 은경과 똑같이 그녀도 잰걸음으로 해변으로 향했다.

"하아, 좋다. 서울에서는 볼 수 없는 장관이네."

인혁은 사뿐히 모래사장을 밟으며 바다를 바라보고 서 있는 옥 여사의 곁으로 다가갔다.

"바닷바람이라 찹니다."

그녀의 앞에 선 인혁은 옥 여사가 하고 있는 머플러를 좀 더 빈틈없이 둘러 주었다.

"이거, 인혁이 네가 선물한 머플러야. 알지?"

"예, 어머님한테 잘 어울립니다."

"좀 걸을까?"

인혁은 고개를 끄덕이며 그녀의 옆에 나란히 서서 걸음을 옮겼다. 겨울이라서 사람이 별로 없는 해변은 철썩이는 파도 소리만이 고막을 간질였다. 몇 걸음 걷다가 자연스럽게 인혁의 손을 잡은 옥 여사는 나직이 입을 열었다.

"우리 은경이……, 행복하게 해 줄 거지?"

"그럼요, 어머님."

"아무리 멀어도 일 년에 두 번, 명절 때라도 내 딸 얼굴 보게 해 줄 거지?"

"당연하죠, 어머님."

"문득 보고 싶어서 연락 안 하고 내려와도, 버선발로 나와 반겨 줄 거지?"

"그럼요, 어머님."

"그럼 됐어. 그럼 됐다."

옥 여사는 인혁의 손을 더 꽉 쥐었다. 한겨울 바닷바람이 하나도 춥지 않았다.

내리쬐는 햇볕이 오히려 따뜻했다.

-21-

"매니저님, 뭐 기분 좋은 일 있으세요?"

출근할 때부터 좀처럼 입을 다물지 못하는 은경을 보며 제임스가 다가왔다. 요새 연애를 하느라 항상 기분이 좋아 보이기는 했지만, 오늘은 남다르게 활기차 보였다. 게다가 더 요상한 것은, 펑펑 울기라도 한 것처럼 눈두덩이 볼록하게 부어 있다는 거였다. 눈두덩이만 봐서는 잔뜩 슬픈 얼굴을 하고 있어야 할 것 같은데, 표정은 너무 행복하다는 게 무척 신기했다.

"그렇게 티가 나?"

"네, 무척이요."

"흐음. 집에서도 이러면 곤란한데. 옥 여사 서운해 할 텐데."

"왜요, 무슨 좋은 일이 있으신 건데요? 뭐 설마 결혼이라도 하세요?"

그가 별생각 없이 농으로 건넨 말에 은경이 정답이라면서 웃었다. 제임스는 깜짝 놀란 얼굴로 재차 확인을 했다.

"정말 결혼하시는 거예요? 정말이요?"

은경이 고개를 끄덕이며 손가락으로 브이를 그렸다.

"어어, 표정이 왜 그래? 축하는 못 해줄망정 울상을 짓고 있어, 왜."

"아니, 너무 갑작스러워서……. 만난 지 얼마나 되셨다고……."

"내 경험상 나온 결론은 이거야."

은경이 시원스레 입매를 올렸다.

"사랑의 농도는, 만난 시간에 비례하지 않는다."

"아무리 그래도……."

"너도 언젠가 그 사랑이란 걸 해 보면 알게 될 거야. 내 말이 무슨 뜻인지."

"그러면 벌써 날짜 잡으신 거예요?"

"그건 좀 더 상의해 봐야겠지만, 아마도 꽃 피는 춘삼월이 되지 않을까 해."

"그렇게나 빨리요? 이제 올해도 다 지나가고 며칠 안 남았는데요?"

"푸훗. 더 빨리하고 싶은 걸 그나마 참은 거야. 추운 겨울바람 뚫고 봄 햇살이 빠끔히 고개를 내밀 때쯤이면 그곳이 더 아름다울 거 같아서."

"그곳이요? 거기가 어딘데요?"

은경의 머릿속에 남해의 푸른 바다가 그려졌다.

"있어, 그런 곳이. 여유롭고, 따뜻하고, 사랑하는 사람이 있는, 그런 곳."

제임스의 어깨를 두드리며 싱긋 웃은 은경은 휴대폰을 들고 직원 휴게실로 향했다. 어젯밤 아홉 시가 넘어서야 집에 들어온 옥 여사와 한 시간을 넘게 이야기를 나누었다. 어디 다녀온 거냐고 캐묻는 은성을 뒤로한 채 저만 몰래 따로 안방으로 부른 옥 여사가 내뱉는 한 마디, 한 마디에 눈물콧물을 다 짜내면서도, 입꼬리는 자꾸만 올라가는 진기한 현상을 겪기도 했다.

[참 좋더라. 좋은 곳이더라, 남해는.]

[엄마, 그럼 오늘…….]

[따뜻한 남쪽이라 좋고, 어디를 가도 푸르른 바다를 볼 수 있어서 좋고, 그냥 다 좋더라. 마음이 뭔가 여유로워지고 포근해지더라. 그런 곳에서 사랑하는 사람과 둥지를 튼다는 건, 더없이 행복하겠구나 싶더라.]

[엄마…….]

[실은 겁나. 내가 은경이 너를……, 그렇게 멀리 보내놓고 살 수 있을지 겁이 나. 그런데 엄마도 사랑이 뭔지 아니까. 그게 뭔지 아니까 붙잡지를 못하겠어. 그러니까 결혼……, 준비하자. 엄마 마음 변하기 전에 빨리 준비하자.]

은경은 다시 생각해도 눈물이 찔끔 나와서 손가락으로 눈가를 슥 훔쳤다. 엄마와 부둥켜안고 오열하는 소리에 깜짝 놀란 은성은 벌컥 안방 문을 열고 들어오더니, 왜 우는지 이유도 모르면서 괜히 덩달아 눈물을 짰다. 결국은 오늘 아침 셋이 마주쳤을 때, 눈이 퉁퉁 부은 서로의 얼굴을 보며 배꼽을 잡았다. 아버지는 마치 어떤 일이 있었는지 다 아신다는 얼굴로 희미하게 미소 지을 뿐이었다.

"강윤 씨도 잠 못 잤겠다."

은경은 괜히 또 눈물이 나올까 봐 목청을 가다듬으며 그에게 전화를 걸었다. 어젯밤 잠들기 전 통화를 할 때 그 역시 눈시울이 붉어진 채 어머님, 아버님께 감사하다는 말을 수없이 내뱉었다. 사랑한다는 말보다, 부모님께 감사하다는 그 말이 너무 고마워서, 그렇게 또 한 번 눈물을 찍어 낼 수밖에 없었다.

"좋은 아침이에요. 내가 너무 일찍 전화한 건 아니죠? 어제 잠 못 잤을 거 같아서 나름 늦게 전화한 건데."

-난 벌써 산책도 다녀왔지. 씻고 나서 전화하려고 했는데.

"아, 이번에도 내가 빨랐네. 기다리고 있을걸. 음, 역시 난 강윤 씨 앞에서는 기다림의 미학 같은 건 잊히나 봐."

인혁이 영상 통화로 전환했다. 은경은 화들짝 놀라며 거절을 했다.

"지금은 안 돼. 이따가 오후 늦게 즈음에나 해요."

-얼굴 보고 싶은데.

"음, 안 돼. 눈이 너무 부었어."

-그래서 보고 싶은데. 눈이 부어도 예쁠 테니까.

"아아, 그건 진짜 환상인데."

-아닐 텐데.

"맞을 텐데?"

-푸후후.

"푸훗."

서로의 웃음소리를 들으며 기분 좋은 하루를 시작하던 은경은, 문득 한 가지 묻고 싶은 게 생각났다.

"참, 어제 말이에요. 우리 엄마하고 무슨 약속을 한 거예요? 엄마가 그랬거든. 인혁인 약속을 꼭 지킬 녀석인 거 같아서 마음을 굳혔다고. 그게 뭐예요?"

-너무 많은 걸 알려고 하지 마요. 다쳐.

"푸훗. 뭐래. 더 궁금하잖아."

-그보다도, 성탄절인데 어디 놀러 가지도 못하고 너무 미안하네. 크리스마스이브인 일요일이랑 월요일 모두 예약 손님이 많아서……

"새삼스레 뭘. 그거 다 아니까 내가 내려간다는 거였잖아. 데이트가 뭐 별거 있나. 둘이 함께 있는 자체가 데이트인 거지."

-아아, 그렇게 대놓고 매력미 발산하면 내가 너무 부담되는데. 남자인 내가 더 멋짐 폭발해야 하는데…….

인혁의 말허리를 자른 그녀가 싱그럽게 웃었다.

"강윤 씬 뭐가 걱정이야. 내 눈엔 언제나, 그 누구보다도 멋짐 폭발인데."

오늘도 사랑이 몽글몽글 피어오르는 연인의 아침은 영원한 봄날 같았다.

***

12월 24일, 일요일이었다. 아침을 먹는 둥 마는 둥 한 채 제 방으로 들어와 누워 있던 정현은 어머니가 방문을 빠끔히 열자 몸을 일으켰다.

"오늘 크리스마스이브인데, 약속 없어?"

"봐서 이따 나가려고요."

"그때 아버지가 말한 거 말이야. 생각 좀…… 해 봤어?"

정현의 나이가 서른이었다. 이에 얼마 전부터 아버지가 결혼 이야기를 꺼내기 시작했다.

"장 사장님 딸이라는데, 아버지 마음에 쏙 들었나 봐."

"……."

"아직…… 연애하고 싶은 생각 없는 거야?"

정현은 제 눈치를 보며 묻는 어머니를 물끄러미 바라보았다. 어렸을 때부터 봐오던 어머니의 모습은 한결같았다. 아버지 눈치를 보느라 늘 전전긍긍하며 살얼음판을 걷는 듯한 표정을 짓고는 했다.

"……엄마."

정현의 '엄마' 소리에 그녀가 다소 놀란 얼굴로 아들을 응시했다. 정현은 학창 시절부터 '어머니'라고 부르고는 했었다. 이제 곧 고등학생이 될 녀석이 엄마가 뭐냐고 아버지께 꾸지람을 들은 이후부터였다.

"엄마."

"……응, 정현아."

"내 눈치는 안 봐도 돼요."

"……응?"

"아버지 눈치 보는 것만으로도 숨 막히잖아. 그러니 내 눈치는 보지 않아도 돼요."

어머니는 별다른 말을 하지 않았다.

"……행복하세요?"

"……."

"그럴 리가 없지. 나도 이렇게 숨이 막히는데."

씁쓸하게 웃은 정현이 가늘게 숨을 내뱉었다.

"이젠 결혼하는 것마저도…… 아버지 뜻에 따라야 하는 건가요? 인혁이처럼 못 할 거면 수영 때려치우라고 해서 때려치웠어요. 남부끄럽지 않은 그럴 듯한 대학 간판 필요하다고 해서 머리 싸매가면서 재수도 했어요. 아버지 마음에 드는 대기업에 취직도 했고, 만나던 여자 집안이 마음에 안 든다고 해서 헤어지기도 했어요."

"……."

"그때 마음먹었어요. 난 그냥 혼자 살아야겠다. 결혼 같은 거 하지 말아야겠다. 이런 집구석에 시집와 봤자 행복할 리가 없지."

어머니의 눈시울이 젖어들기 시작했다. 아들의 말이 틀린 게 하나 없었다.

"그런데 눈이 가는 여자가 생겼어. 나와는 다르게 몸도 마음도 다 건강해 보여서 좋았던 거 같아요. 처음에는 단순한 호기심 같은 거였는데 볼수록 사람이 예쁘더라고. 그 여자 가족들도 다 얼마나 좋은 사람들인지 몰라. ……우리 집 같지 않았거든."

"……."

"아들이 만나는 여자 집안이 별 볼일 없다고 헤어지라고 했던 아버지와는 너무 달랐거든. 그 여자가 좋아하는 남자는 부모고 뭐고 비빌 언덕 하나 없는데, 그런데도 끌어안아 주더라고요. 제 딸이 좋다니까, 제 딸이 상처 받을까 봐 그냥 끌어안고 가더라고."

정현은 손으로 입을 막은 채 흐느끼고 있는 어머니를 담담하게 바라보았다.

"너무 질투가 나서, 너무 부러워서, 내가 갖지 못할 거라면 그 남자도 갖지 못했으면 좋겠다고 생각해서 훼방을 놓으려던 나마저도……, 끌어안더라고요. 그 여자 어머니가. 그래서 궁금했어요. 도대체 어떻게 하면…… 그럴 수 있는 건지. 나는 도무지 모르겠거든요. 도무지 모르겠거든. 우리 집에서는 있을 수 없는 일이니까."

침대에서 내려온 정현은 외투를 걸쳤다. 여전히 눈물을 찍어내고 있는 어머니의 뒷모습을 바라보던 그는 갑 티슈에서 휴지를 뽑아 슥 내밀었다.

"난 선 안 봐요."

"……."

"독립하려고 해요. 나도 이제는 내 인생을 살고 싶어."

방문 손잡이를 잡은 그가 나직이 말을 이었다.

"……엄마도 이제 그만해도 돼요. 나 때문에 참고 산 세월인 걸 알아. 힘들면 놔버려도 돼요. 이제라도 그래도 돼."

달칵, 문이 닫혔다. 혼자 남은 엄마의 어깨가 심하게 들썩였다. 제법 잘 지낸다고 생각했던 아들이 많이 힘들었던 모양이다. 잘 웃고 다녀서 괜찮은 줄 알았는데 아니었던 모양이다.

그 마음 하나 제대로 다독여 주지 못한 엄마는 마냥 미안할 뿐이었다.

***

은경이 일하는 피트니스센터는 25일인 성탄절 날 휴관인 관계로 오늘은 출근을 해야 했다. 퇴근 후 7시 30분 막차를 타고 내려가서, 26일 오전 6시 첫차를 타고 올라올 계획이었다.

"들어가, 추워."

은경은 오늘도 역시 대문 밖까지 배웅을 나온 옥 여사를 한 번 안아 주었다.

"조심히 다녀와."

"응, 알았어. 아빠 일부러 모르는 척하시는 것 같던데. 그치?"

연인과 특별한 날을 함께하기 위해 외박을 하는 딸에게 잘 다녀오라는 말은 하지 않았지만, 모레 뵙겠다는 그녀의 인사에 마치 못 들은 것처럼 딴청을 피우며 아빠 방식으로 인사를 건넨 터였다.

"고마워요, 진짜. 나 이렇게 이해해 줘서."

"이렇게 어여쁜 내 딸이 좋아 죽겠다는데 어떡해, 그럼. 이해할 수밖에. 부모는 언제나 자식에게 약자일 수밖에 없어. 내가 은경이 널 더 많이 사랑하니까 약자일 수밖에 없어."

"눈물 나게 고마워. 나도 엄마 많이 사랑해. 우리 옥 여사, 진짜 짱이야."

"……계집애. 눈물 나게 고맙다더니, 좋다고 웃는 거 봐."

옥 여사가 곱게 눈을 흘기자 은경이 머쓱하게 웃었다.

"둘이 자주 못 보니까 오늘 내려가면, 인혁이랑 잘 얘기해서 필요한 게 뭔지 꼼꼼하게 살펴보고 와."

"알았어."

"출발할 때 전화하고."

은경을 보낸 후 남편과 아들 또한 출근을 시킨 옥 여사는 이런저런 집안일을 끝내놓고 나서 가계부를 펼쳤다. 노트 맨 뒷장으로 넘긴 그녀는 펜을 쥔 채 '은경이 결혼 준비'라고 써놓은 후 앞으로 해야 할 일들을 하나씩 적어 나갔다.

"또 뭘 준비해야 하나……."

골똘히 생각하다가 커피 한 잔을 마시기 위해 일어서던 옥 여사는 거실 창밖으로 낯익은 얼굴을 보고는 멈칫했다.

"드디어…… 할 말이 생긴 건가."

센터에서 정현을 만난 후 수일이 지나도록 그를 다시 볼 수는 없었다. 괜스레 골목길을 왔다 갔다 해 보기도 했지만, 정현은 모습을 드러내지 않았다.

[은경아. 인혁이 사촌 형은…… 운동 잘 나오니?]

[아, 나도 요새 통 못 봤어. PT도 2회 남아 있는데 일이 있다면서 연기하더니 아직까지도 소식이 없네. 그런데…… 왜?]

[그냥, 인혁이 사촌이라니까 궁금한 게 많네. 인혁이 가족 중에 내가 유일하게 본 사람이라서 그런가 봐. 자꾸 눈에…… 밟히네.]

카디건을 걸쳐 입은 옥 여사는 혹시나 그가 사라질까 싶어서 재빨리 대문 밖으로 나갔다.

"나 만나러 온 거 아니었어요?"

코트 주머니에 손을 꽂은 채 되돌아가던 정현이 우뚝 멈춰 섰다.

"날이 많이 춥네. 잠깐 들어왔다 가요."

"……."

"집에 아무도 없어요."

남편은 가게를 나가고, 은성은 원래 주말에 집에 붙어 있는 법이 없었다.

옥 여사는 더 이상은 아무런 말도 하지 않은 채 정현을 바라보며 서 있었다. 정현이 슬그머니 돌아보나 싶더니 이내 가까이 다가왔다.

"들어와요."

잠시 머뭇거리던 정현이 그녀의 뒤를 따라 안으로 들어섰다.

"잠깐 앉아 있어요."

거실 소파에 정현을 앉힌 옥 여사는 모과차 두 잔을 내왔다.

"그렇지 않아도 궁금하던 참이었어요. 인혁이나 은경일 거치지 않고 어떻게 해야 만날 수 있나, 고민하던 참이었어요."

"……"

"찾아와 줘서 고맙다는 말을 하고 있는 거예요."

정현의 시선이 테이블 위에 펼쳐져 있는 가계부로 향했다. 옥 여사가 방금 전에 써놓았던 결혼 준비에 대한 메모를 잠시 읽어 보던 그는 다시금 고개를 바로 했다.

"……죄송합니다."

정현이 어렵게 말문을 열었다.

"어떻게 얼굴을 봬야 할지 면이 없어서…… 늦었습니다."

정적이 흘렀다. 옥 여사는 옅은 숨을 내쉬며 찻잔을 만지작거렸다. 죄송하다는 건, 은경의 바람대로 좋은 형은 아니었다는 사실에 씁쓸하기도 했다.

"나는 사실, 인혁이에 대해서 다 알지 못해요. 딸을 결혼시키면서, 사위될 사람에 대해서 사실 아는 게 별로 없어."

"……."

"내가 유일하게 확실히 아는 한 가지는 둘이 사랑한다는 거. 진심이라는 거. 그거 하나 믿고 받아들인 거예요. ……어찌 보면 나도 참 무모하지. 결혼 생활이란 게 사랑이 전부가 아니라는 걸 알고도 남을 만큼 나이를 먹었으면서, 그 사랑 하나 믿고 딸을 결혼시킨다는 게 어찌 보면 참 무모해."

옥 여사는 묵묵히 듣고 있는 정현을 물끄러미 바라보았다.

"그 무모함이…… 잘못되지 않았다는 걸 믿고 싶어요. 내가 무슨 마음으로 우리 은경일 남해까지……. 내 딸을 그 먼 곳까지……."

순간 목이 멘 옥 여사가 슬며시 입술을 깨물었다. 정현은 슬며시 고개를 들어 옥 여사를 응시했다. 딸을 사랑하는 엄마의 마음이 느껴졌다. 그 사랑 하나로 모든 걸 감싸 안은 엄마의 마음이 느껴졌다. 부러웠다. 저 한없는 믿음과 사랑이. 그 사랑을 이제 나눠 가질 인혁이 부러웠다.

"……부럽습니다. 인혁이가 많이…… 부럽습니다."

"……."

"부럽다 못해…… 질투도 납니다. 불행해졌으면 좋겠다고, 나보다 행복하지 않았으면 좋겠다고…… 생각했습니다. 제가 갖지 못한 것들을 모두 가지고 있는 인혁이가 부러웠습니다. 올림픽 금메달리스트라는 타이틀도, 그에 따른 부와 명예도, 이제는 사랑까지 쟁취한 인혁이가 미치도록…… 부러웠습니다. 누군가는 아무리 노력해도 되지 않는 것들을, 아무렇지 않게 해내는 인혁이가 부러웠습니다."

"……힘들었겠다."

정현을 바라보는 옥 여사의 시선에는 안타까움이 가득 묻어났다.

"힘들었겠어요. 그 오랜 시간 그런 마음으로 살아오기가 힘들었겠어. 왜 그렇게…… 힘들게 살아."

정현은 순간 콧날이 시큰해졌다. 이유는 알 수 없었다.

"가족도 있고, 그렇게나 근사한 외모에 남부럽지 않은 직장도 있고, 남들의 부러움을 살 만한 건 다 갖고 있으면서 왜 그렇게 힘들게 살아."

"……."

"내 삶의 주체는 '나'여야 하는 건데, 왜 그러지를 못해서 힘들게 살아요. 왜 스스로를 힘들게 만들어."

"……."

"이제 그만 내려놔요. 누군가를 시기하고 질투하는 거, 그거 참 힘든 거야. 한 번뿐인 인생인데, 그렇게 힘들게만 살아가기에는 억울하잖아. 꽃다운 청춘을 이렇게 보내는 건 억울하잖아."

"……."

"내게 살갑게 말 건네던 그 마음으로 자신을 사랑해 봐요. 그

따뜻했던 마음으로…… 인혁일 바라봐 줘요. 그런 마음으로…… 우리 은경이에게 가족이 되어 줘요. 그래서 우리, 다음에 만날 땐 서로 웃으면서 마주 볼 수 있는 가족이 되었으면 좋겠어. 이제 그만 힘들었으면 좋겠어."

정현은 고개를 더욱 떨어뜨렸다. 콧날은 여전히 시큰거렸다.

옥 여사는 쉽사리 어떤 말도 꺼내지 못하고 있는 정현을 향해 찻잔을 좀 더 가까이 밀었다.

"따뜻할 때 마셔요."

"……."

"우리 집 양반이 그러는데……, 귀한 손님에게는 따뜻한 차를 대접해야 한다고 했거든요. 그러니 식기 전에 마셔요. 이대로 식어 버리면 내가 또다시 타 와야 하잖아. 인혁이 가족이면…… 내게도 귀한 손님이니까."

정현은 슬며시 손을 뻗어 찻잔을 두 손으로 감싸 쥐었다. 따뜻한 온기가 손바닥 전체에 전해졌다. 그래서 눈물이 나오려고 했다.

"여기 나 말고 아무도 없어요."

옥 여사의 음성은 한없이 다정했다.

"뭐가 많이 속상해서 울고 싶으면 울어도 된다는 뜻이에요. 내게 다정한 말동무가 되어 줬듯이, 이번엔 내가 동무가 되어 줄게. 그러니 울고 싶으면 울어도 돼요. 동무 앞에서는 그래도 돼."

결국 울음이 왈칵 터지고 만 정현이 소리 죽여 눈물을 뚝뚝 흘렸다. 좀처럼 눈물이 멈추지 않았다.

***

"하아. 드디어 도착했네."

은경은 차창 밖을 두리번거리며 인혁을 찾았다. 장시간 버스에 몸을 싣고 달려온 터라 피곤할 법도 한데, 연인을 만날 생각에 그녀의 눈은 더욱 초롱초롱해졌다.

"저기 있네."

인혁을 발견한 은경이 반가운 얼굴로 격하게 손을 흔들었다. 버스에서 내리는 그 몇 초가 길게 느껴져서 발을 동동 구르던 그녀는, 마침내 마주한 그를 보며 생글거렸다.

"지금 막 자정이 넘었네요. 메리 크리스마스."

그녀를 보며 입꼬리를 올리던 인혁이 한걸음 더 다가갔다.

"메리 크리스마스."

그녀의 어깨를 포근하게 감싸 안은 그가 나직이 얘기했다.

"여기까지 오느라 고생했을 텐데, 나는 마냥 좋네. 얼굴 봐서 그저 좋아."

"고생 아니라니까 그러네. 나도 마냥 좋아. 그러니까 오지."

슬쩍 고개를 뒤로 내뺀 은경이 까치발을 들었다. 그의 입술에 입을 맞춘 그녀는 또 눈꼬리를 휘며 팔짱을 꼈다.

"참 신기해요. 성탄절은 매년 항상 찾아왔는데, 마치 오늘이

내 인생에 있어서 처음 맞는 성탄절인 것처럼 기쁘고 설렌다는 게."

"고마워요."

"응?"

"아무런 의미 없던 날을 이렇게 큰 의미 있는 날로 만들어 줘서, 나야말로 고마워."

은경은 살포시 그의 어깨에 머리를 기댔다.

"나 빼놓고 재미있었어요? 엄마랑 둘이 데이트한 거."

"음, 아주. 너무 좋았어."

"엄마랑 바닷가도 갔었다면서요? 엄마가 너무 좋았다고 하던데. 잘생긴 남자랑 손잡고 해변을 거니니까, 연애 시절도 생각나고 감회가 새로웠다고 하더라고요. 그러면서 나더러 좋겠대. 결혼하면 이제 매일 그렇게 손잡고 바닷가 거닐 수 있으니까, 나더러 좋겠대."

"……은경 씨를 여기로 보내는 거 쉽지 않으셨을 텐데, 그 많은 배려를 내가 그대로 넙죽 받아도 되는지 사실 잘 모르겠어. 너무 감사하고, 또 감사해서……."

"그만큼 나한테 잘하면 되지. 지금처럼만."

슬며시 입꼬리를 올린 인혁이 고개를 내려뜨려서 그녀의 이마에 입술을 갖다 댔다.

"정답이네."

하루에 몇 번씩 통화를 하는데도 얼굴을 보니 또 할 말이 가득

이었다. 펜션으로 가는 차 안에서도 내내 이야기를 나누는 두 사람의 얼굴에서는 미소가 사라지지 않았다. 그저 한 번 쳐다보는 것만으로도, 별말 아닌 이야기에도 웃음이 나오는 마법 같은 시간이었다.

"왈왈!"

인혁의 차가 펜션 안으로 들어서기 무섭게 두부와 찐빵이 알은척을 했다. 자정이 넘은 깊은 밤이라 손님들이 깰까 봐 걱정스런 인혁은 후다닥 차에서 내려서 녀석들에게 향했다.

"쉬잇. 조용히 좀 해."

"헥헥, 헥헥."

"잘 지냈어?"

뒤따라온 은경이 소곤거리며 머리를 쓰다듬자 녀석들이 반갑게 꼬리를 흔들었다.

"하하. 여전히 활기차네."

"헥헥, 헥헥."

"오늘은 늦었으니까 일단 자고, 내일 아침에 같이 산책 가자. 알았지?"

"헥헥, 헥헥."

은경은 아쉬워하는 녀석들을 뒤로한 채 그와 함께 별관으로 향했다.

여느 때처럼 그의 뒤에 서서 먼저 들어가기를 기다리고 있는데, 어쩐 일인지 인혁이 머뭇거리며 문을 열지 않았다.

"왜요?"

"오늘은 은경 씨가 먼저 들어가."

은경이 고개를 갸웃거리며 도어록 비밀번호를 눌렀다. 문이 열리고 제일 먼저 그녀의 망막에 맺힌 건, 깜깜한 실내를 유일하게 밝히고 있는 크리스마스트리였다.

"와, 뭐야."

은경이 함박웃음을 머금으며 안으로 들어섰다. 혼자서 꾸미기에 꽤 힘들었을 것 같은 커다란 트리가 반짝반짝 빛나고 있었다.

"진짜 크리스마스 같네. 너무 예쁘다."

거실 불을 켜며 더 가까이 다가간 그녀의 시선이 빨간색 산타 양말 주머니에 머물렀다. 주머니 입구에 꽂혀 있는 카드 한 장을 조심스레 펼쳐 본 은경은 이내 살며시 웃었다.

『우리가 함께하는 첫 번째 크리스마스를 축하하며.

앞으로 내 남은 생의 크리스마스도 모두 당신과 함께

할 수 있기를. 사랑합니다.』

어쩐지 코끝이 찡해진 은경은 볼록 튀어나와 있는 양말 주머니 안으로 손을 넣었다. 그녀가 살짝 떨리는 손으로 꺼내 든 건 네모난 반지 케이스였다. 커플링과는 또 다른 의미의 반지가 영롱하게 빛나며 주인을 기다리고 있었다.

은경은 눈시울을 붉힌 채 하염없이 반지만 바라보고 서 있었다. 그 틈을 타 한 손에 장미 꽃다발을 쥔 그가 살그머니 백허그를 하며 그녀의 목덜미에 고개를 파묻었다.

"평생…… 내가 잘할게."

"……."

"결혼……, 해 줘요. 매일 매일을…… 함께하고 싶어. 함께 눈 뜨고, 함께 밥 먹고, 함께 잠들고……. 매시간, 매분, 매초, 우리 둘이 함께하고 싶어."

인혁이 나직이 속삭이며 그녀의 목덜미에 입을 맞췄다. 살포시 눈꺼풀을 감았다 뜬 은경은 그가 들고 있는 꽃다발을 받으며 천천히 돌아섰다.

"내 생애 최고의 크리스마스 선물이야. 받지 않을 이유가 없어."

멋스럽게 입매를 올린 그가 케이스에서 반지를 꺼낸 후, 그녀의 왼쪽 네 번째 손가락에 자리 잡고 있는 커플링을 빼내고 결혼반지를 끼워 주었다.

"무르기 없기."

"난 그런 거 몰라요."

눈이 마주쳤다. 약속이라도 한 듯이 입술이 맞닿았다. 그녀의 손에 들려 있던 꽃다발이 바닥으로 툭 떨어졌다. 사랑 충만한 연인의 밤은 길었다.

***

오랜만에 단잠을 잔 것 같았다. 기지개를 켜며 슬며시 눈을 뜬 인혁은 옆자리가 비어 있는 걸 보고는 몸을 일으켰다. 새벽녘 늦게 잠이 들어서 피곤할 텐데도 일찍 일어난 모양이었다.

"좋은 아침."

주방에서 분주하게 왔다 갔다 하던 은경이 방긋 웃었다. 앞치마까지 매고 아침 준비를 하고 있는 그녀를 보고 있노라니 인혁은 뭔가 가슴이 벅차올랐다. 감히 꿈꾸지도 못했던, 상상할 수도 없었던, 눈물겨울 정도로 행복한 순간이었다.

"좋은 아침."

"천천히 씻어요. 아직 준비 좀 더 해야 돼. 두부랑 찐빵이는 내가 밥 챙겨 줬어요."

"꿈만 같네."

아일랜드 식탁을 짚은 채 비스듬히 기대선 인혁이 행복을 감출 수 없는 미소를 지었다.

"사랑해요."

"푸훗. 뭐야. 이렇게 뜬금없이?"

"사랑해."

"알아요. 나 사랑하는 거."

"그래도 또 알아 둬요. 사랑해."

손에 쥐고 있던 조리도구를 내려놓은 은경이 흐뭇하게 웃으며 그를 응시했다.

"아침부터 그렇게 사랑 타령하면 곤란해. 내가 아무것도 할 수 없잖아. 다시 침대 속으로 들어가고 싶어진다고."

"얼마든지."

"아아, 안 돼. 아침 먹고 산책 가기로 했잖아. 오랜만에 장항마을 가보고 싶단 말이야."

혈기왕성한 연인을 욕실 안으로 밀어 넣은 은경은 마저 아침 준비를 했다.

"신기하네. 왜 이렇게 자꾸 웃음이 나오지."

손가락에 끼워진 반지를 바라보며 자꾸 피식 웃던 그녀는 콧노래까지 흥얼거렸다. 엄마는 딸 시집보낼 생각에 눈물짓고 있을지도 모르건만, 허파에 바람이라도 들어간 것처럼 자꾸만 웃음이 나왔다.

"나 진짜 못된 딸인가 봐."

아침 준비를 끝내놓고 인혁이 나오기만을 기다리던 은경은 옥 여사에게 전화를 걸었다. 지금 시간이면 아빠와 엄마는 아침 식사를 끝냈을 테고, 은성인 휴일이라 아직 이불 속에서 나오지 않았을 거였다.

-응, 은경아.

"메리 크리스마스."

-응, 메리 크리스마스. 일찍 일어났네? 어젯밤에 내려가서 피곤할 텐데 좀 더 쉬지 않고.

"하나도 안 피곤해."

-오죽 좋으면 그래.

"하하. 아빠는?"

─이제 가게 나가려고 해서.

"오늘 성탄절인데 엄마랑 데이트나 좀 하시지. 아빠도 참 무드 없어. 은성이도 이따 분명 나갈 거 아니야."

─내 신랑 욕하지 마, 계집애야. 그렇지 않아도 점심 장사만 좀 봐주고 데이트하기로 했거든? 영화도 보고, 외식도 할 거야.

오늘도 옥 여사가 혼자일까 봐 염려했던 은경의 표정이 밝아졌다.

"오, 정말?"

─그럼 정말이지. 그러니까 여긴 신경 쓰지 말고 좋은 시간 보내다 와. 하루가 얼마나 짧게 느껴질 거야.

"고마워요. 사랑해, 엄마."

─쳇. 이럴 때만?

옥 여사와 기분 좋게 통화를 끝낸 은경은 말끔하게 씻고 나온 인혁을 보며 짐짓 심각한 얼굴로 턱을 매만졌다.

"흐음. 이러면 곤란한데."

"음?"

"지나치게 멋짐 폭발이야. 머리카락 그렇게 젖어 있는 거, 너무 위험해."

한쪽 눈썹을 치올리며 의미심장하게 웃은 그가 양팔을 벌리고 손가락을 까딱였다. 찌개를 올려놓았던 가스레인지 불을 끈 그녀가 앞치마를 끌렀다.

"앞으로는 밥 먹기 전에 씻는 거 금지해야겠어요. 도통 제때

먹을 수가 없잖아."

젖어 있는 흑발이 그의 짙은 눈매를 가리며 흘러내렸다. 슥 머리칼을 한 번 쓸어 넘긴 인혁이 여전히 입매를 올리며 다시 한 번 손을 까딱였다.

"산책 또 못 가게 생겼네."

그녀가 어깨를 으쓱이며 그에게 달려가 폴짝 안겼다. 제 허리춤에 다리를 감은 그녀를 받쳐 안아 든 그가 성큼성큼 걸음을 옮겨 침실로 향했다.

함께하는 첫 번째 크리스마스는 더없이 뜨겁고 달콤했다.

-22-

"다녀간 지 며칠이나 됐다고. 괜찮아. 오히려 내가 미안하지."

새해 첫날, 아침 일찍부터 일어나서 서초동에 가장 먼저 전화를 드린 인혁은 연방 미소 지으며 은경과도 통화를 했다. 성탄절이 지나고 며칠 지나지 않아 다가온 새해를 함께 보내지 못해서 아쉬움이 가득했지만, 이제 곧 매일을 함께할 수 있다는 것에 위안을 삼았다.

-1월 1일을 혼자 보내서 어떡해. 내가 어제 갈 걸 그랬나 봐.

"괜찮대도. 그렇게 따지면 내가 더 미안하지. 예약 손님 때문에 움직일 수가 없으니까. 오늘은 가족들과 함께 보내는 게 맞아요. 우리 결혼하면 이제 늘 함께 새해를 맞이할 거잖아. 그러니 오늘은 아버님, 어머님이랑 좋은 시간 보내요."

-외롭지 않게 내가 전화 자주 할게.

"푸후. 알았어."

통화를 끝낸 인혁은 손에서 휴대폰을 내려놓지 못한 채 고민을 하다가 정현에게도 전화를 했다. 그날 정현을 만난 이후 이따금씩 문자를 남겼다. 하지만 그에게서는 별다른 답장이 오지 않았다.

"……무슨 일이 있나."

전화 연결이 되지 않았다. 인혁은 작은아버지 댁에 전화를 드려야 하나 망설이다가 조심스레 통화를 시도했다.

"작은어머니. 저 인혁입니다."

작은아버지가 받지 않아서 내심 다행이라고 생각한 인혁이 멋쩍게 새해 인사를 드렸다. 작은아버지와는 다르게 평소 큰 소리 한 번 내지 않는 작은어머니는 돌아가신 어머니를 많이 닮았다. 나긋나긋한 말투, 살갑게 웃는 얼굴, 남편의 눈치를 보느라 기가 죽어 있는 것까지도, 그래서 하지 말라는 건 정말로 하지 않는 것까지도 어머니를 닮았다.

-잊지 않고 전화 줘서 고맙고……, 미안하구나. 내가 특별히 챙겨 준 것도 없는데…….

"이렇게 전화 받아 주시는 것만으로도 감사합니다. 작은아버지는……."

-아……, 잠깐 나가셨어.

전화가 와도 받지 말라고 한 모양이었다. 어차피 한두 번 있는 일도 아니었지만 인혁은 한숨이 새어 나왔다. 결혼을 준비하면서 작은집에 대해서 생각을 많이 하게 되었다. 축하해 주는 가족 하나 없이 결혼식을 올리는 게 참 씁쓸할 것 같다는 생각이 든 것도 사실이었다. 그런 모든 걸 배려해서 결혼식을 간소하게 치르기로 한 은경에게 미안했다. 그리하게끔 허락해 주신 그녀의 부모님께도 감사하고 죄송했다.

[강윤 씨, 결혼식 말인데요. 남해에서…… 올릴까 하는데 어때요?]

크리스마스 당일 밤, 잠자리에 들기 전 은경이 꺼낸 말은 너무도 놀라웠다. 초대할 가족도, 하객도 없어서 결혼식을 어찌 치러야 하나 혼자 걱정하고 있던 찰나, 늘 그렇듯 그녀가 먼저 아픈 곳을 어루만져 주었다.

[요새는 하우스웨딩 같은 게 유행이잖아요. 연예인들도 보면 화려하고 성대하게 치르는 것보다는 소소하게 치르잖아. 그게 더 보기도 좋고. 사실 둘이 행복하면 되지, 그런 겉치레가 뭐가 중요해. 그래서 말인데, 우리도 하우스웨딩으로 치러요. 장소를 따로 알아볼 필요도 없어. 내가 아주 근사한 곳을 알고 있거든. 바로 앞에 바다가 보이고, 늘 웃고 있는 덩치 큰 귀여운 녀석들이 있고, 강윤 씨만큼이나 멋짐 폭발하는 그림 같은 집이 있는 그런 곳.]

[설마……, 여기?]

[응, 여기. 강윤 씨 펜션에서 결혼식 올리는 걸로 해요. 아주 가까운 지인 몇 분만 모시고, 격식 차려야 하는 예식이 아닌 파

티 같은 즐거운 분위기에서 결혼식을 올리고 싶어. 방이 많아서 손님들도 여행 삼아 하루 묵고 가도 걱정도 없고, 얼마나 좋아. 신혼여행이야 하루쯤 늦게 가도 괜찮잖아요.]

"저……, 작은어머니."

―응, 인혁아.

"조만간 한번 찾아뵙고 싶은데…… 괜찮으시겠어요?"

결혼을 하게 됐다는 말은 직접 얼굴을 보고 전해야 할 것 같아서 한 말이었지만, 흔쾌히 그러라는 대답이 돌아오지 않았다. 불같이 화를 낼 작은아버지의 눈치를 보고 있다는 게 휴대폰 너머로도 느껴졌다.

"아, 바쁘시죠. 그럼 다음에 또 전화 드리겠습니다."

―……미안하구나.

"아닙니다. 참, 정현이 형은…… 잘 지내나요?"

―……응, 잘 지내.

"옆에 있나요?"

―아니, 새해부터 어디를 그렇게 급히 가는지, 일찍 나갔어.

"아, 네. 알겠습니다."

통화를 끝낸 인혁은 괜스레 휴대폰을 빤히 바라보며 무거운 숨을 내쉬었다. 차라리 혼자가 편하다고 생각했던 지난날들이 후회가 되기도 했다.

좀 더 살갑게 다가가 볼걸.

아마 자신이 흡연자였다면 지금 딱 담배 한 대를 폈을 것 같다는 생각을 한 인혁은 또 한숨을 푹 내쉬었다. 그래도 정현이만큼은 초대하고 싶었는데. 유일한 가족으로서 참석해 줄 거라고, 분명 그럴 거라고 생각했었는데 그마저도 아니었던 건가 싶어서 가슴이 먹먹해지기도 했다.

"하아."

마른세수를 하며 고개를 내저은 인혁은 평소처럼 제 할 일에 몰두했다. 두부와 찐빵의 밥을 챙겨 주고, 퇴실하는 손님들에게 인사를 건네고 묵묵히 객실 청소를 이어 나갔다.

"왈왈! 왈왈!"

한창 2층 객실 청소를 하던 인혁이 허리를 폈다. 녀석들이 엄청나게 짖어 대는 걸로 보아서 누군가 온 모양이었다.

"뭘 두고 가셨나."

종종 휴대폰을 놓고 가서 다시 찾으러 오는 손님들도 더러 있기에, 인혁은 냉큼 객실 밖으로 나왔다. 아직 청소하기 전이라 객실 확인을 해 보지 않았던 곳이 어디였나 생각하며 아래를 내려다보던 인혁은 익숙한 검은 세단을 보고는 멈칫했다.

"녀석들, 목청은 여전하네."

운전석에서 내리는 정현이 보였다. 인혁은 이게 무슨 상황인가 싶어서 두 눈을 끔뻑거리며 일시정지 상태로 바라보기만 했다.

바지 주머니에 손을 꽂은 채 세단에 기대선 정현이 2층을 올려다봤다.

"······새해 복 많이 받아라."

"……."

"내가 이 말을 하려고 여기까지 와야겠냐."

정현이 씩 웃었다. 그제야 뭔가 안도감과 함께 웃음이 나온 인혁이 서둘러 계단을 내려왔다.

"어쩐 일이에요. 여기까지."

"너야말로 어쩐 일이야. 그렇게 반가운 얼굴로 날 다 반겨 주고."

인혁은 정현의 말에 반박할 수가 없어서 겸연쩍게 웃었다.

"……사랑은, 정말 사람을 참 많이 변하게 하나 보네. 네가 그렇게 웃을 줄도 아는 놈이었구나 싶네."

숨을 한 번 크게 들이마신 정현이 바다를 향해 돌아섰다.

"그냥 왔어. 새해 아침부터 바다가 보고 싶어서."

"무슨 바다를…… 이렇게 멀리 보러 와요."

"……그러게."

피식 웃으며 발부리로 괜한 모래만 걷어 내던 정현은 다시금 말문을 열었다.

"결혼은…… 날짜 잡았어?"

"아직 정확히는……. 3월 셋째 주나 넷째 주 일요일이 되지 않을까 해요."

"예식장도 잡아야 할 텐데, 아직도 날짜를 정하지 못하면 어떡해."

"……예식장 따로 안 잡기로 했어요. 여기 펜션에서 하우스웨딩 치르기로 했어요."

정현이 다소 놀란 얼굴로 고개를 돌렸다.

"하우스웨딩?"

"내가…… 마땅히 올 만한 하객이 없으니까……."

정현은 말없이 담뱃갑을 꺼내 들었다. 돛대였다. 마지막 남은 담배 한 대를 물끄러미 바라보던 그는 이제 그만 담배를 정말 끊어야겠다고 생각하며 불을 붙였다.

"어머니는 내가 모시고 올게. 마음은 있어도 아버지 눈치 보느라 못 하는 게 많으신 분이니까, 내가 나서 볼게."

"……."

"아버지는…… 아마 힘들 수도 있어. 하루아침에 너에 대한 감정이 사그라지지는 않겠지. 본인이 그렇다고 생각하는 부분에 있어서는 좀처럼 고집을 꺾는 분이 아니시니까 나도 좀 힘들거든. 아버지 때문에 많이 서럽고 서운한 게 많을 테지만, 너무 가슴에 담아 두지는 마라. ……네게만 그러는 건 아니니까."

정현이 희뿌연 담배 연기를 길게 내뿜었다. 담담하게 말하는 정현을 향해 고개를 돌린 인혁은 순간, 지금까지 그에게 한 번도 느껴보지 않았던 낯선 감정 하나가 올라왔다.

친부모가 있는 그가 늘 부러웠었다. 한데 문득, 그렇다고 해서 모두가 다 행복한 건 아닐 수도 있겠다는 생각이 처음으로 들었다. 웃음이 많고 화목한 은경의 가족에 비한다면, 작은아버지 댁은 그렇지 않았다. 돌아가신 아버지 못지않게 고압적이고 권위적인 작은아버지 밑에서 자라오면서, 정현 역시 힘든 점이 많이 있겠다는 생각이 들었다.

내 삶이 고달파 주위를 돌아볼 여유가 없어서 몰랐던 것들이, 이제야 비로소 하나씩 눈에 보이기 시작했다.

"······인혁이는 하는데 너는 왜 못 하냐는 말, 수없이 들었어. 그래서 네가 미웠던 적도 많았다. 네가 남해로 내려갔을 때······, 실은 기뻤어. 눈에 안 보이면······ 비교 당할 일도 없을 테니까."

"······."

"그렇게 어느새 내가 서른이 되어 있더라. 꽃다운 내 20대를, 네 뒤통수만 바라보며 달려오다 보니 어느새 내가 서른이 되어 있었어. 누군가 그러더라. 내 삶의 주체는 '나'여야 하는데, 왜 그러지 못하고 힘들게 사느냐고. ······그러게. 내 인생에 '나'는 없고 '너'만 있었어."

무릎을 굽히고 앉은 정현이 다 태운 담배꽁초를 모래에 비벼 껐다.

"나 이달 말일에 이사한다."

"······이사요?"

"독립하려고. 요새 그날만 기다리고 있어. 무척 설레거든."

설핏 웃은 그가 다시 몸을 일으켜 인혁을 응시했다.

"집들이할 건데, 초대하면 올 거나?"

"왜 갑자기 이사를······. 작은아버지가······ 허락하셨어요?"

"아니, 아직 말 안 했어."

"어쩌려고……."

"이제 그만 아버지 그늘에서 좀 벗어나 보려고. 그래야 연애도 할 거 같아서. 내가 좋아하는 여자랑, 내가 하고 싶은 대로 자유롭게 말이야. 그나저나 객실 청소 중이었던 거 같은데 얼마나 남은 거야? 빨리 해치우고 떡국이라도 끓여 먹자."

소매를 걷어붙이던 정현이 멈칫했다. 저보다 키가 큰 인혁이 목덜미를 잡아 끌어당기더니 뒷머리를 쓰다듬었기 때문이다.

"너, 너 이게 지금 무슨……."

정현은 순식간에 자신이 동생이 된 듯한 느낌에 당혹감을 감추지 못하며 버벅거렸다.

"형을 응원해요. 독립 축하해요. 집들이 꼭 갈게요."

"야, 인마. 이거 좀 놓고……."

"고마워요. 이렇게 찾아와 줘서."

"인마, 나 네 형이야. 이 자식이……."

"미안해요. 나 힘든 것만 생각해서."

"……이거 놔, 인마."

"잠깐만 있어 봐요. 기특해서 그러는 거니까."

"뭐, 기, 기특? 이 자식이 연애하더니 왜 이렇게 변했어? 왜 이렇게 능글맞아졌어? 징그럽게 왜 목덜미를 끌어 잡고 난리야. 이런 건 네 애인하고나 하라고. 놔, 이거. 난 남자랑 이러는 거 취미 없어."

바동거리는 정현이 귀여운지, 인혁이 더 꽉 목덜미를 끌어당기며 머리를 쓰다듬었다.

"고맙다고요."

"알았다고, 알았다고."

"미안하다고요."

"그래, 알았어. 나도 미안해. 나도 고마워. 됐어?"

인혁이 입꼬리를 올리며 그제야 정현을 놓아주었다.

"꼭 그 말을 들으려고 했던 건 아니었는데, 나쁘지는 않네요."

"이 자식, 진짜."

"쌤쌤으로 쳐요. 오늘부터 다시 0부터 시작하는 걸로 해요. 형 아홉 살 때, 내가 일곱 살 때 처음 만났던 것처럼, 0부터 다시 시작해요."

인혁이 정현을 향해 손을 내밀었다.

"내가 먼저 좋은 동생이 될게요."

"……."

"팔 아파요."

난감하다는 듯 뒷머리를 긁적이던 정현이 그의 손을 툭 치며 지나갔다.

"연애하더니 진짜 뻔뻔해졌어. 어떻게 저렇게 닭살 멘트를 아무렇지 않게 하나 몰라."

구시렁거리는 정현을 보던 인혁은 긴 다리를 이용해 금세 그를 따라잡았다.

"문자도 씹고 전화도 안 받을 때는 언제고, 뭐가 그렇게 급해서 이른 새벽부터 차를 끌고 왔어요. 갈 때 힘들어서 어쩌려고."

"아아, 착각하지 마. 나 운전하는 거 좋아해. 드라이브 겸 끌고 온 거야."

"바다가 엄청 보고 싶었나 보네요."

"시끄러운 소리 그만하고, 정 코치님한테 연락 드렸어? 너 결혼하는 거 알면 엄청 좋아하실 텐데. 너 엄청 예뻐하셨잖아."

"네, 좋아하셨어요. 남해에서 결혼하는 거 너무 좋은 생각이라면서 무척 기뻐하셨어요. 주례 부탁드렸더니 벌써부터 엄청 긴장하고 계세요."

"얼마나 긴장하고 계실지 눈에 선하네. 참 좋은 분이시지. 나 수영 그만둔다고 했을 때, 유일하게 잡아준 분이었어. 너도 할 수 있다고 유일하게 응원해 준 분이었는데, 그간 연락도 한 번 못 드리고 살았네."

"새해 인사도 드릴 겸, 지금 전화해 볼까요?"

"아니야, 아니야."

"가만있어 봐요. 내가 지금 해 볼 테니까."

결국 전화를 건 인혁은 바꾸지 말라며 난리를 치는 정현에게 휴대폰을 내밀었다. 멋쩍은 얼굴로 통화를 하는 정현을 바라보는 인혁의 입가에 미소가 사라지지 않았다.

새해 첫날부터 찾아온 반가운 손님 때문에 기분 좋게 시작하는 하루는 특별했다.

***

결혼을 한 달 앞두고 찾아온 명절이었다. 겨울이라도 연휴 기간은 준성수기나 다름없었지만, 인혁은 서울에 올라오기 위해 예약을 받지 않았다. 차가 밀리지 않는 시간에 움직이려고 새벽 6시에 출발한 덕에 오전 11시가 채 되지 않아서 서초동에 도착했다.

"얌전하게 있자."

함께 올라온 두부, 찐빵이와 차에서 내린 인혁은 초인종을 눌렀다. 누구냐고 묻지도 않고 대문이 열리며 은경이 한달음에 달려 나왔다.

"엇!"

인혁을 보자마자 냅다 얼굴을 감싼 은경이 입부터 맞췄다. 그 바람에 뒤로 밀린 인혁이 차에 기대선 채 웃으면서 은경의 허리를 감싸 안았다.

"넘어지면 어쩌려고."

"너무 반가워서 그러지. 어찌 된 게 결혼 앞두니까 얼굴을 더 못 봐. 사촌 형…… 아니, 예비 아주버님 집들이 이후로 우리 3주 만에 보는 거잖아."

"결혼 전에 부모님이랑 조금이라도 더 많은 시간 보내면 좋지, 뭘."

"그래도 보고 싶은걸."

그녀의 둥근 이마 위로 흘러내린 머리칼을 쓸어 넘긴 그가 다시금 입을 맞췄다.

"그건 나도 당연하지. 그런데 이제 한 달 후면 매일 볼 거잖아. 그동안 가족들과 좀 더 많은 추억 만들면 좋지."

"흠흠."

대문 안으로 들어서지도 못한 채 은경부터 달래 주던 인혁이 화들짝 놀라며 자세를 바로 했다. 귀한 손님 방문 소식에 현관까지 나온 가족들이 헛기침을 하며 서 있었다.

"아우, 닭살."

은성이 대패가 필요하다며 제 팔뚝을 마구 문질렀다.

"오랜만에 봐서 그러지. 어서 와, 고생했어."

옥 여사는 언제나처럼 인자하게 웃었다.

"흐음. 먼 길 오느라 고생했네."

아버지 역시 멋쩍어하면서도 귀한 손님을 반겼다. 인혁은 오늘도 역시 감사한 마음으로 깊이 허리를 숙였다.

"아직 추워. 어서 들어와."

인혁이 대문 안으로 들어서려 하자 냉큼 먼저 앞서 나간 두부와 찐빵이 제 존재감을 드러내며 꼬리를 살랑거렸다.

"헥헥, 헥헥."

"너희들도 고생했다."

옥 여사가 먼저 녀석들에게 다가가 머리를 쓰다듬었다. 개를 무서워하던 옥 여사의 변화에 식구 모두가 눈을 크게 떴다. 그녀는 아랑곳 않고 웃으면서 반겨 주었다.

"묶어 놓겠습니다, 어머님."

"아니야. 대문 닫아 놓고 그냥 풀어 놔. 장시간 차타고 오느라 애들도 스트레스 받았을 텐데 묶어 놓기까지 하면 되겠어? 나 혼자 있는 거 아니니까 괜찮아."

"그럼 어머님 먼저 들어가세요. 녀석들 풀어 놓고 들어가겠습니다."

"아, 그래."

옥 여사와 함께 식구들이 먼저 안으로 들어섰다. 인혁이 녀석들 목에 채워져 있던 리드줄을 끌러 내자 두부와 찐빵이 기다렸다는 듯 코를 킁킁거렸다.

"오는 길에 휴게소에서 응가 했으니까 제발 여기서는 하지 말자."

"좀 하면 어때요. 괜찮아. 치우면 되지."

녀석들의 머리를 한 번 쓰다듬은 인혁은 미리 챙겨 왔던 한우 갈비 세트와 영광굴비 세트를 차에서 꺼내 들었다.

"뭘 또 그렇게 사왔어요."

"명절인데 어떻게 빈손으로 와."

은경이 굴비 세트를 받아들며 그에게 팔짱을 꼈다.

"더 멋있어졌네."

"푸훗. 그만 쳐다보고 빨리 들어가."

"나 별로 안 보고 싶었나 봐."

"그럴 리가 없다는 걸 알면서도 괜히 그러지."

인혁이 그녀의 이마에 슬며시 꿀밤을 먹였다.

"팔짱을 끼든 뭘 하든, 그런 건 나중에 둘이 있을 때 해."

"뭘 하든?"

"응, 뭘 하든."

고개를 끄덕인 은경이 배시시 웃으며 팔짱을 뺐다. 그제야 옷매무새를 다듬으며 안으로 들어선 인혁은 다시 한 번 머리를 숙였다.

"새해 인사가 너무 늦었습니다. 먼저 절부터 받으세요. 아버님, 어머님."

단정하게 슈트를 차려입은 인혁의 모습이 새삼 훤칠했다. 흐뭇한 얼굴로 그를 보며 인사를 받은 옥 여사는 편히 앉으라며 친근하게 웃었다.

"인혁이도 새해 복 많이 받고……."

"곧 결혼인데, 당신 그 호칭 좀 고쳐야지."

옆에 앉아 있던 아버지가 옥 여사의 옆구리를 슬쩍 찔렀다. 이제 사위가 될 인혁에게 자꾸 이름을 부르는 게 마음에 걸린 모양이었다.

"아, 진짜 호칭 고쳐야 하는데 버릇이 돼 버려서 큰일이네. 결혼하면 서 서방……이라고 해야 하는 거지?"

말하는 이도, 듣는 이도 뭔가 영 어색했다.

"저는 이대로 편하게 불러 주시는 게 더 좋습니다."

"그래도 사위 이름을 그렇게 막 부르면 쓰나. 고치도록 해야지."

"나는 인혁이, 사위로 삼은 게 아니라 아들로 삼은 거거든요?"

옥 여사가 뾰로통한 표정을 하고는 인혁을 향해 눈을 찡긋거렸다.

"흠흠. 서 서방. 우리 둘이 있을 때만 편하게 부르는 걸로 해야겠어. 자네 예비 장인어른이 이렇게나 고지식하다네. 얼굴이라도 잘생겨서 다행이지, 장가도 못 갈 뻔했어. 사람이 그리 재미가 없어서야."

옥 여사의 말에 은경과 은성이 격하게 공감한다는 듯 키득거렸다. 인혁 역시 웃음이 나오려고 해서 허벅지를 꼬집으며 간신히 참았다. 은경의 유쾌한 성격은 어머니를 꼭 빼닮았다. 그래서 좋았다. 함께 있으면 마냥 웃을 일이 많아서 좋았다.

"우리 서 서방 배고프겠네. 우리는 아침 먹었거든."

"괜찮습니다. 이따 점심 드실 때 같이 먹겠습니다."

"점심 먹으려면 아직 두 시간도 더 있어야 할 텐데 언제 기다려. 얼른 간단하게라도 한술 떠야지."

옥 여사가 주방으로 향하자 인혁이 죄송한 얼굴로 그녀의 뒤를 따랐다.

"괜히 어머님 번거롭게……."

"아들 밥 챙겨 주면서 번거로워하는 엄마도 있어?"

애정 가득한 그녀의 말에 인혁의 입가에 미소가 번졌다.

"감사합니다, 어머님."

"감사는. 당연한 거지. 새벽에 일어나서 오느라 피곤하겠다. 밥 먹고 은경이 방에서 좀 누워 있어."

"아닙니다. 괜찮습니다."

"너무 어렵게 생각하지 마. 처갓집이 아닌 내 집에 왔다고 생각해. 그래야 우리도 편해."

"……예, 어머님."

"참, 펜션 이런 데는 연휴 때가 더 바쁜 날이라며? 내가 미처 거기까지 생각을 못 했는데 은성이가 그러더라. 공휴일이 더 바쁠 텐데 예약 손님을 안 받고 여길 와서 어떻게 하냐고."

"괜찮습니다. 아버님, 어머님 뵈러 오는 건데요."

그녀가 접시를 들고 정갈하게 나물을 담아내고는 인혁을 향해 돌아섰다.

"올 추석까지만 그렇게 하자. 결혼하고 나서 처음 맞는 명절이 추석이니까, 그때까지만 고생 좀 해. 일 년에 두 번은 꼭 내 딸 보여 주기로 했던 거, 그것만 지켜. 명절이 아니면 어때. 은경이랑 인혁이 네 얼굴 보는 게 중요하지."

"저는 괜찮……."

"내가 안 괜찮아. 생각해 보니 나도 장사를 하면서, 공휴일이 더 바쁜 건 당연한 건데 생각이 짧았어. 한가할 때, 손님 별로 없을 때 그때 한 번씩 다녀가. 바쁠 때 일해야 나 용돈도 많이 줄 거 아니야. 나 계산적인 여자야. 내 생각해서 그러는 거야."

옥 여사가 새치름하게 웃고는 다시 밥상을 차렸다. 물끄러미 그녀의 뒷모습을 바라보던 인혁이 그녀의 어깨를 부드럽게 감싸며 다가섰다.

"자주 찾아뵙겠습니다."

"말이라도 고맙네."

"앞으로 제가 정말 잘하겠습니다."

"은경이한테 잘하면 돼."

"감사합니다. 제가 여기 이렇게 가족으로서 함께 있을 수 있게 해 주셔서 감사드립니다."

"……별소릴 다. 그런데 이러면 곤란해."

"……예?"

"뭐 이렇게 가까이에서 그렇게 다정하게 얘기를 해. 사람 심장 떨리게. 우리 은경이 심장 남아나질 않겠네."

인혁은 농인지 진담인지 모를 그녀의 말에 웃음이 터져 버렸다.

"뭐가 이렇게 다정해?"

인혁의 웃음소리에 은경과 은성이 쪼르르 달려와 기웃거렸다. 커다란 인혁에게 가려져서 잘 보이지도 않던 옥 여사가 고개를 쏙 내밀었다.

"뭘 그렇게 득달같이 달려오고 그래? 좋은 시간 보내고 있었는데."

핀잔을 건네는 옥 여사를 힐끔거리던 은성이 한마디를 툭 던졌다.

"엄마 키 진짜 작다. 매형 옆에 서 있으면 안 되겠는데?"

은성이 무심코 내뱉은 말에 다들 깜짝 놀라서 쳐다봤다. 엊그제까지만 해도 인혁이 동갑이라서 매형 소리 안 나오면 어쩌느냐고 걱정하던 터였다.

"오올, 공은성. 새해 되더니 철들었나 봐."

"그러게. 우리 아들이 웬일이래."

"흠. 매형을 매형이라고 하지, 그럼 뭐라고 해."

툴툴대던 은성이 머쓱한 표정을 지으며 꽁지 빠지게 도망쳤다. 막상 내뱉고 나니 쑥스러운 모양이었다.

"처남이 제법 귀엽지?"

옥 여사가 웃으면서 인혁을 바라보았다.

"좀 많이 귀엽습니다."

"말을 좀 얄밉게 하기는 해도 심성은 고운 아이야. 그래도 혹시 버릇없게 굴면 나한테 얘기해. 혼쭐을 내줄 테니. 엄연히 매형인데 예의를 지켜야지."

"걱정 마세요, 어머님. 잘 지내겠습니다."

"그나저나 밥 한번 먹기 힘드네. 어서 먹어."

부리나케 상을 다 차린 옥 여사가 눈치껏 주방에서 나갔다. 은경은 혼자 밥을 먹어야 하는 인혁을 위해 식탁 맞은편에 앉았다.

"천천히 많이 먹어요."

고개를 끄덕인 그가 밥 한술을 크게 떴다. 배가 고팠던지 맛있게 먹는 인혁을 빤히 바라보던 그녀가 입술을 달싹였다.

"사랑해요."

"푸훗. 이렇게 뜬금없이?"

"사랑해."

물 한 모금을 삼키며 입안을 비운 그가 목소리를 낮추며 속닥거렸다.

"알아요. 나 사랑하는 거."

"그래도 또 알아 둬요. 사랑해."

밥 먹는 중이었다는 것도 잊을 만큼 달달한 시선이 오갔다. 굳이 입 밖으로 내뱉지 않아도 알 수 있는 서로의 마음이 전해졌다.

"밥을 짜게 먹었나, 왜 이렇게 목이……."

핑크빛 가득한 주방 상황을 모른 채 물을 마시기 위해 걸음을 옮기던 은성은 눈앞에 벌어진 광경을 보고는 입을 쩍 벌렸다. 눈에서 하트가 발사되다 못해 당장이라도 밥상을 엎을 기세였다.

"왜?"

은성이 몸을 오징어처럼 배배 꼬고 있자 옥 여사가 의아하게 바라보며 다가왔다. 조용히 하라며 손가락을 입술 위에 갖다 대는 은성의 뒤에서 빠끔히 고개를 내민 옥 여사는 미소를 머금었다.

벌써 봄이 오는 것만 같았다.

***

커튼 사이를 비집고 새어 들어오는 아침 햇살에 인혁의 눈꺼풀이 살며시 떠졌다.

오랜만에 꿈을 꾸었다. 푸르른 바다가 눈앞에 펼쳐져 있고, 사랑하는 아내가 환하게 웃으며 손짓을 하고 있었다. 안아 달라는 듯 손을 내밀며 아장아장 걸어가는 딸아이와, 아빠 목말을 탄 채 신이 나서 방긋거리는 아들, 이 모든 것이 그저 꿈처럼 행복한 남편은 마냥 웃고 있었다.

"행복해……."

천천히 눈을 끔뻑거리며 천장을 바라보던 인혁은 혼잣말을 하며 피식 웃었다.

무엇 하나 부러울 게 없는 사랑 넘치는 가족의 모습이 너무 선명해서, 꿈이 아닌 현실로 다가올 날이 머지않은 것 같아서 가슴이 벅찼다.

이불을 걷어 내고 침대에서 내려온 인혁은 커튼을 활짝 걷어젖혔다. 내리쬐는 햇빛에 슬며시 눈살을 찌푸리던 그는 한동안 창문 밖을 바라보다가 침실을 나섰다.

변함없이 주인을 반기는 두부와 찐빵의 밥부터 챙겨 준 그는 간단히 아침 식사를 한 후 커피 한 잔을 내려서 다시 바깥으로 나왔다.

어느덧 3월이 된 남해의 아침은 제법 포근했다. 은경과 나란히 앉아서 사랑을 속삭였던 흔들의자에 몸을 앉힌 그는 바로 앞에 펼쳐진 바다를 바라보았다.

잔잔하게 일렁이는 바다를 물끄러미 바라보고 있노라니, 지난 세월이 주마등처럼 스쳐 지나갔다. 소리 없이 베갯잇을 적셨던 수많은 시간들, 도망치듯 내려왔던 남해에서 생활을 하면서도 이런 꽃 피는 봄날이 올 거라고는 기대하지 않았었다. 여름의 끝자락에 기적처럼 찾아왔던 그녀를 만나기 전까지는 그랬다.

햇살에 반짝이는 바다와, 그보다 더 눈부시게 아름다운 새하얀 웨딩드레스를 입고 있는 그녀의 모습이 아른거렸다. 봄바람에 살랑이며 나부끼는 웨딩베일 사이로 보이는 그녀는 얼마나 해사한 미소를 짓고 있을까. 그런 그녀를 아내로 맞이하는 그 순간은 얼마나 설렐까.

"진짜 꿈만 같네."

마냥 행복할 결혼식을 상상하며 미소를 머금던 그는 은경에게 전화를 걸었다. 지금쯤이면 출근 준비를 마쳤을 것 같았다.

"좋은 아침."

-좋은 아침. 텔레파시가 통했나 봐. 나도 막 전화하려던 참이었는데.

"기분은 좀 어때요? 오늘 마지막 출근이잖아."

-시원섭섭한데, 시원한 게 좀 더 커요. 이제 그놈의 닭가슴살 좀 그만 먹어도 되겠구나 싶어서. 나 이제 먹고 싶은 거 다 먹을 거야.

"얼마든지."

-나중에 딴소리하기 없기?

"당연하지."

-녹음해 둔다?

"얼마든지."

-뭐든지 다 오케이래.

"당연하잖아. 누구 말인데."

-푸훗. 푸후훗.

휴대폰 너머로 들려오는 그녀의 웃음소리가 고막을 간질였다.

이제 이 목소리를 매일 바로 옆에서 가까이 들을 날이 얼마 남지 않았음에 그의 입매 역시 근사하게 말려 올라갔다.

"보고 싶다."

-며칠만 참아요.

"며칠이 몇 년 같아."

-하하. 다시 또 하라고 하면 못 하겠죠? 이런 장거리 연애.

못 할 거다. 못 하겠지. 하지만 또 그녀라면, 그때에도 또 너라면, 그곳이 어디든 나는 주저 않고 달려가겠지.

그의 머리칼이 바닷바람에 멋스럽게 휘날렸다.

"사랑해요."

-어어, 왜 대답을 안 하고 은근슬쩍 넘어가? 진짜 못 하겠나 봐?

누구보다 치열하게 살아왔던 삶이었다. 그래서 외로웠고, 힘들었고, 아팠던 삶이었다.

　-하나도 안 힘들었다더니, 거짓말이었구나?

　그러나 이제는.

　"사랑해요."

　누구보다 치열하게 사랑할게, 너를.

　누구보다 달콤하게 살아갈게, 너와.

　"사랑해."

- 에필로그 -

★ 이야기 하나

오후 4시였다. 늘 조용하고 한가로웠던 남해의 오후가 제법 시끌벅적했다. 오후 5시 예식을 앞두고 하객들이 하나둘씩 펜션으로 모여들었기 때문이다.

"세상에, 펜션이 진짜 근사하네. 신랑 인물은 또 어떻고."

인혁을 실물로 처음 보는 신부 측 하객들의 시선이 일제히 그에게 향했다. 은경은 신부대기실을 대신하는 독채에서 대기 중이었고, 준비를 일찍 마친 인혁은 일일이 하객들을 맞이하며 인사를 드리고 있었다.

"계속 서 계셔서 힘드시죠?"

인혁은 제 곁에서 하객을 함께 맞이하고 있는 작은어머니에게 소곤거렸다. 엊저녁 정현과 함께 하루 먼저 내려왔던 그녀는 아침부터 이것저것을 꼼꼼하게 챙겨 주었다.

"괜찮아. 좋은 날이라 하나도 안 힘들어."

"감사합니다."

벌써 몇 번째 이어지는 그의 인사에 작은어머니가 이제 그만하라며 손을 내저었다.

"자꾸 낯부끄럽게 왜 그래."

"정말 감사해서 그래요."

"……감사하긴. 내가 미안하지."

작은아버지는 끝내 결혼식에 참석하지 않았다. 이를 두고 작은어머니가 면이 없다면서 고개를 떨어뜨리고는 했다.

"힘드시죠? 목이라도 좀 축이세요."

곱게 한복을 차려입은 옥 여사가 따뜻한 물 한 잔을 들고 작은어머니에게 다가갔다. 결혼식 날이 되어서야 처음으로 보게 된 인혁의 가족이었다. 작은어머니가 가족의 이름으로 참석을 해줬다는 게 너무도 고마웠다. 이 결혼식이 더 축복이 가득할 테니까. 은경이가, 인혁이가 더 많이 웃을 수 있을 테니까.

작은어머니와 잠시 담소를 나누며 미소 짓던 옥 여사는 오늘 사회를 보기로 되어 있는 정현에게로 향했다. 긴장되는지 정현이 사회 진행 대본을 손에 들고 자꾸만 확인을 하고 있었다.

"근사하네요."

핏이 딱 떨어지는 네이비블루 슈트를 차려입은 정현이 고개를 들었다.

"우리 사위 다음으로 두 번째로 근사해요."

옥 여사를 발견한 그가 정중하게 허리를 숙였다.

"고마워요. 다음에 만날 땐 서로 웃으면서 마주 볼 수 있는 가족이 되었으면 좋겠다는 내 바람을, 현실로 만들어 줘서요."

그녀가 엷은 미소를 띠자, 정현 역시 입매를 올리며 감사를 전했다.

"고우십니다. 제 어머니 다음으로 두 번째로 고우십니다."

"하하. 그거 굉장한 칭찬인데요? 어머님이 저리 고우신데."

정현을 물끄러미 바라보던 옥 여사가 좀 더 가까이 다가갔다.

"사돈총각 턱시도 입은 모습도 보고 싶네요. 좋은 소식 기다릴게요."

진심이 가득 담긴 그녀의 덕담에 정현이 또 한 번 허리를 숙였다. 그의 어깨를 토닥이듯 몇 번 두드린 옥 여사는 은경이 있는 독채로 가기 위해 돌아섰다. 은성이 인혁과 웃으면서 이야기를 나누고 있는 모습이 시야에 들어왔다.

얼마 전 은성에게 예식장에서야 처음 만나게 될 인혁의 가족에 대해 이야기를 해 주었다. 특히, 언젠가 집 앞에서 한 번 본 적이 있었던 정현이 인혁의 사촌 형이라는 점을 미리 말해 주었다. 은성이 사전에 아무런 말도 듣지 못한 채 예식장에서 정현을 맞닥뜨리게 된다면, 엄청 곤란한 상황이 이어질 것 같아서였다. 예상대로 깜짝 놀라는 은성에게 나직이 한마디를 했다. 누나나 매형한테는 알은척을 하지 말라고. '왜?'라는 당연한 질문이 이어졌다. 세상에는 묻어 두고 가야 하는 일도 있어, 라는 대답에 은성은 더 이상 아무것도 묻지 않았다.

옥 여사는 기특한 시선으로 은성을 바라보다가 그와 눈이 마주치자 곱게 웃었다. 마냥 어린 줄만 알았던 아들이 어느새 참 많이도 컸다.

"저 녀석도 곧 장가간다고 하는 거 아닌지 몰라. 참, 이럴 때가 아니지."

은경의 절친인 선주가 아침 일찍부터 내려와 곁에 있어 주었지만 여전히 많이 떨릴 터였다. 옥 여사는 잰걸음으로 은경에게 향했다.

"우리 딸, 진짜 너무 예쁘네. 머리 염색하길 잘했다. 검은 머리칼이 웨딩드레스랑 너무 잘 어울린다."

옥 여사는 보고 또 봐도 너무 어여쁜 딸을 바라보며 만면에 웃음을 띠었다. 지금 이 순간만큼은 세상에서 가장 아름다운 신부임이 분명했다.

"이렇게 예뻐도 되나 싶을 정도로 예쁘네."

가늘고 긴 목선을 드러내며 올림머리를 한 은경의 검은 머리 위로 웨딩 베일이 씌워져 있었다. 웨딩 베일 너머 웃고 있는 딸의 얼굴이 얼마나 눈이 부신지 눈시울이 다 시려왔다.

"우리 엄마도 너무 곱다."

은경이 옥 여사의 손을 살며시 포개 잡았다.

"신부보다 예쁜 건 반칙 아니야?"

"계집애. 실없는 소리 하고 있어."

"진짠데?"

"우리 딸이 이렇게 예쁜데, 엄마가 너보다 더 예쁜 거면 여기서 이러고 안 살았어. 좀 더 국제적으로 놀았지."

눈물이 나올 것 같아 일부러 농을 건넨 옥 여사의 말에 은경이 배가 아플 정도로 웃었다.

"하하. 엄마, 나 너무 웃기면 곤란해. 드레스가 얼마나 조이는지 숨 쉬기도 힘들단 말이야."

은경의 명품 몸매를 더욱 돋보이게 해 주는 머메이드라인 웨딩드레스는 우아하면서도 섹시했다. 군살이 조금이라도 있다면 절대 입을 수 없을 정도로 체형이 그대로 드러났다.

"우리 사위는 좋겠네. 이렇게 예쁜 신부를 맞이하고. 이따 울면 안 돼. 화장 다 번진단 말이야."

"……응."

"잘살아. 백 번이고 천 번이고 결혼시키기 잘했다는 생각이 들 만큼 잘살아, 내 딸."

옥 여사는 행여 예식을 치르기도 전에 은경이 울까 봐 서둘러 독채를 나섰다. 신랑 신부 동시 입장을 위해 은경을 맞이하러 들어서던 인혁과 마주친 그녀는 손수건으로 눈가를 훔치며 미소 지었다.

"우리 사위, 너무 멋지다."

턱시도를 차려입은 인혁의 모습은 어디 하나 흠잡을 데 없이 근사했다. 그 옛날 동화 속에 나오는 백마 탄 왕자님이 이런 모습이었을 거라는 생각이 들었다.

"다들 사위 인물 출중하다고 난리이기에 내가 그랬어. 우리 사위는 인물뿐만 아니라 마음이 더 출중하다고."

내뱉는 말 한 마디, 한 마디가 감동 그 자체인 옥 여사를 가만히 바라보던 인혁은 허리를 숙여서 살포시 감싸 안았다.

"웃을 일만 있게 해 드릴게요."

"……응."

"귀한 따님 제게 주신 거, 후회하지 않게 해 드릴게요."

"……응, 고마워."

그녀는 이러다 눈물샘이 터질 것 같아 인혁의 어깨를 두드리며 황급히 걸음을 옮겼다.

딸을 시집보내는 엄마의 입장에서는 마냥 기쁜 날만은 아닐 거란 생각에 조금 숙연해진 인혁은 그녀의 뒷모습을 그저 바라보며 서 있었다.

"이 눈부신 뒤태의 남자는 누구인가요?"

인혁이 소리가 나는 쪽으로 고개를 돌렸다. 아름답다는 말로는 부족한 사랑스런 신부가 웃고 있었다.

"눈이 부신 쪽은 나인 거 같은데."

상상 속에서보다 훨씬 더 어여쁜 신부에게 다가간 인혁은 슬며시 웨딩 베일을 걷었다.

"예뻐요."

가까운 거리에서 마주친 시선은 여전히 사랑이 넘쳤다.

"키스하고 싶은데, 안 되겠죠?"

"응, 안 돼. 분명 화장이 번질 거고, 키스에서 못 끝날 게 분명하니까. 이렇게 근사한 남자와 어떻게 키스만 해."

역시나 그녀다운 거침없는 애정표현이었다. 인혁이 미소를 머금고 뜨거운 눈빛을 교환하는데, 은경의 뒤에서 웨딩드레스 자락을 잡고 있던 선주가 헛기침을 했다. 그제야 둘만 있던 게 아니라는 걸 인지한 그가 멋쩍게 웃으며 웨딩 베일을 원래대로 내렸다.

"그만 나가 볼까요?"

"응."

인혁이 그녀에게 손을 내밀었다. 그에게 에스코트를 받으며 독채 안에서 나온 은경이 모습을 드러내자, 이미 자리를 잡고 앉아 있던 하객들이 일제히 환호하며 '예쁘다!'를 연발했다.

인혁의 손을 잡고 조심스럽게 버진로드 앞까지 이동한 은경은 떨리는 가슴을 진정시키며 눈앞에 펼쳐진 아름다운 광경을 바라보았다.

봄바람은 따뜻했고, 햇살을 가득 머금은 푸르른 바다는 잔잔하게 일렁였다. 한 명, 한 명 모두 너무 소중한 하객들의 얼굴에는 행복이 깃들어 있었다. 진심으로 축하해 주는 고운 마음들이 가슴 벅차게 다가왔다.

"왈왈! 왈왈!"

나비넥타이를 맨 찐빵이 우렁차게 짖어 댔다. 웨딩 티아라에 베일까지 쓴 두부가 따라서 짖으며 꼬리를 흔들었다. 신랑 신부 복장을 하고 있는 녀석들을 보며 하객들이 한바탕 웃음을 쏟아 냈다. 은경 역시 눈물이 다 쏙 들어가며 웃음이 나왔다.

"사랑해요."

인혁에게 팔짱을 낀 은경이 나직이 속삭였다. 희미하게 입꼬리를 올린 인혁은 버진로드를 향해 첫발을 내딛으며 화답했다.

"사랑해요."

세상 그 누구도 부럽지 않았다.

그 어느 날보다 화창하고, 그 어느 날보다 사랑이 넘치는 봄날이었다.

***

셔터를 누르는 모든 곳이 그림이 되는 낭만 가득한 하와이 호놀룰루 와이키키 해변은 세계 각지에서 몰린 여행객들로 붐볐다. 하와이임을 실감 나게 하는 야자수가 즐비한 해변에서 누군가는 태닝을 즐기거나, 누군가는 근육미를 자랑하며 비치볼 게임을 하거나, 누군가는 서퍼들의 명소답게 서핑을 즐기기도 했다.

"진짜 그림 같다."

그 수많은 인파 속에서도 단연 시선을 강탈하는 몸짱 커플이 있었으니, 결혼식 다음 날 하와이로 신혼여행을 온 인혁과 은경이었다.

전성기 시절의 명품 복근을 완벽히 재현해 낸 인혁에게 노란 머리, 푸른 눈의 여자들의 시선이 쏠렸다. 188센티미터의 장신에 수영으로 인해 발달된 너른 어깨, 하얀 피부와 대조되는 새카만 머리카락은 외국인의 눈에도 꽤나 매력적으로 어필이 되는 모양이었다.

"방금 또 한 명의 여자가 쳐다봤어요."

콧잔등에 걸치고 있던 선글라스를 머리 위로 올린 은경이 질투 섞인 음성으로 투덜거렸다.

"대체 아까부터 누가 할 말을 하는 건지 모르겠어. 그 말을 해야 할 사람은 나인데 말이야."

인혁은 허리춤에 손을 얹은 채 비딱하게 서며 곱게 눈을 흘겼다. 머슬마니아 유니버스 세계대회 선발전 미즈비키니 톨 부문 1위에 빛나는 은경이었다. 그녀의 완벽한 비키니 자태는 남녀노소 불문하고 시선을 사로잡기에 충분했다.

"하와이까지 와서 비키니 입지 말라는, 촌스러운 말을 내뱉지 않으려고 얼마나 노력하고 있는데 말이야."

"푸훗."

인혁의 말에 웃음이 터진 은경이 어깨를 들썩이다가 까치발을 들었다.

"하와이는 이런 게 좋네."

그의 목에 팔을 두른 그녀가 입술을 가까이 맞대며 소곤거렸다.

"누구 눈치 볼 거 없이 아무 때나 키스해도 된다는 거."

피식 웃으며 그녀의 허리를 감싸 안은 인혁이 입술을 포갰다.

아직도 믿기지 않는 꿈만 같은 시간들. 이대로 시간이 멈추어도 여한이 없을 것 같았다.

"큰일이네. 다시 침대 속으로 들어가고 싶어졌어."

"으음, 그건 곤란해요. 하와이를 와서 침대에서만 나뒹굴 수는 없잖아."

방긋 웃으며 입술을 뗀 은경이 양손 가득 꽃목걸이 레이(Lei)를 들고 있는 동상 하나를 발견하고는 가까이 다가갔다.

"이게 그 듀크 카하나모쿠 동상이네요. 하와이 출신의 수영선수로 인간 물고기라는 별명을 가졌다는."

은경은 고개를 돌려 인혁을 응시했다.

"기념샷 한 방 찍어야죠?"

흔쾌히 고개를 끄덕이는 인혁과 함께 셀카를 찍은 은경은 그의 단독 샷을 찍어 주기 위해 냉큼 자리를 잡았다.

"와, 누구 신랑인지 진짜 현실감 없는 미모다. 듀크는 알까 몰라. 지금 제 옆에서 사진 찍는 멋들어진 남자가 코리안 인간 물고기란 거."

인혁의 입매가 더욱 한껏 말려 올라갔다. 그 틈을 놓치지 않은 은경은 바라만 봐도 흐뭇한 근사한 피사체를 렌즈에 담았다.

"하와이 여자 다 홀리고 가겠어."

멈출 줄 모르는 그녀의 칭찬에 인혁이 이제 그만하라고 손사래를 치며 다가왔다.

"나 오늘 신랑 감시하느라 물놀이도 제대로 못 하는 거 아니…… 어억!"

은경의 눈이 번쩍 떠지기 무섭게 몸이 붕 떠올랐다. 그녀를 어깨에 둘러멘 인혁이 성큼성큼 모래사장을 지나 순식간에 바닷물에 풍덩 빠져들었다.

"꺄아!"

머리끝까지 물속에 빠졌다가 솟아오른 은경이 젖은 머리칼을 이마 위로 쓸어 넘겼다.

"푸우, 하아."

인혁은 투명한 물방울이 뚝뚝 떨어지는 그녀를 바라보며 짓궂게 웃었다.

"섹시해요."

"후우, 그렇다면 같이 한 번 섹시해져 봐요."

은경이 재빠르게 팔을 쭉 뻗으며 인혁의 손목을 잡아당겼다. 하지만 그가 누구인가. 수영 접영 올림픽 금메달리스트 서인혁이 아니던가.

물에 빠진 인혁은 당황한 기색 하나 없이 유유히 잠영을 하며, 아직도 녹슬지 않은 돌핀킥을 선보였다. 사람의 몸이, 그것도 남자의 몸 선이 저렇게 아름다울 수 있구나 싶을 정도로 유연하기 짝이 없었다.

오랜 잠영 끝에 모처럼 수면 위로 머리를 내민 그가 이번에는 자유형을 구사했다. 그야말로 물 만난 고기처럼 바다와 한 몸이 된 그는 너무도 자유로워 보였다.

"어쩐지…… 눈물 나네."

이대로 어디론가 멀리 헤엄쳐 나갈 것만 같은 인혁을 물끄러미 바라보던 은경은 문득 이런 생각이 들었다. 그가 수영을 싫어했던 건, 어쩌면 수영 자체가 아닐지도 모르겠다고.

언젠가 TV에서 일반인들이 나오는 노래 경연 예능을 보는데 누군가 이런 말을 했던 것 같다. 그리 노래를 잘하는데 왜 가수를 하지 않느냐는 질문에 그가 이렇게 대답했다.

[저는 노래하는 게 너무 좋습니다. 하지만 가수를 직업으로 삼고 싶지는 않습니다. 취미가 아닌 직업이 된다면, 지금처럼 마냥 노래를 좋아할 수만은 없을 거 같거든요.]

인혁도 어쩌면 그런 게 아니었을까. 고요한 물속 세상을 마냥 싫어했던 건 아니지 않았을까. 오히려 친구이자 안식처이기도 하지 않았을까. 물속 세상을 경쟁이 아닌 휴식처로 삼고 싶었던 건 아닐까. 그래서 오로지 경쟁해야만 했던 지난날은 괴로웠지만, 그러지 않아도 되는 지금은 저리도 행복한 게 아닐까.

그녀를 향해 손을 흔든 인혁이 마치 그리운 고향 땅을 밟은 것 같은 환한 표정으로 다시 물속으로 들어가 배영으로 몸을 띄웠다.

은경은 무언가에 이끌리듯 그를 향해 카메라 셔터를 눌렀다.

한 폭의 그림 같은 이 환상적인 장면을 영원히 남기고 싶었다.

"버터플라이~!"

그녀가 여전히 카메라를 손에 든 채 팔을 펄럭이며 나는 시늉을 했다. 그에게 접영을 보여 달라는 그녀의 수신호를 알아들은 인혁이 망설임 없이 그녀를 향해 질주했다.

전성기 시절 못지않은 완벽한 버터플라이를 선보이며 헤엄쳐 오는 인혁의 모습은 말로 표현할 수 없을 정도로 근사하고 아름다웠다.

연달아 셔터를 누르며 그의 모습을 렌즈에 담은 은경, 수심이 얕아지자 멈춰 서며 젖은 머리칼을 털어 내는 인혁을 넋이 나간 얼굴로 바라보았다. 온몸에 물기를 가득 머금은 그가 바다 속에서 점차 빠져나올수록 조각 같은 멋스런 바디가 아찔하게 모습을 드러냈다.

"진짜 혼자 화보 찍고 있어."

마른침을 삼키며 인혁이 바로 코앞에 다가올 때까지 카메라를 손에서 놓지 않은 은경은 심호흡을 하며 그를 응시했다.

"그거 알아요? 요즘 표현으로, 하와이를 그냥 다 씹어 먹었어."

그녀의 말에 피식 웃은 인혁이 젖은 머리칼을 쓸어 넘기며 말을 받아쳤다.

"누가 그렇게 섹시하게 서 있으래. 저 멀리서도 한눈에 들어오잖아."

"흠흠, 몸매가 남달라서 가만히 서 있어도 눈에 띄는 걸 어떡해."

그녀의 자화자찬에 인혁이 맞는 말이라면서 배꼽을 잡고 웃어 젖혔다.

"그런데 나, 잠영 배우고 싶어졌어요. 돌핀킥인가? 웨이브가 너무 멋있어."

"흐음, 그건 곤란한데. 얼마나 더 섹시해지려고."

"남해에 살면서 수영도 못한다는 게 말이 돼? 고개만 돌리면 온통 바다 속으로 뛰어들게 생긴 곳투성이인데."

"흐음."

인혁이 선뜻 대답하지 않았다. 은경이 그에게 바싹 몸을 붙이며 눈매를 늘어뜨렸다.

"가르쳐 줘요. 응? 나도 수영 잘하고 싶단 말이야."

"흐음."

"좋아. 비키니는 안 입을게."

그가 제법 솔깃한 제안이라는 듯 귀를 쫑긋거렸다.

"강윤 씨는 내 전담 수영 코치, 나는 강윤 씨 전담 트레이너. 나도 꽤 비싼 몸값을 자랑한다는 걸 잊지 않았으면 좋겠네."

"푸후후."

"웃었으니까, 콜?"

그에게 입을 맞춘 은경이 한 가지 더 생각났다는 듯 말을 이었다.

"참, 중요한 걸 잊을 뻔했네. 강윤 씨도 이런 수영복은 안 돼."

"으, 응?"

"앞으로 이렇게 붙는 건 안 돼. 헐렁헐렁한 5부 수영복만 허락하겠어요."

"아, 난 그런 거 불편해서 못 입는데. 수영복은 몸에 딱 붙어야……."

"안 돼. 시합 나가는 거 아니잖아요?"

은경이 얄궂게 웃으며 앞서 걸어 나갔다.

"나도 비키니 양보했잖아. 수영복은 자고로 비키니인데 말이야."

"그건 얘기가 다른……."

"어머머, 진짜 웃기는 남자야. 나만 야해 보이는 거 아니거든? 지금 무척 야해 보이는 게 누군데 그래."

"은경 씨."

"노노."

"은경 씨?"

"노노. 협상은 없어……."

"은경아."

그녀의 걸음이 우뚝 멈춰 섰다. 등 뒤에서 들려오는 음성은 너무도 감미로웠다.

"언제부턴가 꼭 이렇게 불러 보고 싶었는데, 하와이에서 해 보네."

어느새 그녀 앞에 마주 선 인혁이 다정하게 바라보았다.

"알로하."

그의 달콤한 인사에 은경이 언제 투정을 부렸냐는 듯 금세 화사하게 웃었다.

"알로하."

사랑하는 사람과 함께하는, 낭만 가득한 하와이의 오후는 천국과도 다름없었다.

해가 뉘엿뉘엿 넘어가는 선셋 비치는 가슴이 벅찰 정도로 아름답기 그지없었다. 신 나게 물놀이를 즐긴 후 은경과 나란히 모래사장에 앉은 인혁은 시간 가는 줄 모르고 붉은 노을을 감상했다. 남해에서 생활을 하며 혼자 수없이 바라보던 저녁노을이건만, 먼 이국땅에서 혼자가 아닌 둘이 함께 바라보는 노을이라서인지 감회가 남달랐다.

"꿈만 같아. 내가 보고 있는 모든 게."

나직이 내뱉은 그의 말에 은경이 슬며시 인혁의 손을 잡으며 어깨에 기댔다.

"꿈속이라도 좋아요. 지금 이 순간 우린 함께 있으니까."

"그러네. 함께이니까."

"하아, 진짜 너무 좋다. 이보다 더한 행복이 있을 수 있을까 싶을 정도로 너무 좋아."

"동감이야. 그래서 많이 고맙고, 미안해요."

"뭐가 또 고맙고 미안해."

"나와 함께하기 위해서 많은 걸 포기해야 했잖아. 그럼에도 불구하고 나를 선택해 줬잖아. 그래서 지금 함께하고 있는 거고."

은경이 고개를 슬쩍 들고는 그를 물끄러미 응시하며 소곤거렸다.

"미안해하지 않아도 돼요. 그리 많은 고민이 필요치 않았으니까. 강윤 씨와 함께하고 싶다는 내 진심을 이길 수 있는 건 아무것도 없었거든. 그건 앞으로도 변하지 않을 거고. 그러니까 우리는 행복할 일만 남은 거라고 말해 주고 싶네."

그녀를 향해 고개를 돌린 인혁이 미끈한 둥근 이마에 살며시 입을 맞췄다.

"전생에 나라를 구했나 봐. 이리 어여쁜 각시를 만난 걸 보면."

"전생뿐이 아닌 거지. 국가대표 되기가 쉬운 일인가? 올림픽에서 금메달을 따는 건 또 어떻고? 그 정도 국위선양 했으면 나 정도는 만나야 보답인 거지."

은경이 어깨를 으쓱이며 한껏 자만을 떨었다. 그 모습마저도 마냥 사랑스러운 인혁은 그녀에게서 시선을 떼지 못했다.

"내가 아무리 예뻐도 그만 좀 봐요. 민망할 지경이야."

"보고 있어도 보고 싶어."

"이제 매일 볼 건데, 뭘."

"잠자는 시간도 아까울 지경이야. 그만큼 볼 수 있는 시간이

줄어드는 거 같아서."

인혁의 말에 어쩐지 애잔해진 은경은 눈 딱 감고 그에게 얼굴을 들이밀었다.

"알았어, 알았어. 실컷 봐. 나 가만히 있을게."

맞닿을 듯 가까운 거리였다. 슥 손을 뻗어 그녀의 이목구비 하나하나를 어루만진 인혁은 하릴없이 바라만 보았다.

"아직도 부족해요? 더 봐야 해?"

"응."

"얼마나 더?"

은경이 스리슬쩍 눈꺼풀을 들어 올렸다.

"이따 호텔에서 마저 보면 안 될까? 나 배고파."

그녀가 눈꼬리를 휘자 웃음이 터진 인혁이 그제야 시선을 거두며 몸을 일으켰다.

"든든히 먹여야지. 호텔에서는 얼굴만 볼 게 아니니까."

"어머머, 어딜 또 보려고?"

"하나하나 말해 줘요?"

"내가 무슨 말을 못 해."

낯 뜨거워하는 은경을 보며 피식 웃던 인혁이 그녀에게 손깍지를 꼈다.

"다음에 장모님, 장인어른 모시고 다시 한 번 와도 좋을 거 같아."

"응, 정말 그래야겠다."

"우리 아이 생겨서 걸을 수 있을 만큼 크고 나면, 그때도 다시 한 번 오면 좋을 거 같고."

"응, 좋은 생각이에요."

"상상만 해도 너무 행복하네. 아장아장 걸어가는 아이 모습이 눈에 훤해."

"응, 나도 빨리 그날이 왔으면 좋겠다. 참, 그런데 우리 하와이 또 한 번 와야 해요. 아주버님 애인 생기면, 그때 또 커플끼리 여행 한 번 가기로 했잖아."

결혼식 당일 날 혼자였던 정현을 보며 은경이 먼저 제안한 말이었다. 다음에는 같이 하와이를 가자고. 그러니 부지런히 짝부터 만들라고.

"그러네. 이러다 우리 하와이 홍보대사 되겠어."

"푸후후, 진짜. 다음에 올 때는 이왕이면 우리 두부랑 찐빵이도 데리고 올 수 있으면 좋을 텐데. 두부랑 찐빵이가 몇 킬로그램이나 나가더라?"

"최근에는 안 재봤는데, 마지막으로 재봤을 때 두부가 25킬로그램, 찐빵이가 27킬로그램인가 그랬던 거 같은데."

"강아지 키우는 친구한테 물어보니까, 케이지 포함 45킬로그램까지는 비행기에 태울 수 있다고 하던데. 그런데 문제는 대형견인 우리 녀석들이 케이지 안에 갇힌 채 수화물 칸에서 오랜 비행을 하려면 너무 힘들 거 같아서 먼 곳까지는 데려가지를 못하겠어. 어둡고 시끄러운 곳에서 주인도 없이 얼마나 무섭고 힘들겠어."

 인혁은 이제는 저보다도 더 두부와 찐빵일 챙기는 그녀가 고마웠다. 신혼여행을 떠날 때도 녀석들이 눈에 밟혀서 자꾸 더 뒤돌아본 것 역시 그녀였다.

 신혼여행을 다녀오는 동안 두부와 찐빵인 옥 여사가 서울로 데려가서 케어해 주고 있었다. 한국으로 돌아가면 서초동부터 들러서 인사드리고 녀석들과 함께 남해로 가야 했다.

 "좋은 데 함께 데려가고 싶고, 보여 주고 싶은 그 예쁜 마음, 우리 녀석들도 다 알 거야."

 "정말 그럴까요?"

 은경이 아이처럼 천진난만한 얼굴로 물었다. 인혁은 아빠 미소를 지으며 고개를 끄덕였다.

 "응, 정말. 두부랑 찐빵이 데리고는 제주도 정도나 한 번 다녀오는 걸로 해요. 녀석들 덩치만 크지 아이들처럼 겁이 많아서, 장시간 비행은 스트레스 많이 받을 거 같거든."

 "그래야겠다. 제주도에서 뛰어노는 녀석들 모습이 벌써부터 그려지네. 두부랑 찐빵이 보고 싶다. 밥도 잘 먹고, 잘 지내고 있겠죠?"

 "녀석들은 잘 지낼 거 같은데, 우리 장모님이 걱정이지. 그 어마어마한 응가와 털 날림을 어찌 견디고 계실지……."

 "푸훗, 그렇긴 한데 어쩐지 웃음이 나와. 나 진짜 못된 딸인가 봐."

은경은 그 자그마한 체구로 쉴 새 없이 왔다 갔다 하며 녀석들을 돌보고 있을 옥 여사가 그려지자 웃음이 삐죽 나왔다. 해맑게 웃으며 꼬리를 살랑거리는 녀석들을 어찌할 수도 없고, 혼자 아등바등하고 있을 게 분명했다.

"한 가지 확실한 건, 이 기회에 녀석들이랑 엄마가 무척이나 친해질 거 같다는 거예요. 그러니 걱정은 그만하고 지금을 즐기자고요. 한 번뿐인 신혼여행인데."

모든 걱정을 뒤로한 은경이 그에게 팔짱을 꼈다. 못된 딸이 되어도 마냥 행복한, 사랑이 넘치는 시간이었다.

***

"그새 또 똥을 쌌어?"

남편과 아들을 출근시키고 대문 안으로 들어서던 옥 여사가 기함을 했다. 분명 두 시간 전인가 일어나자마자 응가를 한 번 치웠는데, 또 커다란 흔적들이 남겨져 있었다.

"내가 밥을 너무 많이 주는 거니?"

"헥헥, 헥헥."

"아니면 원래 이렇게 많이 싸니?"

"헥헥, 헥헥."

두부와 찐빵이 방긋 웃는 얼굴로 고개를 갸웃거렸다. 그 모습을 빤히 보고 있던 옥 여사는 지끈거리는 머리를 짚으며 웃고 말았다.

"참 나. 이 녀석들 요물일세."

몸을 구부려 앉은 그녀는 꼬리를 흔드는 녀석들의 머리를 쓰다듬었다. 이렇게 얌전하게 있을 때는 참으로 귀엽기 짝이 없었다.

"개 키우는 게 보통 일이 아니구나. 예쁘다고 쓰다듬기만 하면 되는 게 아니야. 아이 키우는 거랑 똑같아. 손이 엄청 가네. 우리 서 서방이 대단한 거였어. 녀석들 뒷바라지 혼자 다 하고."

"헥헥, 헥헥."

"아빠 보고 싶어?"

"왈왈!"

"어이구. 알아듣나 봐? 3일만 기다……."

옥 여사의 말끝이 흐려졌다. 아빠라는 소리에 흥분한 두부가 폴짝거리다가 저가 싼 똥을 밟았다.

바로 치웠어야 했는데. 옥 여사는 밀려오는 두통에 이마를 짚으며 휘청거렸다. 저 새하얀 털에 시커먼 변이 묻었다. 이렇게 절망적일 수가 없었다.

"아아."

예쁘게 웃는 모습에 속아서 머릴 쓰다듬다가 봉변을 당하고 말았다. 팔자에도 없던 개똥 치우기도 모자라, 이제는 목욕까지 씻겨야 할 판이다.

"은경아, 서 서방…… 빨리 와……."

애타는 그녀의 속도 모르고 두부와 찐빵이 꼬리를 살랑거렸다. 못된 딸의 예상이 너무도 적중해서 꽤나 고단한 하루가 될 것 같은 슬픈 날이었다.

★ 이야기 둘

보글보글, 찌개 끓는 소리가 단잠을 깨우는 평화로운 아침이었다. 신혼여행을 다녀온 지 일주일. 그야말로 깨가 쏟아지는 신혼 중의 신혼이었다.

"좀 더 잘래요?"

어렴풋이 들리는 은경의 목소리에 인혁의 눈이 슬그머니 떠졌다. 오늘도 역시 믿기지가 않았다. 아침에 눈을 떴을 때 가장 먼저 보이는 게 그녀라는 것이. 이제는 정말 길고 긴 기다림 없이 늘 볼 수 있다는 게.

"피곤할 텐데, 좀 더 자지."

"신랑 아침밥 차려 줘야죠."

"새벽에 느지막이 잠들었잖아. 좀 더 누워요."

인혁이 이불을 들추며 제 옆자리를 톡톡 두드렸다. 은경은 새침하게 고개를 내저으며 그에게 입을 맞췄다.

"그러게 날 좀 일찍 재우면 되잖아. 밤새 그리 못 살게 굴 때는 언제고, 이제 와서 챙겨 주는 척이람?"

"여기저기 보고 싶은 데가 많으니까 그렇지."

"보기만 했게?"

인혁이 멋쩍게 웃으며 그녀를 끌어당겨 품에 안았다.

"보고 있으면 만지고 싶으니까."

"적당히 만져 주세요. 닳아 없어지겠어."

"자꾸만 그 어려운 걸 해내는데 어떻게 '적당히'란 게 있겠어."

"또 내 탓이야? 내가 또 너무 매력적인 거야? 내가 또 너무 섹시하고 귀여운 거야?"

그녀의 목덜미에 고개를 묻은 인혁이 아침부터 유쾌하게 웃음을 쏟아 냈다.

"이제 그만 놔줘요. 찌개 넘치겠어."

"조금만."

"아침 먹고 나서 안고 있는 걸로 하면 되잖아."

인혁이 설핏 웃으며 백번 양보하듯이 팔을 풀었다. 아침 준비를 마저 하기 위해 은경이 침실에서 나갔다. 그 역시 막 일어나려는데, 휴대폰 벨소리가 요란하게 울렸다.

"코치님이 이 시간에 왜……."

인혁은 의아하게 휴대폰을 바라보다가 목청을 좀 가다듬고는 전화를 받았다. 신혼인 제자에게 아침부터 전화를 했다는 건, 안부 전화가 아닌 용무가 있다는 뜻일 테다.

"예, 코치님."

―인혁아, 괜찮아?

"네?"

―너 아직 기사 못 본 거지?

인혁의 표정이 삽시간에 굳으며 가슴이 다 철렁 내려앉았다.

"무슨…… 기사요?"

―너랑 연락할 길이 없으니까 나한테 전화 오고 난리도 아니야. 별일은 없겠지만, 잠적했던 네가 모습을 드러냈다는 데에 혈안들이 되어서 너 인터뷰 따려고 안달들이야. 너 하와이로 신혼여행 간 게 기사화되었어.

인혁의 입에서 작은 탄식이 새어 나왔다. 우려하던 부분이기는 했었다. 하와이가 신혼여행지로 많이 가는 곳이다 보니 자신들을 알아보는 한국 사람이 있을지도 모른다는 걸 예상은 하고 있었다. 그 때문에 은경에게 한국인들이 거의 없는 좀 더 외지고 먼 곳으로 신혼여행을 가는 게 어떻겠느냐고 제안했었지만, 그녀는 고개를 가로저었다. 어떻게 마냥 숨기며 살겠느냐고, 그게 더 힘들지 않겠느냐고, 사람들의 관심을 불편하게만 생각하지 말자고. 내 이야기가 아닌 남의 이야기이니 이런저런 말들이 나올 수도 있겠지만, 우리는 우리 방식대로 예쁘게 살아가면 되는 거라고.

―사람들 이목 집중되는 걸 네가 반가워하지 않는다는 거 아니까, 혹시나 염려스러워서 전화한 거다. 그나마 네가 남해에 있으니 망정이지, 서울이었으면 더 골치 아팠을 거야. 사람들 눈에도

더 자주 뜰 테니까. 일단 기사 확인하고 다시 통화하자.

"예, 알겠습니다. 전화 주셔서 감사해요."

인혁은 정 코치와 전화를 끊기 무섭게 기사를 찾아보았다.

『충격! 5년 만에 하와이에서 모습을 드러낸 서인혁의 뜨거운 시간!』

『서인혁의 그녀, 머슬퀸 공은경으로 밝혀져! 서인혁보다 네 살 많아.』

『하와이에 뜬 몸짱 커플! 스킨십도 서슴지 않아.』

자극적인 기사 제목들과 더불어 실린 사진 또한 다소 선정적으로 보이는 사진이 전부였다. 수영복을 입고 있는 탓이기도 했지만, 키스를 하고 있는 것 역시 여과 없이 기사에 실렸다. 인혁과 같은 시기에 하와이로 여행을 갔던 한 커플이 사진을 찍어서 개인 블로그에 올린 게 단초가 되어 기사까지 나게 된 것이었다.

인혁이 슬며시 눈살을 찌푸리며 기사를 읽어 내려가는데 은경이 곁으로 다가왔다.

"왜 그래요?"

그의 손에서 휴대폰을 채간 은경은 제법 차분하게 기사를 확인했다.

"우리가 너무 돋보였나 봐."

근심 어린 표정을 짓고 있는 그와는 달리, 은경은 별일 아니라는 듯 웃기만 했다.

"하긴, 우리가 보통 비주얼이 아니긴 하지."

"지금 실시간 검색어에……."

이번엔 진동으로 해 놓았던 은경의 휴대폰이 몸살을 앓기 시작했다. 출근을 하던 은성이 실시간 검색어에 뜬 매형과 누나의 이름을 보고는 깜짝 놀라 전화를 했던 것이다.

"괜찮아. 신경 쓰지 마."

염려하는 은성을 달래고 전화를 끊자마자 이번엔 옥 여사에게서 전화가 왔다. 엄마 역시 소식을 접한 모양이었다.

은경은 침실에서 나와 거실로 향하며 소리를 죽여 전화를 받았다.

-은경아, 괜찮니? 서 서방은?

"걱정하지 마, 엄마. 우린 괜찮아. 어느 정도 예상하고 있던 일이야."

은경은 걱정 한가득인 옥 여사를 다독이며 옅은 숨을 내쉬었다. 신혼여행 한 번 다녀왔을 뿐인데, 대한민국이 다 떠들썩했다. 몇 년간 잠수를 탔던 서인혁이 하와이에서 포착되었으니 대중들이 놀랄 만도 하긴 했다.

"아빠는 아직 모르시지? 괜히 또 놀라시겠네. 내가 전화 드릴게. 그리고 지금 이 순간부터 괜히 기사 더 찾아서 보지 마요. 특히 댓글 같은 건 더더욱 보지 말고."

-나쁜 말…… 많아? 도대체 뭐라고 할 게 있다고…….

"다들 칭찬 일색이야. 몸짱 커플이라고. 그래도 개중에 다소 거친 댓글도 섞여 있을 테니 일부러 찾아서 보지는 말란 소리예요. 울 옥 여사 맘 여려서 심장병 생길지도 모르니까."

-에휴, 연예인도 아닌데 신혼여행 다녀온 걸 기사까지 내고, 정말 너무들 하네. 게다가 은경이 네가 나이 많은 걸 왜 그렇게 강조를 해서는…….

"그러니까 보지 마. 엄마 괜히 신경 쓰잖아. 내가 나이 네 살 많은 건 사실이고, 강윤 씨가 워낙 유명인사이고 나도 얼굴이 알려진 사람이다 보니 관심이 쏠리는 건 어찌 보면 당연한 거라고 생각해요. 대중들도 오랜만에 얼굴 보니 반가워서 그런 거겠지. 그리고 엄마 딸은 당당해. 네 살 많아도 동안이잖아. 몸매도 이만하면 웬만한 20대 부럽지 않고. 으흥."

은경의 밝은 음성에 한시름 놓은 옥 여사가 그제야 좀 안심하는 듯했다.

-별일은…… 없겠지?

"응, 그럼요. 별일 있을 게 뭐 있어. 나쁜 짓 한 것도 아니고, 결혼을 한 것뿐인데. 걱정 마."

가까스로 엄마를 달랜 은경의 곁으로 정 코치와 다시 통화를 하고 나온 인혁이 다가왔다.

"장모님 걱정 많이 하시죠? 하아, 면이 없네. 웃는 일만 있게 해드린다고 한 지 며칠이나 됐다고……."

"이곳은 여전히 여유로운데, 서울에만 난리가 났나 봐."

은경이 입매를 올리며 인혁의 뺨을 감쌌다.

"왜 그렇게 미안한 표정을 짓고 있어요? 나도 나름 유명인인데, 마치 이렇게 기사가 난 이유가 오롯이 자기 탓인 거 같은 표정을 짓고 있어. 내가 얘기했었죠? 언제까지 마스크로 얼굴 가리고 살아갈 수 없을 거고, 피할 수 없다면 즐겨야 하는 거라고. 어차피 한 번은 거쳐야 했을 관문이잖아."

"정말…… 괜찮아?"

"응, 난 괜찮아요. 내가 하와이 가자고 한 거잖아. 엄마도 좀 놀라서 그렇지, 크게 걱정 안 해도 돼요. 대중들 입장에서 보면 궁금하기도 하겠지. 대체 저 둘이 어떻게 커플이 됐을까, 하고. 그래도 댓글 슬쩍 보니까 좋은 말이 훨씬 많던데? 잘 어울린다, 몸짱 커플이다, 축하한다, 예쁘게 잘 살아라."

그에게 입을 맞춘 은경이 생긋 웃었다.

"그래서 그럴 참이야. 예쁘게 잘 살 참이라고. 사람들이 알아보면 알아보는 대로, 굳이 숨길 필요 없이 자유롭게 그렇게 살아요. 사인해 달라고 하면 해 주면 되고, 사진 찍어 달라고 하면 찍어 주면 되지. 우리의 삶이 크게 달라질 건 없어요. 이 들끓는 관심도 며칠 못 갈 거야. 잊히는 것 역시 순간이니까."

"……."

"그러니 미리부터 괜히 불안해하지 마. 혹시나 나로 인해 가족들에게 피해가 가는 일이 생기면 어쩌나, 하는 그런 생각 하고 있다면 접어요. 그런 일은 일어나지도 않을 테지만, 만약 그런 일이 생긴대도 함께 헤쳐 나가면 되는 거니까. 혼자가 아닌 둘이 잖아. 그러니 우리는 늘 하던 대로 두부랑 찐빵이랑 산책도 나가고, 여름이면 해수욕장에서 수영도 하고, 그렇게 남들처럼 평범하게 사랑하며 살아. 남 눈 의식하지 말고 그렇게 살아. 응?"

경직되어 있던 인혁의 표정이 비로소 조금씩 풀렸다. 은경의 말은 무조건 믿게 되는 묘한 힘이 있었다.

"……그래도 당분간은 좀 힘들 수도 있어. 인터뷰 요청 들어올 게 뻔하니까. 여기까지 찾아올지도 몰라. 모두 다 정중히 거절할 테지만, 며칠은 좀 시달릴 수도 있어."

"응. 그 정도는 감수해야지. 그만큼 사랑을 많이 받았었다는 뜻도 될 테니까. 자자, 걱정은 이쯤 하고 이제 그만 늦은 아침을 해결하자고요."

기사가 터지는 바람에 정신이 없어서 아침 시간을 훌쩍 넘겼던 은경은 바쁘게 주방으로 향했다.

"같이해. 도와줄게."

"으음, 아냐. 아내인 내가 차릴 거야. 우린 신혼이니까."

"그게 무슨 상관이야. 남편이 좀 거들면 어때서."

"아니야. 밥상은 내가 차릴 거야. 정히 그렇게 거들어 주고 싶으면, 이따 설거지나 도와줘요."

"그건 당연한 거고."

"난 그거면 충분한데?"

어서 나가라는 은경의 성화에 못 이겨 주방에서 빠져나온 인혁은 이런저런 염려들을 떨쳐 버릴 겸 먼저 씻을 요량으로 욕실로 향했다.

"설마 씻으러 가는 거 아니죠?"

몇 걸음 내딛다 말고 멈춰 선 인혁이 고개를 돌렸다.

"그새 잊었나 봐. 아침 먹기 전엔 씻지 않기로 했잖아."

빠끔히 고개를 내민 은경이 배시시 웃었다.

"밥상 차려 놓고 또 침실 갈 일 있어요? 무탈하게 밥을 먹기 위함이니 따라주세요, 여보."

"……응?"

그녀에게서 처음 듣는 '여보' 소리에 인혁이 눈을 동그랗게 떴다. 방금 전까지 머릿속을 어지럽히던 고민 덩어리들이 순식간에 날아갔다.

"왜요? 못 들을 말 듣기라도 했나?"

"아니, 방금……."

"내 여보 맞잖아."

"아……."

"여보오. 아직 씻으면 안 돼요. 밥 또 못 먹잖아."

은경은 놀란 인혁의 얼굴이 재미있는지 두세 번 더 '여보'를 남발하다가 다시 가스레인지 앞으로 돌아섰다.

"푸흡, 그게 그렇게 놀랄 일인가…… 어맛!"

번쩍 들린 은경의 몸이 또다시 인혁의 어깨 위에 둘러졌다.

"뭐, 뭐야!"

"아침 먹기 전에 금지해야 할 게 또 생겼어. '여보'라는 말, 그거 너무 가슴 설레잖아."

"하하, 뭐야."

오늘도 아침을 건너뛰게 생긴 신혼의 아침은 핑크빛 기류로 가득했다. 그 어떤 고민도, 염려도, 함께라면 아무것도 아닌 무적의 그 이름, '부부'였다.

***

인혁의 예상은 빗나가지 않았다. 기사가 나간 후 인혁이 남해에서 펜션을 운영하고 있다는 것 역시 밝혀졌고, 이내 기자들이 찾아왔다. 늘 평화롭던 남해가 며칠 내내 다소 시끄러웠다. 펜션을 찾은 손님들 역시 주인이 서인혁이라는 걸 알게 되고는 입을 다물지 못하며 놀라워했다.

"사진 한 장만 부탁드릴게요."

인혁과 은경은 마지막으로 퇴실을 하는 커플의 부탁을 흔쾌히 수락하며 나란히 사진을 찍었다. 인혁은 더 이상 얼굴을 가리려고 애쓰지 않았다. 은경과 함께 환하게 웃는 얼굴로 손님을 배웅했다.

"정말 잘 어울려요. 결혼 축하드려요."

"감사합니다."

"그런데…… 수영은 왜 그만둔 거예요? 진짜 팬이었는데 갑자기 은퇴해서 너무 아쉬웠거든요."

여자 손님이 조심스레 물었다. 이전 같았으면 얼굴이 굳어지며 당황했을 인혁이었지만, 은경과 함께인 지금은 달랐다.

"쉬고 싶어서요."

인혁이 이제는 꽤 편안해진 마음으로 온화하게 웃었다.

"다른 이유는 없습니다. 그냥 쉬고 싶었을 뿐이에요."

인혁의 말을 듣고 있자니 다른 질문들은 불필요하겠다는 생각이 든 여자가 따라서 웃었다.

"잘 쉬고 있는 거 같아서 다행이에요. 너무 행복해 보여요."

"감사합니다."

마지막 손님을 태운 차가 펜션을 빠져나가 점차 멀어졌다. 드디어 둘이 남은 인혁은 은경의 어깨를 감싸며 돌아섰다.

"새삼 느끼는 건데, 우리 신랑이 참 많은 사랑을 받았던 사람이구나 싶네."

은경이 그의 허리에 팔을 두르며 기댔다.

"응원하는 사람이 훨씬 많잖아. 찾아오는 기자들 역시도 모두 다 팬이었다고 하고. 손님들도 모두 다 하나같이 같은 말을 하잖아. 내가 모르는 수많은 타인들이 나를 응원하고 좋아해 준다는 건, 사실 엄청난 일이잖아."

"……응, 그렇지."

"대처를 잘하고 있다는 말을 해 주고 싶은 거예요. 갑작스런 관심이 많이 부담스럽겠지만, 아주 잘 대처하고 있다는 말이야."

은경이 그의 등을 토닥이며 칭찬을 아끼지 않았다. 사실 좋은 말들만 오가는 건 아니었다. 인혁이 계속적으로 인터뷰를 거절하자 심술이 난 어느 기자는, 일부러 인혁을 깎아 내리는 듯한 기사를 올리기도 했다.

[서인혁, 연애하려고 은퇴했나?]

일일이 반박하고 싶었지만 그러지 않는 게 좋겠다는 결론을 내렸다. 그러다 사태가 일파만파 더 커지며 관심이 집중되다가, 행여나 염려하는 부분까지 들춰지게 될까 봐 그냥 묵묵히 시간이 흐르기를 기다리기로 했다. 기사에 달린 댓글 중에는 맞장구치며 비아냥거리는 사람들도 있었지만, 이미 은퇴하고 평범하게 살아가는 서인혁인데 그냥 좀 관심 끄고 놔두라며 옹호하는 사람들이 더 많았다. 되레 기사를 올린 기자가 많은 욕을 먹기도 했다.

"코치님이랑 아주버님한테 감사하네요. 여러모로 신경 써 줘서."

은경의 말에 인혁이 고개를 끄덕였다. 기사가 터지던 날 정현에게도 연락이 왔었다. 몇 날 며칠 인혁의 이야기로 떠들썩한 상황을 지켜보던 그는, 아는 기자가 있다면서 최대한 좋은 쪽으로 커버를 해 주는 기사가 나가게끔 도와주기도 했다.

'한때는 국민영웅이었던 서인혁의 행복한 신혼생활'이란 기사 제목과 더불어, 한 가정의 가장으로서도 금메달리스트가 되었으면 한다는 축하가 담긴 내용과 함께 이제는 그를 보내 줘야 할 때라면서 감동을 선사했다.

댓글에는 많은 축하와 격려, 위로가 이어졌고, 보는 내내 흐뭇한 미소를 지을 수 있었다.

"그럼 잠시 티타임 좀 갖고, 손님 맞을 준비를 또 해 볼까나?"

인혁의 펜션이 알려지면서 본의 아니게 마케팅 효과를 톡톡히 보게 되기도 했다. 한가로운 편인 비수기 주중에도 예약 손님이 늘기 시작했다.

서인혁을 실제로 보기 위한 발길들이 끊이지 않은 탓이었다. 비수기 주말에는 둘이서 하기 버거울 정도로 풀로 차기도 했다.

"알바 말고, 아예 직원을 한 명 구해야겠어."

"둘이서도 충분한데?"

"손님이 많아져서 힘들잖아. 아직 4월인데도 이 정도면, 초여름부터는 거의 매일 풀로 찰 거라는 소리인데, 그거 너무 무리야."

인혁이 걱정스러운 얼굴로 은경을 바라보며 어깨를 어루만졌다. 객실 청소를 하는 일이 만만치 않다 보니 둘 다 정리를 끝내고 나면 땀을 한 바가지 흘린 뒤였다. 무엇보다도 은경이 손수 청소를 하고 하루에도 몇 번씩 세탁기를 돌리고 하는 걸 보는 게 마음이 편치 않았다. 그냥 좀 거들어 주는 수준이 아니기 때문이었다.

"성수기 때는 몰라도, 지금은 견딜 만한데? 단둘이 오붓하게 있으니까 좋기만 한 걸? 비질하다가 뽀뽀해도 되고, 빨래 널다가 뽀뽀해도 되고 얼마나 좋아. 여긴 우리 둘뿐인데."

은경이 콧잔등을 찡긋거리며 곰살궂게 웃었다.

"내가 자꾸 장모님한테 면이 없어서 그래. 어여쁜 딸 데려다가 고생만 시키는 거 같아서."

"내가 고생이라고 생각 안 하면 된 거 아닌가?"

별관 앞에서 걸음을 멈춘 그녀가 인혁의 목에 팔을 감았다.

"난 지금, 남해에서의 생활에 아주 만족하고 있는 중인데. 이렇게 매일 얼굴 보고 만지고 얘기할 수 있어서 너무 행복한데, 우리 신랑은 아닌가 봐."

"행복해. 나도 행복한데……."

"그럼 됐지, 뭐가 더 필요해요. 내가 또 얘기해야 해? 객실 정리조차도 내게는 데이트라고 했잖아. 난 그 마음에 변함이 없는데."

"……금지사항이 또 늘겠어."

그녀의 뒷머리를 감싸며 끌어당긴 그가 나직이 속삭였다.

"그렇게 아무 때나 예쁜 말, 예쁜 표정 짓지 말기. 이 녀석이 또 반응해 버리잖아."

인혁이 그녀의 몸에 대고 허리를 밀착시키자 그새 부풀어 오른 남성이 느껴졌다.

"우리 금지사항 이렇게 늘리다가는 서로 아무것도 못 하겠어. 나중에는 눈도 마주치지 말자고 하는 거 아닌지 몰라."

그녀의 말에 입매를 올린 그가 고개를 모로 틀며 입술을 내려뜨렸다.

"그럴지도 모르지. 눈만 마주쳐도 침대로 가고 싶어지는 건 사실이니까."

인혁이 그녀의 도톰한 아랫입술을 빨아 물며 좀 더 노골적인 키스를 이어 가려는데 은경이 고개를 돌렸다.

"자제하자고요. 지금 불붙었다가는 오늘 손님 못 받아."

"흐음, 반박을 못 하겠네."

인혁이 아쉬운 표정을 지으며 마지못해 그녀에게서 떨어졌다.

"나중에 성수기 때가 걱정이다. 펜션 사장 내외 금슬이 이리 좋아서, 알바가 눈꼴시어서 버틸 수 있을까 몰라."

"설마 그러려고."

"암튼 그때는 좀 적당히 친한 척해야겠다. 지금부터 미리 연습 좀 해 볼까요? 침실이 아닌 곳에서는 스킨십 금지."

인혁은 이게 무슨 마른하늘에 날벼락 같은 소리냐는 듯이 허망하게 웃었다.

"그건 너무 말이 안 되는……."

"뭐, 손을 잡는다든지 가벼운 터치 정도는 괜찮겠지만 뽀뽀라든지, 너무 꿀 떨어지게 바라본다든지, 그런 건 삼가는 걸로."

"그게 어떻게 마음대로……."

"그러니까 연습해 보자는 거잖아."

은경이 냉큼 먼저 별관 안으로 들어갔다.

"은경아, 은경아!"

황망한 얼굴로 뒤따라 들어간 인혁이 애타게 그녀를 불렀다. 은경은 단호하게 고개를 내저었다. 그런 그녀를 원망스러운 얼굴로 바라보던 인혁은 뭐가 좋은 생각이 났다는 듯 의뭉스럽게 입꼬리를 올렸다.

"그러니까 침실이 아닌 곳에서는 스킨십 금지라는 거지?"

"응."

"그렇다면 침실에서는 가능하다는 얘기네?"

인혁이 은경을 향해 빠르게 다가갔다.

"어어, 지금 무슨 생각을 하는……."

"이런 생각."

"어어! 안 돼, 내려 줘요! 이러다 진짜 손님 못 받아!"

"끝까지 안 가."

쾅, 침실 문이 닫혔다. 고소한 신혼 향기 가득한 남해는 오늘도 행복으로 물들었다.

★ 이야기 셋

"날씨 좋다. 5월은 5월이네."

"좋기는 한데, 여기저기서 결혼 소식이 많아서 등골 휘겠어요. 축의금 내다가 월급 다 날아가겠어."

점심시간이었다. 식사 후 커피 한 잔씩을 마시며 수다를 떠는 직장 동료들 가운데는 정현도 끼어 있었다. 투덜거리는 동료를 보며 말없이 커피만 마시던 그는, 강 대리가 다가오며 옆구리를 쿡 찌르자 고개를 들었다.

"서 대리는 좋은 소식 없어?"

"별일 없다는 게 좋은 소식 아닙니까?"

"에이, 싱겁기는. 한창 몸 만들고 하더니 진짜 애인 없느냐고 묻는 거잖아."

"더 나이 먹기 전에 식스팩 한 번 만들어 보려던 것뿐이라니까요."

강 대리가 슥 손을 뻗어 정현의 배를 만져 보았다.

"오, 아직 살아 있네."

"한 번 만들고 나니 아까워서 망가뜨리지를 못하겠어서 관리를 하게 되네요."

정현은 은경이 다니던 피트니스 센터를 지금까지 꾸준하게 드나들며 운동을 하고 있었다. 연간 회원권을 끊어 놓기도 했지만, 운동을 하다 보면 이런저런 잡념들로부터 잠시나마 벗어날 수 있기 때문이었다.

집을 미리 얻어 놓고 이사 당일이 되어서야 옷 가방 하나만 짊어진 정현은 아무것도 모르고 있는 아버지에게 독립 의사를 밝혔다. 그게 무슨 말 같지도 않은 소리냐며 붉으락푸르락해진 얼굴로 언성을 높이는 아버지를 뒤로한 그는 그대로 미련 없이 집을 나섰다.

남아 있는 어머니에게 불똥이 튈까 봐 그거 한 가지가 마음에 걸렸다. 하지만 언제까지 아버지 그늘 아래서 살아갈 수는 없었다. 나이 서른이 넘어서 처음 독립해서인지 가슴이 다 설렜다. 이제 좀 제대로 살아볼까 싶어 기대가 되기도 했다.

그렇게 혼자만의 생활에 들떠 있던 정현이 다시 우이동을 찾은 건 명절인 구정 때였다. 아버지는 인혁에게 그러했듯이 그에게도 똑같이 문전박대를 했다. 때문에 중간에서 어머니만 가슴을 졸여야 했다. 인혁의 결혼식에도 함께 참석하기 위해 정현이 애써 보았지만 무용지물이었다. 아직도 기운이 성성한 아버지는 서른한 살이 된 아들을 아홉 살 대하듯 좌지우지하려고만 했다.

인혁의 기사가 터졌을 때도 아버지의 반응은 냉담했다. 마치 남 말하기 좋아하는 타인처럼 손가락질을 했다. 국민들이 저놈의 실체를 알아야 한다며 혀를 차기도 했다. 저 배은망덕한 입양아가 제 아버지를 죽인 거나 마찬가지라며 위험천만한 발언을 서슴지 않았다.

정현은 행여 그런 아버지가 무슨 사고라도 칠까 봐 염려가 될 수밖에 없었다. 밖에서 이상한 말이라도 흘리고 다녀서 인혁에게 피해가 갈까 싶어 여간 신경 쓰이는 게 아니었다. 피는 못 속인다고, 자신이 했던 못된 생각 역시 아버지도 할 수 있는 거니까. 빌어먹게도 그럴 수 있으니까.

[말씀 함부로 하고 다니지 마세요.]

[뭐라고?]

[인혁이 얘기 하고 다니지 마시라고요.]

[집 나갔으면 나하고 연 끊고 살겠다는 뜻 아니었냐? 어디서 왈가불가야. 네 멋대로 살겠다고 나갔으니 이 집 안에 발도 들이지 마라.]

[이러시니까 인혁이가 남해로 내려간 거겠죠.]

[뭐, 뭐라고?]

[이러시니까 인혁이가 인연 끊다시피 살아야만 했던 거겠죠.]

[이, 이 녀석이 지금……!]

[모르시겠어요? 이러시니까, 이러시니까! 아버지 아들인 저도 집을 나간 겁니다! 그건 아세요? 인혁이가 남해로 내려갈 때 한편으로는 부럽기도 했다는 거. 아버지 사정거리 안에서 벗어나는 인혁이가 부럽기도 했습니다.]

[이 자식이 보자보자 하니까 못 하는 말이 없어…….]

[혼자 남은 인혁인 너무 외로웠겠지만! 그게 부럽기도 했다고요! 무슨 뜻인지 아세요? 큰아버지나 아버지나 다를 게 뭐가 있냐고요! 자식은 꼭두각시가 아니란 말입니다! 지금까지 그렇게 살아왔으면 됐잖아요. 아버지야말로 독불장군처럼 그렇게 제멋대로 하실 거면 혼자 사세요. 괜한 어머니 붙들고 있지 말고 혼자 사시라고요. 차라리 이제 그만 큰아버지 따라서 가시든지.]

"서 대리, 서 대리?"

"아."

"무슨 생각을 그렇게 넋을 놓고 해?"

"아닙니다."

"오늘 한잔 어떠냐고 물었잖아."

"다음에 해야겠는데요. 오늘은 집에 좀 다녀와야 해서."

"아, 서 대리 이제 혼자 산다고 했었지? 이거 이럴 때 딱 애인 하나 만들어야 하는데 말이야."

강 대리의 농에 웃으면서 식은 커피를 마저 다 마신 정현은 짙은 한숨을 푹 내쉬었다. 마지막 말은 내뱉지 말았어야 했는데, 아무리 화가 나도 참았어야 했는데. 아버지가 진짜로 쓰러질 줄은 몰랐지. 마치 큰아버지처럼 그렇게 똑같이 쓰러질 줄은 몰랐지.

정현은 사무실로 들어가기 전에 어머니께 전화를 걸었다.

"저예요. 아버지는…… 좀 어떠세요. 알겠어요. 퇴근하고 찾아 뵐게요."

잠시 복도 창밖을 바라보며 서 있던 정현은 씁쓸하게 웃었다.

"인혁이 너…… 어떻게 견딘 거냐."

인혁이 너 때문에 큰아버지가 돌아가신 거라는 그 모진 핍박을 어떻게 견뎠어. 이미 너 스스로 너무나 괴롭고 마음의 짐이 컸을 텐데, 그 모진 핍박까지 어떻게 견뎠어. 내게는 아무도 뭐라는 사람이 없는데도 이렇게 마음이 무거운데, 너는 어떻게 견뎠어.

"하아."

답답함에 넥타이를 느슨하게 푼 정현이 그만 사무실로 향하려는데 인혁에게 전화가 왔다.

"어, 인혁아."

-형, 아직 점심시간이죠? 잠깐 통화돼요?

"응, 얘기해."

-형 집 주소가 어떻게 되죠?

"주소?"

-펜션 손님 중에 전라도에서 오신 분이 계신데, 내가 뭐라고 전복을 다 선물로 주셨어요. 귀한 선물이라 서초동에 보내드려야겠다고 생각하고 있는데 은경 씨가 우이동에 보내드리자고 해서요. 내가 직접 보내는 것보다는 형이 드리는 것처럼 하는 게 나을 거 같아서. 내가 보냈다고 하면 작은아버지가 안 받을지도 모르니까.

"……제수씨한테 고맙네."

-아무튼 주소 좀 남겨 줘요. 지난번에 집들이 갈 때 주소 받아 적어 놨던 메모지를 못 찾겠어. 휴대폰에 저장해 놓을걸.

"그래, 알았어. 주소 남겨 놓을게. 신혼생활은 여전하고?"

-아주버님! 하와이 언제 같이 갈 거예요?

휴대폰 너머로 은경의 목소리가 들려왔다. 정현은 최대한 노력 중이라는 대답을 한 후 다시 인혁과 짤막하게 통화를 하고는 전화를 끊었다.

"말하지 않는 편이…… 좋겠지. 무슨 염치로."

인혁은 작은아버지가 쓰러진 걸 모르고 있었다. 그 먼 곳에서 괜히 마음 쓰게 하고 싶지 않았다. 그런 말을 할 염치도 사실 없었다. 저한테 그리 못되게 군 작은아버지라지만, 쓰러졌다는데 안 들여다볼 수도 없고 인혁의 마음이 불편할 게 뻔하기 때문이었다. 하루하루 마냥 행복한 신혼일 텐데, 찬물을 끼얹을 수는 없었다.

"서 대리님! 과장님이 찾으세요!"

정현은 느슨해진 넥타이를 다시 고쳐 매며 서둘러 걸음을 옮겼다.

하와이라. 참 꿈만 같은 말이었다. 절대 오지 않을 행복 같은 말이기도 해서 씁쓸한 말이었다.

***

"제가 치울게요. 어머닌 눈 좀 붙이세요."

정현은 여기저기 밥과 반찬이 다 쏟아진 주방 바닥을 보며 무거운 숨을 내쉬었다. 뇌출혈 후유증으로 언어장애와 운동실조가 온 아버지에게 밥을 먹이려던 것뿐인데 이 난리가 난 터였다.

아버지가 저리되셨는데 어머니에게만 맡길 수가 없던 정현은 하루가 멀다 하고 우이동을 찾았다. 손에 힘을 잘 주지 못해서 숟가락을 자꾸 놓치는 터라 매번 식사 시중을 거들어야 했다. 어머니가 거들 때는 그래도 얌전하게 말을 따르던 아버지는 정현에게는 까칠하게 날을 세웠다. 지금 역시도 정현이 저녁 시중을 들던 중이었는데 아버지가 냅다 손을 처내는 바람에 그릇이 떨어진 것이었다.

"내가 치울 테니까 그만 가봐. 퇴근하고 바로 왔으니 피곤하지."

정현을 대신해서 어머니가 묵묵히 바닥을 닦았다. 그 모습을 물끄러미 바라보던 정현은 어머니의 삶이 참 기구하다는 생각이 들어서 쓴웃음이 나왔다. 평생을 아버지 눈치 보며 살아왔는데 이제는 병수발까지 들어야 하다니. 전생에 무슨 죄를 그리 지었기에.

경제적으로 풍족하게 사는 모습을 보고 부러워하는 사람들도 있었다. 돈이 없는 것보다야 나쁘지는 않았지만, 아버지가 경제권을 갖고 있는 터라 어머니는 이날 입때까지 사치라는 걸 부려 본 적이 없었다.

"내일부터는 오지 마. 무슨 일이 생기면 연락할 테니까 여긴 신경 쓰지 마."

"……."

"애써 독립했는데, 매일 여길 오면 어떡해."

"……."

"너 때문이 아니야."

걸레질을 잠시 멈춘 어머니가 시선을 여전히 바닥으로 내려뜨린 채 말을 이었다.

"아버지 쓰러진 거, 정현이 너 때문이 아니야. 괜한 죄책감에 시달리지 마."

"……."

"원래 고혈압도 있던 양반이고, ……천벌 받은 거야. 네 아버지 천벌 받은 거라고. 그리 못된 심보로 여직 살아왔으니 천벌 받은 거야."

어머니의 목소리가 습해졌다.

"나도 딱히 잘 살아온 인생은 아닌데, 그래도 말년에 복을 받은 모양이야. 비로소 네 아버지한테 큰소리칠 수가 있잖니. 요새는 내가 네 아버지한테 스트레스도 막 풀고 그래. 고래고래 소리도 지르고, 짜증도 내고 그래. 그런데도 네 아버지 제대로 한마디를 받아치지를 못해. 그래서 지금까지 참아왔던 거 한꺼번에 푸는 중이야. 얼마나 속이 시원한지 몰라."

"……."

"그러니까 여기 자꾸 오지 말고, 네가 살고 싶었던 대로 살아. 예쁜 아가씨 만나서 남들처럼 연애도 하고 그래. 결혼식 날 인혁이 보니까…… 너무 좋아 보이더라. 행복해 보이는 게 둘이 참 잘 어울리더라. 그러니 너도 그렇게 살아. 이제는 누가 뭐라고 할 사람 없잖아. 차라리 잘됐어. 그 잔소리 많던 양반이 말 한마디 제대로 못 하게 됐다니 차라리 잘됐어. 잘된 일이야."

주방 바닥을 다 훔치고 일어선 어머니가 서둘러 욕실로 들어가서 문을 꽉 닫았다. 걸레를 빨기 위해 수도를 트는 소리가 들렸다. 정현은 아마도 어머니가 빨리 나올 것 같지 않다는 생각에 욕실 문 앞에서 인사를 건넸다.

"그만 가볼게요."

"응, 어서 가."

"내일 또 올게요."

"오지 말래도. 너 오면 엄마가 힘들어져. 네 아버지가 저 난리를 치니까 내가 더 힘들다고. 그러니까 오지 마. 오라고 할 때만 와."

딱히 대답을 하지 않은 정현은 짙은 숨을 내쉬며 집을 나섰다. 분명 눈시울 적시고 있을 어머니란 걸 알면서도 살갑게 위로를 전하지는 못하겠다. 그래 본 적이 없어서, 겨우 세 식구일 뿐인데도 서로 정겹게 이야기해 본 적이 없어서 못 하겠다.

"하아."

세단에 오른 정현은 잠시 의자 등받이에 머리를 기댄 채 눈을 감았다. 힘들게 금연 중인데 담배 생각이 간절했다.

[사람은 뿌린 대로 거두는 법이니까요.]

정현은 불현듯 떠오르는 생각에 조소를 머금었다.

그러네. 맞는 말이었어. 그렇구나. 그런 거구나.

밀려오는 두통을 억누르며 운전대를 잡은 그는 세단을 움직였다. 헛헛한 마음을 달랠 길이 없다.

***

이른 아침이었다. 오전 일곱 시도 되지 않아서 눈이 떠진 인혁은 곤히 자고 있는 은경에게 살며시 입을 맞춘 후 침실을 나섰다. 살그머니 별관 밖으로 나온 그는 손님들 역시 아직은 단잠에서 깨어나지 않아 고요한 주위를 둘러보았다. 두부와 찐빵이도 아직 잠이 덜 깬 것인지 제 집에서 웅크린 채 꼬리만 살랑거리고 있었다.

"날이 많이 푹해졌네."

간단히 스트레칭을 한 후 흔들의자에 몸을 앉힌 인혁은 요 며칠 계속 신경 쓰이는 정현을 떠올리며 곰곰이 생각에 잠겼다.

정현과는 일주일에 한두 번 정도씩은 꾸준하게 연락을 주고받았다. 특히 신혼여행을 갔던 게 기사화가 돼서 한동안 떠들썩했을 때는, 거의 매일 전화해서 별일은 없는지 안부를 물었다. 한데 그러던 정현이 근래 들어서는 먼저 연락을 해오는 일이 거의 없었다. 전화를 해도 통화를 금세 끝내고는 했다.

[무슨 일 있어요?]

[무슨 일 있을 게 뭐 있어. 늘 똑같아서 오히려 고루할 지경이야. 무슨 일 좀 있었으면 좋겠다.]

[정말이에요? 어제 작은어머니께 안부 전화 드렸는데, 목소리가 별로 안 좋으신 거 같고…….]

[기우일 뿐이야. 여긴 아무 문제없어. 너야말로 괜한 걱정 말고 신혼이나 즐겨. 아, 나 센터에 도착했어. 나중에 또 통화하자.]

정현에게 뭔가 일이 생긴 것 같다는 느낌을 지울 수가 없던 인혁이 여전히 상념에 젖어 있는데 등 뒤에서 인기척이 들렸다.

"왜 이렇게 일찍 일어났어요?"

인혁의 빈자리를 느끼고 잠이 깬 은경이 그의 곁으로 다가왔다.

"나 때문에 깼구나."

"응, 옆자리가 허전하니까 눈이 떠지네."

"같이 들어가요. 좀 더 자야지."

인혁이 의자에서 몸을 일으키려던 찰나, 은경이 손목을 잡아 다시 앉혔다.

"서울 한 번 다녀올래요?"

"……음?"

"같이 움직이려면 휴업을 해야 하니까 그건 어려울 거 같고, 이번엔 혼자 다녀와요. 서초동에도 들러서 울 엄마, 아빠 잘 지내시나 얼굴 한 번 보고 오고, 우이동에도 인사 한 번 드리고 와요. 결혼식 날 뵙고 인사도 못 드렸잖아."

신혼여행을 다녀와서 서초동에 들른 후 우이동에도 가려고 했었지만, 작은어머니가 한사코 오지 말라고 하는 바람에 그냥 남해로 내려왔었다. 조카 혼자만 오는 것도 아니고 조카며느리까지 함께인데 작은아버지와 마주쳤다가 얼굴 붉힐 일이 생길까 봐 염려가 돼서다.

"이제 곧 여름이고 성수기 때는 꿈쩍도 못 할 테니까 지금 미리 다녀와요. 이제 숙달이 돼서, 평일 정도는 나 혼자서도 얼마든지 손님맞이할 수 있어. 가서 아주버님하고 술도 한잔하고 와."

인혁은 은경의 배려가 고마웠다. 하지만 그녀를 혼자 두고 서울을 간다는 게 마음에 걸려 쉽사리 대답하지 못했다.

"내가 배려하는 거 같죠? 사실 아니야. 내가 가려니 너무 멀어서 엄두가 안 나. 연애할 때는 먼 줄도 모르고 다녔는데, 신랑이 여기 있으니까 움직이기가 싫어지네. 그러니까 내 대신 다녀와요. 오늘 마침 예약 손님도 몇 팀 없잖아."

"……정말 혼자 있을 수 있겠어?"

"내가 왜 혼자야. 두부랑 찐빵이가 있는데."

은경이 녀석들을 향해 손을 흔들었다.

"그러니까 걱정 말고 다녀와."

"고마워요. 하룻밤만 자고 올게."

"응, 딱 하룻밤만이야. 그 이상 길어지면 내가 너무 보고 싶을 거 같으니까."

"응, 딱 하룻밤."

"이번엔 두부랑 찐빵이랑 같이 가는 거 아니니까 편하게 버스 타고 가. 터미널까지 데려다줄 테니까. 일단 어서 씻어요. 그동안 얼른 아침 준비할게. 먼 길 가는데 든든히 먹어야지."

냉큼 몸을 일으킨 은경이 머리칼을 질끈 묶고는 부리나케 밥부터 안쳤다. 인혁이 욕실에 들어간 사이 버스표 예매까지 일사천리로 끝낸 은경은 속옷부터 이것저것 챙겼다.

"뭐가 이렇게 바빠."

허리춤에 타월을 두른 채 욕실에서 나온 인혁이 젖은 머리칼을 털어 냈다. 준비를 다 끝내 놓고 돌아서던 은경은 오늘도 멋짐 폭발인 신랑에게 입을 맞췄다.

"머리 말리고 나와요."

"어딜 가."

그가 침실에서 나가려던 은경의 손목을 낚아챘다.

"자그마치 하루를 못 보는데, 날 이대로 보낼 참이야?"

"아아, 나 꼬시지 마요."

"난 이대로 못 가."

은경이 입고 있던 원피스 잠옷을 걷어 올린 그가 엉덩이를 움켜쥐며 끌어당겼다. 아직 물기가 남아 있는 그의 가슴팍을 짚은 그녀가 난감하다는 듯 입술을 깨물었다.

"버스표 예매했단 말이야. 밥 먹고 바로 출발해야……."

"취소하면 되지. 다음 버스 타면 돼."

"아웃. 난 샤워 안 했단 말이야."

"난 그게 중요하지 않다고 몇 번을 말했잖아. 아니면, 씻겨 줄까? 그것도 좋은 생각이야."

결국은 버스표를 다시 예매했다. 욕실에서 남세스러울 만큼 뜨거운 사랑도 나누었다. 덕분에 11시 30분 탑승 시간에 겨우 맞춰서 버스터미널에 도착을 한 터였다.

"서초동부터 들를 거예요?"

"응, 그래야지."

"엄마한테는 내가 미리 전화해 놓을게."

"딸 얼굴을 못 봐서 장모님이 서운해 하시겠어."

"사위 얼굴 봐서 반가운 게 먼저일 거니까 걱정 마."

인혁은 은경을 꽉 껴안은 후 버스에 올라탔다. 결혼 후 처음으로 떨어지는 거였다. 그 먼 장거리 연애도 했는데, 겨우 하루 떨어지는 것만으로도 벌써 애틋한 느낌이었다.

손을 흔드는 은경의 모습이 시야에서 완전히 사라졌다. 펜션에 도착하면 문자 남기라는 카톡을 보낸 인혁은 정현에게 전화를 해 보았지만 받지 않았다.

정말 기우인 걸까.

서울까지 가는 긴 시간 동안 잠을 좀 청해야 빨리 지나갈 텐데 쉬이 잠이 오지 않았다.

정현도 이제 혼자가 아니었으면 하는 바람이 짙어지는 날이었다.

***

"······인혁아."

밤 9시였다. 퇴근 후 우이동에 들렀다가 오피스텔로 돌아온 정현은 남해에 있어야 할 인혁이 눈에 보이자 놀란 얼굴을 했다.

"네가 지금 여길 어떻게······."

얼떨떨한 상황에 잠시 멍 때리고 서 있던 정현은 뒤늦게 정신을 차리며 다가갔다.

"왜 이렇게 늦게 다녀요."

"뭐야. 여긴 웬일이야."

"뭐긴요. 형 보려고 기다렸죠. 전화는 왜 그렇게 안 받아."

"진짜 어쩐 일이야."

정현의 얼굴을 빤히 바라보던 인혁은 옅은 숨을 내쉬었다. 못 본 사이 살이 빠졌다. 운동을 해서 건강하게 빠진 살이라기보다는, 해쓱해졌다는 표현이 더 어울릴 것 같았다.

"무슨 일이 있는 게 맞구나."

"무슨……."

"어쩐지 그럴 거 같더라니. 그래서 오고 싶더라니."

"……."

"가요. 술이나 한잔하게. 근처에 괜찮은 술집 있어요?"

앞장서는 인혁의 뒤를 따라가던 정현은 이내 나란히 걸으며 말문을 열었다.

"제수씨는?"

"혼자 왔어요."

"혼자? 새신랑이 벌써부터 외박을 하면 되겠어?"

"그러게 왜 신경 쓰이게 해요."

잠시 대화가 끊겼다. 오피스텔에서 가까운 자그마한 선술집으로 들어간 두 사람은 주문을 마친 후 먼저 나온 소주 한 잔씩을 비웠다.

"서울엔 몇 시에 도착한 거야?"

"네 시요."

"서초동은 들렀어?"

"응, 장인어른 가게 들렀다가 장모님 뵙고, 저녁 한 끼 함께한 후에 넘어온 거예요."

"서운해 하시겠네. 얼굴 잠깐 비추고 가서. 여기까지 올 필요는 없었는데."

"서운해 하시긴요. 서울까지 왔는데 사촌 형 보고 가라고 먼저 말씀하시던데요. 술도 한잔하고 그러라고."

"……역시 좋은 분들이시네."

인혁은 소주 한 잔을 더 비우며 정현의 안색을 살폈다.

"우이동에…… 무슨 일 생겼어요?"

"일은, 무슨."

"……우리, 가족 아니에요?"

소주잔을 만지작거리던 정현이 멈칫했다.

"형하고 나, 가족이잖아요. 그래서 형도 내 걱정 했던 거 아니에요? 신혼여행 다녀온 거 기사 터졌을 때, 그래서 걱정했던 거잖아. 별일 없을 거라고 위로해 줬잖아요. 그 한마디가 얼마나 힘이 됐는데."

"……."

"그러니까 형도 얘기해요. 무슨 일인지."

연거푸 술잔을 비운 정현은 까칠한 얼굴을 문질렀다. 몇 번을 망설이던 그는 어렵게 이야기를 꺼냈다.

"……아버지가 뇌출혈로 쓰러지셨어."

정현이 쓴웃음을 지으며 갑갑하게 조여 있는 넥타이를 아예 빼낸 후 와이셔츠 단추 역시 풀었다.

"나하고 언성을 좀 높이면서 말다툼을 하다가 쓰러지신 거거든."

낯설지 않은 이야기였다. 인혁은 제 아버지가 쓰러지던 날이 떠오름과 동시에 정현이 참 가엾다는 생각이 들었다. 나 때문인 것 같은 그 죄책감을 이미 겪어 봤기 때문에, 지금 정현이 겪고 있을 그 심정을 알고도 남았다.

"후유증으로 언어장애가 와서 말씀을 잘 못 하셔. 몸이 불편하셔서 혼자서 걷는 것도 힘들고, 식사도 혼자 못 하셔. 그냥 어린애가 됐다고 보면 돼. ……아버지가 그렇게 되고 나서 네 생각을 많이 했다. 넌 어떻게 견뎠을까 하고."

"……."

"그러게 마음을 곱게 썼어야 했는데 벌 받으신 거지. 어머니나 나도…… 그냥 다 벌을 받은 거지. 하아, 아무튼 그래. 좋은 일도 아닌데 괜히 너 신경 쓰게 하고 싶지 않았어. 나도 염치라는 게 있거든. 그나저나 아직 2세 소식은 없는 거야? 조카가 생기는 건 어떤 기분일까 궁금한데 말이야."

정현이 애써 웃으면서 화제를 바꾸었다.

"좀 더 분발해야……."

"형 때문이 아니에요. 형 때문이 아니야."

나직한 인혁의 말에 정현은 뭔가 울컥 올라왔다. 큰아버지가 돌아가셨을 때, 실은 인혁이 탓을 했던 적이 있었다. 막말을 퍼붓는 아버지를 말리면서도, 사실 그리 틀린 말은 아니지 않나 생각했던 적이 있었다.

"죄책감에 시달리다 보면 일상생활 자체가 무너져요. 하루하루가 무의미하고, 삶의 의욕도 사라져. 그게 그렇게 무서운 거야."

"……."

"형은 그런 거 겪지 않았으면 좋겠어."

"……."

"형까지 그런 거 겪지 않았으면 좋겠어. 작은아버지 분명 쾌차하실 거니까……."

"……미안해."

마른세수를 하며 고개를 푹 숙인 정현이 들릴 듯 말 듯한 목소리로 말을 이었다.

"미안하다. 내가 네게 면이 없다."

"……뭐가 그렇게 미안한 게 많아."

"……고맙다. 여기까지 이렇게 와 줘서, 그렇게 말해 줘서 고맙다."

"뭐가 그렇게 고마워요. 우리 사이에. 힘든 일은 겪지 않았으면 싶은 건, 당연한 거잖아요. 형도 왔을 거잖아. 남해에 무슨 일이 생기면, 형도 한달음에 달려올 거잖아요. 나라고 다를 게 뭐 있어."

정현은 고개를 들 수가 없었다.

주책없게도 눈시울이 자꾸만 뜨거워졌다.

"세상에, 인혁아."

어젯밤 정현과 오랜 시간 술잔을 기울이느라 느지막이 잠이 들었던 인혁은 이른 아침 눈을 떠 우이동을 찾았다. 정현 역시 함께 우이동에 가기 위해서 평상시 출근 시간보다 한 시간을 앞당겨 나온 터였다.

"서울은 어쩐 일이야."

작은어머니가 인혁의 손을 두 손으로 포개 잡으며 반겼다.

"어제 올라와서 정현이 형네서 하루 잤어요."

"아, 정말?"

잠시 놀라는 듯 보이던 그녀가 웃으면서 인혁의 손을 토닥였다.

"고맙구나, 고마워."

그새 정현보다 더 해쓱해진 작은어머니를 바라보던 인혁은 말없이 그녀의 가녀린 어깨를 감싸 안았다.

토닥토닥.

인혁이 커다란 손으로 작은어머니의 등을 두드리며 위로했다.

많은 위로가 담긴 인혁의 손길에, 그녀의 눈시울이 금세 젖어들었다.

"참지 마세요."

"……."

"울고 싶으면 울어도 돼요, ……작은엄마."

울음을 참으려는 듯 입술을 깨물던 작은어머니가 점차 심하게 어깨를 들썩였다. 인혁의 '작은엄마'라는 호칭에 참고 있던 감정이 왈칵 터져 버렸다. 인혁 역시 정현과 마찬가지로 작은아버지에게 꾸지람을 들은 이후에는 늘 작은어머니라고 호칭을 불러왔지만, 인혁이 워낙 말이 없다 보니 그마저도 불릴 일이 거의 없었다.

"내가, 내가……."

자신의 지난 삶의 회한이 북받쳐 오른 그녀가 감정을 주체하지 못하고 끅끅거리며 오열을 했다. 마음은 있어도 살갑게 다가가지 못했던 정현 역시 처음 보는 어머니의 모습에 눈물이 찔끔 나올 수밖에 없었다. 아들이 해 주지 못 하던 걸 조카가 해 준 셈이었다. 어깨 한 번 토닥여 주는 게 뭐 그리 어려운 일이라고 못 하고 살아왔을까 싶기도 했다.

"미안하구나. 내가 널 붙들고……."

작은어머니의 눈두덩이 짧은 사이에 통통 부어 있었다. 인혁은 별소리를 다 하신다며 괜찮다고 그녀를 다독이고는 굳게 닫혀 있는 안방을 바라보았다.

"작은아버지는……."

"이제 곧 일어나실 때 됐어."

"아직 주무실 때 얼굴 한 번 뵙고 갈게요. 깨어 계실 때 제가 와 있는 거 알면 작은엄마가 더 힘들 거잖아요."

고개를 끄덕이는 작은어머니를 따라서 조심스레 안방으로 들어선 인혁은 침대 위에 누워 있는 작은아버지를 복잡 미묘한 심정으로 응시했다.

얼굴만 봐도 오금이 저리던 분, 모진 말을 참 많이도 했던 분. 그래서 당신이 싫었다. 실은 참 많이 미웠다. 평생 안 보고 살아도 아쉬울 거 없을 만큼 당신이 미웠다. 사실 지금도…… 여전히 당신이 밉다.

"왜 그렇게 절…… 미워하셨어요."

들릴 듯 말 듯 속삭이는 인혁의 말에 곁에 있던 작은어머니와 정현이 면이 없다는 듯 고개를 숙였다.

"저는…… 가족이란 게 생겨서 너무 좋았는데…… 왜 그렇게 절 미워하셨어요. 절 조금이라도 가족으로 받아줬더라면, 지금 작은아버지를 보면서 눈물 한 방울은 흘렸을 텐데, 눈물이 안 나와요."

작은어머니가 소리 없이 눈물을 찍어 냈다. 모두 다 맞는 말뿐이라 인혁을 나무랄 게 없었다.

"어디서 건방을 떠는 거냐고, 당장 나가지 못하겠느냐고 소리쳐야 하잖아요. 그게 작은아버지 스타일이잖아요. 이렇게 병약

한 얼굴로 누워만 계시는 건…… 작은아버지답지 않습니다. 그러니까…… 얼른 쾌차하세요. 이제 와서 이렇게 누워만 계시는 건 비겁해요. 저는 앞으로 더 많은 날을 작은아버질 미워하면서 살 건데, 마음 약해지게 이러는 건 비겁합니다. 그러니까 얼른 쾌차하세요."

차분하게 말을 마친 인혁은 슬며시 고개를 숙여서 인사를 드렸다. 발소리를 죽여 안방을 나온 인혁은 머리칼을 쓸어 올리며 한숨을 내쉬었다.

"미안해요, 형. 작은아버지 앞에서 기껏 한다는 소리가……."

"……잘했어. 너니까 그래도 돼."

뒤따라 나온 작은어머니 역시 정현과 같은 생각이라는 듯 고개를 끄덕이며 괜찮다는 말을 했다.

"인혁아, 이제 어서 가봐. 남해에서 여기까지 와준 것만으로도 너무 고맙고 미안하구나. 정현이 너도 출근해야지."

"식사 좀 잘 챙기세요. 너무 마르셨어요."

"응, 그래. 고맙다, 인혁아."

안부 전화 자주 드리겠다는 말을 남기고 집을 나선 인혁은, 버스터미널까지 태워다 주겠다는 정현을 향해 손을 내저었다.

"형 이러다 지각해요. 나까지 데려다주고 언제 출근을 해."

"그건 내 사정이고."

"괜찮다니까요. 대중교통 이용하는 게 더 빨라. 차 밀려서 예매해 놓은 버스 시간 놓치면 곤란해요. 입실 시간 전에 도착해야 한단 말이야."

"그렇긴 하겠구나. 네가 여기 오느라 제수씨가 혼자 고생하고 있겠다. 그럼 내가 근처 전철역까지만 태워다 줄게."

인혁이 알았다면서 정현의 세단에 올라탔다. 이동하는 내내 별다른 말없이 라디오만 들으면서 가던 정현은, 전철역 앞에 도착해서야 잠시 비상등을 켰다.

"언제 또 남해까지 가. 여기서 남부터미널까지 가는 것도 일인데. 전철도 갈아타야 하고 한 시간은 걸릴 텐데."

"가다 보면 또 금방 가요. 도착하면 연락할게요."

"……고맙다."

"또 그 소리예요? 이제 지겨워지려고 하네."

인혁이 피식 웃으며 차에서 내렸다. 손을 흔들며 돌아서는 인혁의 뒷모습을 잠시 바라보던 정현이 다시 차를 움직이려는데 그가 다급하게 뛰어왔다.

"왜, 뭐 놓고 내렸어?"

차창을 내린 정현이 혹시 휴대폰이 떨어졌나 싶어서 조수석 자리를 살폈다.

"아무것도 없는……."

"하와이 말이에요."

"응?"

"얼마나 좋은 곳인지 몰라요. 형도 가보면 반할 거야. ……형이랑 꼭 같이 가봤으면 좋겠어요. 몸 만들었으면 그런 데 가서 자랑 한 번 해 줘야죠."

인혁의 입꼬리가 슬며시 올라갔다.

"오랜만에…… 같이 수영해 보는 것도 나쁘지 않을 거 같아요. 그러니까 잊고 있지 말란 소리예요. 지금 당장이 아니더라도 기다릴 테니까, 형도 이제 좋은 사람 만나서 연애도 하고 그랬으면 좋겠어요."

내내 말이 없던 정현이 희미하게 미소 지었다.

"하와이에서 수영이라, 갑자기 급 당기네. 분발해야겠어."

빠앙, 뒤에서 클랙슨을 눌러 댔다. 정현이 조심히 가라며 급히 차를 빼냈다.

인혁은 멀어지는 세단을 바라보다가 시간을 확인하고는 서둘러 전철역 안으로 들어섰다. 모자를 쓰고 있지 않은 인혁을 몇몇 사람들이 힐끗거리기는 했다. 하지만 다들 바쁜 출근길이라 그런지 혹시나 했던 염려만큼 큰 관심을 보이지는 않았다.

인혁은 문득 이런 상황을 예견했었던 은경이 생각나서 웃음이 나왔다.

[지금 이렇게 난리여도, 분명 얼마 못 가 잠잠해질 거예요. 강남 한복판에서 활개를 치고 다녀도 관심 없을 수도 있어. 우리만 괜히 호들갑 떨면서 신경 쓰는 건지도 모른다고요.]

"그러네."

인혁은 이제는 일어났을 것 같은 은경에게 전화를 걸었다.

"나야."

때마침 전철이 들어서며 주위가 소란스러워졌다. 순식간에 그의 음성은 파묻혔지만, 웃고 있는 표정만 보아도 얼마나 달콤한 말들이 오가는지 알 수 있을 정도로 깨가 쏟아졌다.

짧기만 한 통화를 끝낸 인혁은 전철이 멈춰 서고 스크린도어가 열리자 한 줄로 서서 안으로 들어섰다. 많은 인파 속에 끼어 있는 게 다소 짜증스러울 법한데도, 그는 눈살 한 번 찌푸리지 않았다.

예쁜 각시를 만나러 가는 길은 마냥 설렜다.

"겨우 하루 떨어져 있었을 뿐인데, 왜 이렇게 반갑지?"

시외버스터미널까지 인혁을 데리러 나왔던 은경은 펜션에 도착해서도 연방 같은 말을 했다. 터미널에서 처음 만났을 때도 얼싸 끌어안고 난리를 쳤는데 아직도 반갑기만 했다.

"혹시나 걱정했거든. 하루 더 묵고 온다고 하면 안 된다고 할 수도 없고, 보고 싶어서 어쩌나."

파킹을 끝내고 운전석에서 내리던 은경이 휘청거렸다. 어느새 먼저 내려서 바로 앞까지 와 있는 인혁이 손목을 낚아챘기 때문이다.

"손님 차량이 한 대도 없네."

"연박 이용하시는 손님들은 오전에 다 외출하시고, 오늘 묵을 입실객들은 오후 늦게 도착한다고······."

"그럼, 지금 여기 둘뿐이라는 거네?"

그녀를 바싹 끌어당긴 그가 뺨을 감싸며 입술을 포갰다. 그의 혀가 노골적으로 그녀의 입안으로 파고들며 서로의 타액이 오갔다.

"읍! 우읍, 하아. 잠깐, 잠깐, 읍!"

바둥거리는 그녀를 밀치며 별관까지 이동하던 인혁은 이미 바지 버클을 푼 채였다. 은경이 입고 있던 티셔츠 또한 말려 올라가 브래지어 위에 걸쳐져 있었다.

"읍! 여기 아직 밖이야. 하아, 진정 좀 해요! 안에 들어가서, 우읍!"

"하아, 어떻게 진정이 돼. 아까 터미널에서 만났을 때부터 하고 싶었는데, 여태 참은 게 용한 거야."

"아니, 그래도. 으읏."

별관 1층 현관문으로 밀쳐진 은경이 눈을 찡긋거리며 달뜬 숨을 내쉬었다. 그가 브래지어 안으로 손을 넣어 젖가슴을 움켜쥐며 빼냈다. 탱글탱글한 젖무덤이 눈앞에 드러나자 인혁이 망설임 없이 입안 가득 베어 물었다. 그녀가 손을 더듬거리며 도어록을 찾긴 했지만 당최 비밀번호를 누를 수가 없었다.

"하아, 으읏."

끈질기게 젖가슴을 물고 있는 그를 잠시 겨우 밀친 은경은 얼른 돌아섰다. 가쁜 호흡을 가다듬으면서 도어록 비밀번호 일곱 자리 숫자 중 네 번째를 누르는데, 인혁이 또 뒤에서 끌어안았다.

"이 살 냄새가 너무 그리웠어."

그녀의 목덜미에 고개를 파묻은 그가 크게 숨을 들이마셨다. 그녀의 귓불을 할짝거리던 인혁이 젖가슴을 주무르며 정점을 잡아 비트는 바람에 은경은 움찔거리며 비밀번호를 마저 누르지도 못했다.

"아웃, 이 남자 진짜 왜 이렇게 저돌적이야."

"각시가 너무 예쁜 탓이야."

"아앗, 잠깐만. 하아, 나 먹고 싶어."

"하아, 응?"

인혁을 향해 돌아선 은경이 혓바닥을 야하게 날름거렸다.

"이거 먹고 싶어."

그녀의 손이 이미 묵직하게 팽창해 있는 그의 중심부로 향했다.

"그런데 여기서는 곤란하잖아. 이거 내 건데, 나만 볼 건데, 혹시 누가 오면 곤란하니까 마음 편하게 안으로 들어가자. 아직 객실 정리 못 한 데도 있고, 시간이 얼마 없……."

인혁의 손끝이 빠르게 도어록 비밀번호를 눌렀다. 그녀가 피식 웃기 무섭게 도어록이 해제되었다.

"우리 신랑, 진짜 엄청 급하긴 했나 봐……."

말을 끝까지 잊지 못한 그녀가 현관문 안으로 사라졌다. 굳게 닫힌 문 안에서는 우당탕탕 요란한 소리와 함께 은경의 웃음소리가 뒤섞여 새어 나왔다.

"헥헥, 헥헥."

아빠가 왔다는 반가움에 목이 쉬어라 짖어 대며 폴짝거리던 두부와 찐빵은, 이게 무슨 일인가 싶은 표정으로 귀를 쫑긋거리며 서로를 쳐다보았다.

"헥헥, 헥헥.(아빠 왜 저래?)"

"헥헥, 헥헥.(엄마가 좋아서 저러나 봐.)"

"헥헥, 헥헥.(얼마나 좋으면 저래?)"

두부가 고개를 갸웃거렸다. 찐빵이 이제 그만 관심 끄자는 듯 몸을 웅크려 앉자, 두부 역시 곁에 기대앉았다. 아빠가 엄마를 정말 좋아하는 모양이었다.

***

인혁이 서울을 다녀간 지 한 달이 흘렀다.

퇴근을 앞두고 데스크 정리를 하던 정현이 모처럼 입매를 올렸다. 그날 이후 인혁은 하루에 한 번 이상 매일 안부 전화를 해 왔다.

"목소리 들으면 모르겠어? 오늘도 잘 지내고 있다니까. 내가 너 때문에 요즘 회사에서 오해 받아."

-무슨 오해요?

"애인 생겼다는 오해. 네가 이렇게 시도 때도 없이 전화를 해 대니까 오해할 만하잖아. 누가 대체 사촌 동생이랑 이렇게 통화를 자주 하느냐고. 게다가 이따금씩은 영상 통화까지 하잖아. 내가 제수씨 눈치가 다 보일 판이야."

-오해 받을 일 없이 애인을 진짜 만들면 되잖아요.

"그게 내 뜻대로 되는 문제냐."

-노력을 좀 해 보라는 소리죠. 형 친구 많잖아. 소개팅이라도 해 보든지.

"너 제수씨한테도 이렇게 잔소리가 많아? 아아, 알았어. 나 지금 퇴근해야 해. 그래, 제수씨한테도 안부 전해 주고. 난 내일도 잘 지낼 거니까, 하루쯤은 통화 좀 거르자."

얼른 전화를 끊은 정현은 고개를 가로저으며 피식 웃었다. 인혁이 참 많이도 변했다. 아니면, 원래 이런 녀석이었는데 몰랐던 걸까. 원래 이렇게 정이 많은 녀석이었는데 표현할 기회조차 주지 않았던 건지도 모르겠다.

"지나고 보니 온통…… 미안한 것투성이네."

달랠 길이 없었던 헛헛하던 마음이 인혁의 전화 한 통에, 말 한마디에 위로를 받는다. 이런 게 가족이라는 걸까. 새삼, 아니 어쩌면 처음으로 느껴보는 감정이다.

퇴근 후 원래는 운동을 가려고 했던 정현은 우이동으로 차머리를 바꾸었다. 인혁이 다녀간 이후 어머니에 대한 태도를 바꿔 보려고 노력 중이었다. 다정한 아들이 되기가 쉽지는 않았지만 변하려고 노력하고 있는 중이었다.

아버지도 그리된 마당에 아들과의 사이마저 데면데면하다면,

어머니가 무슨 낙이 있을까 싶었다. 자식이 여럿 있는 것도 아니고 하나뿐인데. 의지할 데라고는 아들 하나뿐인데.

정현은 잠시 신호에 걸린 틈을 타 어머니에게 전화를 걸었다.

"저예요. 지금 우이동으로 가고 있어요. 어머니, 식사 아직 안 하셨죠? 드시지 말고 계세요. 어머니가 좋아하는 스시 포장해 갈게요. 그리고 이번 주말에…… 아니다. 가서 얘기할게요."

빨간 불이던 신호가 다시 초록색으로 바뀌었다. 정현은 초록불만큼이나 산뜻하게 웃으며 출발했다.

어머니를 만나면, 이번 주말에 아버지 모시고 바깥바람 한번 쐬러 다녀오자고 해야겠다. 날이 포근하니 얼마나 좋은지 모른다고, 꽃구경 한번 다녀오자고.

★ 이야기 넷

봄과 여름, 떨어지는 낙엽만 봐도 함께이기 때문에 마냥 웃음이 나오는 가을을 지나 겨울이 찾아왔다. 결혼 후 처음 맞는 사계절은 무엇 하나 버릴 게 없이 행복하고 아름다운 시간이었다. 특히나 엊저녁에 큰일을 앞두고 서울에서 내려온 귀한 손님 때문에 더욱 특별하고 즐거웠다.

"우리 사위 허리 무탈한가?"

옥 여사는 커다란 고무대야에 쌓인 절임 배추를 힐끗 보고는 인혁을 향해 얄궂게 웃었다. 서울보다 포근한 남해 날씨 때문에 김장 시기로는 좀 늦은 감이 없잖아 있긴 했지만, 다음에는 같이 김장 하자던 약속을 지키기 위해 몸소 남해까지 내려온 그녀였다.

"아직은 괜찮습니다."

"하하, 앉아서 좀 더 쉬어. 이제 배춧속 버무려야 하는데, 저것도 장난 아니야. 어깨 빠져."

절임 배추 100포기를 세 번씩이나 헹구고 난 후 배춧속 재료까지 준비해 놓은 인혁은 팔 돌리기를 하며 어깨 근육을 풀었다.

"은성아, 너도 어깨 좀 풀어. 모른 척하고 있지 말고."

인혁과 똑같이 빨간 고무장갑을 끼고, 꽃무늬 앞치마까지 하고 있던 은성이 입을 댓 발 내밀었다. 이 황금 같은 주말에 데이트는커녕 왜 남해까지 내려와서 이 생고생인지 모르겠다는 표정이었다.

"누나, 나 진짜 허리랑 어깨 나갈 거 같아."

"그건 네 매형도 마찬가지야. 하물며 네 매형은 새신랑이라는 걸 알아줬으면 좋겠네."

"참 나. 뭐 지금 나더러 더 움직여라, 그런 눈치 주는 거야?"

"그럴 땐 또 눈치가 빨라요."

"진짜 너무한다, 너무해. 하아, 도대체 옥 여사는 날 왜 데리고 와서는. 서울에 계신 아버지가 다 부럽네. 가게 일을 내가 볼 걸 그랬나 봐."

"그렇게 하기 싫어? 그러면 은성이 넌, 그만 손 떼."

"정말?"

신이 난 은성이 벌써부터 고무장갑 한 짝을 빼내며 방긋 웃었다.

"대신 김장 김치 먹을 생각 하지 마. 네 몫은 빼고 가져가."

"내 그럴 줄 알았어. 여태까지 한 게 억울해서 끝까지 한다, 해."

은성이 툴툴대며 다시 고무장갑을 꼈다. 그 모습을 바라보던 은경과 옥 여사가 피식 웃었다.

"우리 사위하고 아들이 김장을 다 해 주니, 여자들이 편하네."

"그러게 말이야, 엄마. 김장 100포기 별거 아니네."

"우리 사위 파이팅! 은성이도 파이팅! 배춧속 넣는 건 도와줄 테니까, 조금만 더 고생해. 이 고난 뒤엔 맛있는 수육과 막걸리가 기다리고 있어요~."

애교스런 옥 여사의 응원에 힘입어 남자들이 다시 움직였다. 김장 매트 안에 무채, 고춧가루, 매실엑기스, 멸치액젓, 새우젓, 생강, 마늘, 부추, 쪽파, 갓 등을 넣고는 힘차게 버무리기 시작했다.

"어우, 팔 빠지겠네. 운전해서 갈 수 있을지 몰라."

팔을 움직이는 시간보다 입을 움직이는 시간이 더 많은 은성이 연방 구시렁거렸다. 얼마 전 중고차 한 대를 구입한 은성이 직접 운전을 해서 남해로 내려온 거였다. 쉴 새 없이 나불거리는 은성과는 달리, 인혁은 남달리 발달된 어깨를 적극적으로 활용하며 열심히 제 할 일을 했다.

"아휴, 빛깔 곱다."

옥 여사가 빨갛게 잘 버무려진 배춧속을 보고는 흡족한 듯이 웃으며 한 젓가락 집어서 맛을 보았다.

"내 입에는 맛있는데 우리 사위는 어떨까나."

옥 여사가 인혁의 입에도 배춧속을 넣어 주자 그가 엄지를 치켜들었다.

"너무 맛있어요."

"심하게 짜지는 않지?"

"예, 정말 맛있어요."

"간은 잘 맞는 거 같네. 그럼, 이제 속 넣어 보자."

"속 넣는 거 가르쳐만 주세요. 제가 할게요."

"아니야. 이건 우리가 좀 도울게. 은경이도 해 봐서 잘해. 여럿이서 달라붙어야 빨리 끝내지. 벌써 1시인데 입실 시간 돼서 손님들이 보면 뭔 난리인가 하겠어."

화기애애한 분위기 속에서 옥 여사가 고무장갑을 끼는데 은성이 툭 건드렸다.

"엄마, 나는 안 줘?"

"응?"

"나도 입이라는 게 있어. 왜 매형만 먹여 주고, 난 안 줘?"

은성이 병아리 부리처럼 귀엽게 입술을 삐죽거렸다.

"어머머, 내가 은성이 널 빼먹었니?"

"쳇, 아무리 사위 사랑은 장모라지만 너무한 거 아니야? 누나는 매형이 먹여 주고, 그럼 난 대체 누가 먹여 주……!"

"옜다. 넌 이 누나가 먹여 주마."

은경이 절임 배춧잎을 쭉 찢어서 빨간 배춧속을 넣고 돌돌 말아 은성의 입안에 쑥 밀어 넣었다.

"어때, 맛있지?"

"#@$$%$$%$#%!"

입안 가득 오물거리던 은성이 외계어를 남발했다.

"맛있다는 말이지?"

"푸홉, 은성이 입 좀 닦아 줘야겠다."

한바탕 웃음을 쏟아 낸 뒤 옹기종기 모여 앉은 네 사람은 본격적인 배춧속 넣기에 돌입했다.

"이렇게 슥삭슥삭, 속까지 골고루 잘 버무려지게."

인혁은 빠른 손놀림으로 고수의 스킬을 보여 주는 옥 여사에게서 눈을 떼지 않으며 따라 했다.

"오, 그렇지. 우리 사위 잘하네. 누가 김장 처음 해 본다고 생각하겠어."

옥 여사가 끊임없이 인혁을 칭찬했다. 이에 힘입어 점차 속도가 빨라진 인혁은 정말이지 김장의 달인처럼 온 정신을 집중했다. 그 결과 어느새 바닥이 보이기 시작하더니, 마지막 남은 한 포기가 인혁의 손을 떠나 김치 통으로 들어갔다.

"만세! 끝!"

은성이 제일 먼저 고무장갑을 벗어 던지며 일어났다. 뒤이어 옥 여사가 무릎을 짚으며 천천히 일어났고, 인혁 역시 오랜만에 허리를 폈다.

"다들 고생했네. 은경아, 이제 가서 수육 좀 내와. 시원하게 막걸리 한잔하자."

옥 여사가 어깨를 두드리며 잠시 숨을 돌렸다. 김장이 끝나자마자 냅다 담뱃갑부터 찾아 든 은성을 흘겨보던 그녀는, 숨 돌릴 새 없이 뒷정리를 하는 인혁을 불러 세웠다.

"서 서방, 좀 쉬었다 같이 정리해."

"아닙니다. 수육 나오는 동안 좀 치워 놓으려고요."

"허리 좀 펴고 있지 그래."

"전 괜찮습니다. 장모님이 고생하셨어요. 제가 이따 어깨 좀 주물러 드릴게요."

인혁이 부리나케 정리를 하며 왔다 갔다 할 때마다 옥 여사의 시선이 같이 따라 움직였다.

"참…… 바지런도 하지."

결혼 후 인혁은 정말 무엇 하나 마음에 들지 않는 구석이 없을 정도로 듬직하고 좋은 사위가 되어 주었다. 1년에 두 번은 꼭 은경일 보여 주겠다는 약속도 지켰다. 어느 날 갑자기 연락 안 하고 내려와도 버선발로 나와 반겨 주겠다는 약속 또한 어김없이 지켰다.

무엇보다 가장 중요한, 내 딸이 행복한가에 대한 질문 자체가 무의미할 정도로 은경이 행복해했다. 언제나 사랑이 넘쳤고, 언제나 웃음이 사라지지 않았다.

아직 결혼한 지 1년도 채 되지 않았지만, 인혁에 대한 믿음이 더욱 확고해졌다.

저 녀석은 절대 변하지 않으리란 걸. 늘 한결같을 거라는 걸.

신혼여행을 다녀온 후 기사가 터졌을 때, 그녀는 내심 얼마나 노심초사하며 걱정을 했는지 몰랐다. 우려하던 일이 생기는 건 아닐까. 들춰지지 않았으면 하는 부분들이 밝혀져서 사람들 입방아에 오르내리면 어쩌나. 말에 살이 붙고 덧붙어서 이상한 소문이라도 돌면 어쩌나.

단순히 인혁의 가족사가 밝혀지게 되는 게 두려웠던 게 아니다. 사위 자리가 어쩌고저쩌고 주위 사람들의 시선과 말이 무서웠던 게 아니다. 그로 인해 인혁이 상처 받게 될까 봐, 천하의 몹쓸 놈으로 낙인찍힌 채 손가락질 받게 될까 봐. 그런 인혁을 보면서 은경이 힘들어 할까 봐, 마음 아파할까 봐 그게 가장 두렵고 무서웠다.

인혁이 작은아버지와는 여전히 관계 개선이 되지 않았다는 점이 마음에 걸리기도 했었다. 결혼식 날 끝까지 참석하지 않는 그를 보며 이 관계가 좋아지기는 힘들겠다는 생각을 했다. 인혁이 얼마나 힘들게 살아왔을지 몸소 느껴지는 부분이기도 했다. 그래서 걱정이 되었다. 인혁에 대한 좋지 않은 묵은 감정들로 인해, 혹시나 어른답지 못한 어리석은 행동을 하면 어쩌나 싶어서. 제 얼굴에 침 뱉기나 마찬가지인 일을 만들면 어쩌나 싶어서.

한데 몇 달 전, 작은아버지가 쓰러지셨다는 소식을 은경을 통해 전해 듣게 되었다. 일순간, 저도 모르게 두 가지 마음이 동시에 들었다. 이를 어쩌나 싶은 걱정과, 차라리 잘된 건지도 모르겠다는 못된 마음이 동시에 찾아왔다.

내 자식 아플 생각에 그런 못난 마음이 들기도 했었다.

"사람 마음이란 게 참……."

인혁을 물끄러미 바라보며 생각에 잠겨 있던 옥 여사는 그와 눈이 마주치자 번쩍 손을 들어 흔들었다.

"우리 사위, 고생이 많아!"

인혁이 환하게 웃으며 같이 손을 흔들었다.

"수육 대령이요! 야외 바비큐장으로 모이세요!"

때마침 낭랑한 은경의 음성이 고막을 울렸다. 대충 정리를 끝낸 인혁이 옥 여사에게 다가가며 손을 내밀었다. 그녀는 웃으며 인혁의 손을 잡고 몸을 일으켰다.

"고생 많았어, 우리 사위."

"별말씀을요. 시장하시니까 일단 수육 먼저 드시고 나서, 안마 좀 해 드릴게요."

"응, 사양 안 할게. 그나저나…… 작은아버지는 좀 어떠셔?"

"여전하신가 봐요. 그래도 이제 식사는 곧잘 하신다고 들었어요. 정현이 형이 식사 시중을 들어도 이젠 잠자코 잘 드신대요.

그것만도 어디냐고 한시름 놨다고, 작은어머니가 좋아하시더라고요."

"다행이네. 참, 나 내일 서울 올라가면 사돈총각더러 시간 날 때 서초동 좀 들르라고 해."

"정현이 형이요?"

"응, 김장 김치 좀 나눠 주려고. 작은어머니가 김장까지 할 정신이 어디 있으시겠어."

뜻밖의 말에 가슴이 뭉클해진 인혁이 그녀의 손을 힘주어 잡았다.

"감사드려요. 작은어머니 댁까지 신경 써 주시고……."

"나이를 괜히 먹은 건 아니거든."

옥 여사가 인자하게 웃으며 인혁을 응시했다.

"죄송한 마음이…… 있기도 하고."

인혁은 그게 뭐냐고 더는 묻지 않았다. 어쩐지 알 것 같아서. 저 역시도 잠시나마 했던 생각이어서.

"엄마, 매형 옆에 서 있지 말라니까? 키 차이 어쩔 거야."

인혁의 손을 잡고 나란히 걸어가던 옥 여사는 뒤늦게 쪼르르 달려온 은성이 반대쪽 손을 잡자 힐끔 쳐다보았다.

"매형 혼자 뒷정리하는데 담배 태우고 전화 통화나 하고, 그럼 못써."

"흠흠, 이따 내가 매형 어깨 주물러 주려고 했지."

"난 괜찮……."

옥 여사가 인혁의 옆구리를 넌지시 찔렀다.

"정말? 은성이 너, 엄마가 지켜볼 거야."

그녀가 인혁을 보며 눈을 찡긋거렸다. 동시에 입꼬리가 말려 올라간 두 사람은 야외 바비큐장 목조 테이블에 차려진 따끈따끈한 수육을 보고는 군침을 삼켰다. 은성은 벌써 홀랑 자리를 잡고는 입맛을 다시고 있었다.

"자자, 얼른들 앉으세요."

막걸리를 흔들어 뚜껑을 딴 은경이 한 잔씩 따랐다. 손잡이가 달린 양은 막걸리 잔에서 느껴지는 시원함에 으스스 몸이 다 떨릴 판이었다.

"모두 고생하셨어요. 건배~!"

잔을 부딪치기 무섭게 약속이나 한 듯이 일제히 쭉쭉 넘기며 원샷을 했다.

"캬~ 죽이네."

1등으로 잔을 내려놓은 은성이 역시나 제일 먼저 수육을 집어 들었다. 새우젓을 찍어서 배춧속과 함께 입안으로 쏙 넣은 그는 쌍엄지를 치켜들었다.

"와우. 브라보."

연달아 수육을 집어 든 가족들 역시 은성과 똑같은 반응으로 엄지를 치올렸다. 열심히 일하고 난 후 먹는 수육이라 그런지 평소보다 더욱 맛나게 느껴졌다.

"정말 맛있어요. 장인어른도 같이 드셨으면 좋았을 텐데."

"장인어른 생각하는 건 우리 사위밖에 없네. 둘이 먹다가 하나가 죽어도 모를 맛이라 먹기 바빠서, 내 남편은 생각도 안 나던데."

옥 여사의 말에 모두가 또 웃음이 터졌다. 찬바람 부는 겨울이었지만 춥지 않았다. 사랑하는 사람들과 함께하는 이 순간은 언제나 봄이었다.

"아빠한테 전화해 볼까?"

은경이 아버지에게 영상 통화를 걸었다.

잠시 후, 휴대폰 액정 화면에 아버지 얼굴이 나타났다. 네 사람 모두 옹기종기 모여서 손을 흔들었다.

"아빠!"

"여보!"

"장인어른!"

다른 여러 말이 필요치 않았다. 반갑게 손을 흔드는 아버지의 얼굴에도 미소가 번졌다.

영원히 지지 않을, 만개한 웃음꽃이었다.

***

"와, 눈이네."

남해에 내려온 후 처음으로 보는 눈이었다. 어제 기상청에서 오늘 새벽부터 전국적으로 눈이 온다더니 모처럼 일기예보가 맞았다.

 은경은 바람이 불지 않아서 예쁘게 사뿐히 떨어지는 눈송이를 보며 아이처럼 좋아했다. 눈이 쌓이면 펜션 들어오는 길목에 눈 청소를 해야 해서 할 일이 더 늘어날 테지만, 어쩐지 너무 낭만적이었다. 펜션 바로 앞에 펼쳐진 바다 위로 꽃잎처럼 떨어지는 눈송이가 너무도 분위기 있고 로맨틱했다.

 대개 인혁보다 먼저 눈을 뜨는 은경이 창문 커튼을 살짝 젖히고는 아직 잠들어 있는 그에게 다가갔다.

 "울 잘생긴 여보는 언제까지 잘 거야?"

 그의 머리칼을 부드럽게 쓸던 은경이 귓가에 대고 소곤거렸다.

 "일어나요. 바깥이 하얀 세상이야."

 인혁의 눈이 좀처럼 떠지지를 않았다. 은경은 별수 없다는 듯 의뭉스럽게 웃고는 이불을 들춰 머리를 쏙 집어넣었다. 아침이라 이미 단단해져 있는 그의 것을 슬며시 쥐었다.

 움찔.

 꿈쩍도 않던 인혁이 몸을 뒤치더니 가늘게 눈이 떠졌다. 그녀가 손가락으로 톡톡 건드리자 그가 푸홋, 웃으며 은경의 손목을 잡아끌어 올렸다.

 "어쩐 일이야. 아침부터 먼저 유혹을 다 하고."

 인혁이 순식간에 그녀 위로 몸을 포갰다.

 "책임져야지."

 "나 사랑하라고 깨운 거 아닌데?"

"무슨 소리야. 그렇게 야하게 깨워 놓고는 발뺌하는 게 어디 있어."

"진짜야. 눈이 와서 모닝 데이트하자고 깨운 거야."

"눈?"

그가 몸을 일으켜 창가로 걸어가 커튼을 활짝 젖혔다. 조각 같은 몸을 자랑하며 발가벗고 서 있는 인혁의 등에는 새벽녘까지 이어진 노골적인 사랑의 흔적이 남아 있었다.

"또 상처 내 버렸네."

은경이 그의 등에 새겨진 손톱자국을 어루만지며 미안해했다. 되도록 상처를 내지 않으려고 하지만, 막상 그와 격정적인 사랑을 나누다 보면 그게 잘 되지 않았다. 그에게 매달려서 숨을 할딱이다 보면 저절로 손에 힘이 들어갔다.

"손톱 더 바짝 잘라야겠어."

"푸훗, 괜찮아."

"창가라 추워. 뭐 좀 걸쳐요."

은경이 샤워가운이라도 가져다주려고 돌아서자 인혁이 손을 낚아채며 끌어안았다.

"이렇게 하면 따뜻하지."

그녀를 뒤에서 껴안은 인혁은 정수리에 살포시 턱을 얹은 채 창밖을 바라보았다.

"그러고 보니, 우리 눈 오는 거 같이 보는 건 처음이네?"

"응, 그래서 설레. 소복하게 쌓인 거 좀 봐."

"정말 새하얗다. 남해에 내려온 이후 이렇게 쌓일 정도로 많은 눈이 내리는 건 처음 봐. 어쩌다 한 번 오더라도 흩날릴 정도로 잠깐 내리다 마는데 신기하네."

"그럼, 오늘 정말 특별한 날인 거네? 언제 또 볼 수 있을지 모르는 장관인 거고. 그렇다면 이러고 있을 시간이 없잖아. 아직 아무도 밟지 않았을 때, 우리 발자국을 처음으로 남겨 보고 싶어."

"좋은 생각이야."

다정하게 웃은 인혁은 그녀와 함께 양치를 끝내고 간단히 세안을 한 후 옷을 챙겨 입었다.

"또 입어? 나 벌써 이렇게 뚱뚱해졌어."

"아침이라 추워."

"어디 멀리 나가는 거 아니라서 괜찮은데."

"내가 안 괜찮아."

그녀에게 털모자를 씌우고 장갑에 목도리까지 칭칭 감아 준 인혁은 그제야 흡족한 얼굴로 현관으로 다가가 문을 열었다.

"와, 진짜 남해치고 눈 많이 내렸다. 어쩐지 밟기도 아깝네."

인혁의 앞으로 쪼르르 나선 은경이 먼저 뽀드득 소리를 내며 발자국을 남겼다.

"그렇게 좋아?"

"응, 그렇게 좋아."

"그대로 있어 봐. 사진 찍어 줄게."

새하얀 눈밭 위에 서 있는 은경이 너무 어여뻤던 인혁은 부리나케 휴대폰을 꺼내 들었다.

"브이~."

"하하, 너무 예쁘다."

"귀엽고 섹시해요?"

"응, 귀엽고 섹시하고, 혼자 다 해."

"하하."

행복해 하는 은경의 모습을 연달아 사진으로 담아 둔 인혁은 뒤늦게 눈밭 위로 첫걸음을 내딛었다.

"눈으로 보면서도 믿기지가 않네. 남해에서 뽀드득거리는 눈 밟는 소리를 듣게 될 줄이야."

"복덩이가 남해로 시집와서 그래."

"맞아. 그런 거야. 각시를 잘 얻어서 그런 거야."

"푸훗, 가만 보면 진짜 팔불출이야. 내 말이면 뭐든지 다 맞대."

"하하, 진짜 다 맞는 말이니까."

기분이 한껏 좋아진 은경은 눈 내리는 날이면 생각나는 고전 영화 한 편이 떠올랐다. 하얀 눈으로 가득 덮인 뉴욕 센트럴파크에서 눈싸움을 하며 뒹굴던 연인의 행복한 모습. 비록 영화의 결말은 가슴 아프지만, 영화의 명장면만큼은 너무도 유명한 테마곡과 함께 아직도 생생하게 기억될 정도로 사랑스럽기만 했다.

"나 해 보고 싶은 거 생겼어."

은경은 영화에서처럼 엄청나게 쌓인 눈밭은 아니었지만 도전해 볼 만하다는 생각에 그의 손을 잡아끌었다.

"혹시, 영화 '러브 스토리' 알아요?"

1971년도에 개봉한 영화였다. 인혁은 그 영화를 전혀 모를 수도 있었다. 은경이 태어나기 훨씬 전에 개봉한 영화라서 그녀 역시도 모르고 지내다가, 소녀 감성 풍부한 옥 여사 때문에 알게 되어서 보게 됐었다.

"러브 스토리?"

"응, 러브 스토리."

인혁이 잠시 고개를 갸웃거렸다. 은경은 잠깐만 기다려 보라면서 휴대폰을 꺼내 영화의 테마곡을 들려주었다.

"어디서 많이 들어본 멜로디 같지 않아?"

"음, 그런 것도 같고."

"그 영화에서 이런 걸 해."

은경이 순식간에 양팔을 벌리며 무게 중심을 뒤로 실어서 넘어갔다.

"와하하!"

은경의 돌발행동에 화들짝 놀란 인혁은 그녀가 어디 다치지는 않았나 싶어서 안위를 살폈다. 그녀는 아랑곳 않고 그대로 누운 채 팔다리까지 휘적거렸다.

"하나도 안 아파. 하하, 재미있어."

"정말 괜찮아?"

"정말이지, 그럼."

은경이 따라서 해 보라는 듯 옆자리를 두드렸다. 못 말리겠다는 듯 피식 웃던 인혁은 그녀가 했던 것처럼 똑같이 뒤로 풀썩 넘어갔다.

"아흑."

"푸후후."

인혁이 뒤통수를 감싸며 슬며시 콧잔등을 찡그렸다. 눈이 남해치고 많이 왔을 뿐, 여기는 뉴욕 센트럴파크가 아니었다.

"아주 조금 아프긴 한데, 그래도 낭만적이잖아. 으흥흥."

은경이 눈을 한 움큼 움켜쥐고는 하늘을 향해 흩날렸다. 눈송이가 다시 얼굴 위로 떨어질까 봐 눈을 질끈 감고 있던 그녀가 스리슬쩍 눈꺼풀을 올렸다. 인혁의 얼굴이 가까이 다가와 있었다.

그새 코끝이 빨개진 은경을 물끄러미 내려다보던 인혁은 살포시 입을 맞추었다.

"그 영화에서 이런 것도 해?"

소곤거리는 그의 말에 그녀의 입매가 길게 늘어졌다.

"응, 이런 것도 해."

인혁의 목에 팔을 감은 은경이 서로의 숨결이 맞닿을 거리에서 속삭였다.

"Love means never having to say you're sorry.(사랑은 미안하다고 말하는 게 아니에요.)"

그의 입술을 빨아 물었다가 놓은 그녀가 해사하게 웃었다.

"그 영화 명대사야. 내가 당신에게 늘 해 주고 싶었던 말이기도 해."

"……사랑해. 내가 당신에게 늘 해 주고 싶은 말이야. 1분 1초, 그 어느 한순간도 놓치지 않고 해 주고 싶은 말이야."

다시금 입술이 맞닿았다.

"왈왈!"

시린 눈밭 위에서 뜨거운 키스를 나누던 두 사람이 동시에 멈칫했다. 묶여 있는 두부와 찐빵이 뛰어놀고 싶다고 아까부터 난리를 치고 있는 중이었다.

"이런."

"푸흡, 영화는 그만 찍고, 어서 녀석들 풀어 줘요. 두부랑 찐빵이도 얼마나 신기할 거야. 태어나서 이렇게 많은 눈을 보는 건 처음일 텐데."

"풋, 그건 맞는 말이야. 나머지는 안에 들어가서 하는 걸로."

은경이 손가락으로 오케이 표시를 해 보였다. 활기차게 발딱 일어선 인혁이 녀석들에게 다가갔다. 그가 목줄을 풀어 주기 무섭게 냉큼 튀어 나간 두부와 찐빵이 은경에게 향했다.

"하하하! 간지러워!"

녀석들이 큰 덩치를 폴짝거리며 누워 있는 은경의 얼굴을 핥아 댔다.

"요놈들!"

인혁은 자그맣게 눈덩이를 만들어서 두부와 찐빵을 향해 던졌다. 그러자 겁이 많은 녀석들이 흠칫 놀라며 뒷걸음질을 쳤다.
"하하, 찐빵이 표정 좀 봐. 귀여워."
"진짜 놀랐나 보네."
어쩐지 미안해진 인혁이 손에 아무것도 없다는 걸 확인시켜 주고는 이리 오라고 손짓을 했다. 그러자 또 금세 웃는 얼굴로 녀석들이 다가오자 인혁이 품에 안아 쓰다듬었다.
"오해하지 마. 장난친 거야."
"그럼, 이제 눈싸움은 우리 둘이 해야겠네?"
한참만에야 눈밭에서 일어난 은경이 어느새 제법 큰 눈덩이를 만들고는 웃고 있었다.
"남해에서 언제 또 눈싸움을 해 보겠어."
은경이 눈덩이를 던질 준비 자세를 취했다.
"이얍!"
포물선을 그리며 날아간 눈덩이가 정확하게 인혁을 맞혔다. 신이 나서 줄행랑을 치는 은경의 뒤를 따라, 두부와 찐빵이 영문도 모른 채 냅다 뛰었다.
"나 잡아 봐라!"
그녀가 손을 흔들며 소리쳤다. 눈을 닮은 새하얀 두부와 찐빵이 따라서 폴짝거리며 꼬리를 살랑거렸다. 점차 입매가 높이 올라간 인혁이 그녀를 향해 달려갔다.
"천천히 도망가! 그러다 넘어져!"

그들만의 세상인 것 같은 눈 내리는 남해는 더없이 낭만적이었다.

★ 이야기 다섯

늘 봐오던 산책길이었다. 평소와 다른 게 있다면 둘이 아닌 혼자라는 사실이었다. 인혁은 물론 두부와 찐빵이도 없었다.

그녀는 천천히 숲길을 거닐다 잠시 쉬어 갈 요량으로 바다를 바라보며 벤치에 앉았다. 아침 햇살을 머금은 바다는 눈이 부실 정도로 아름다운 황금빛이었다. 그녀가 넋을 잃고 황금빛 바다를 바라보는데 뭔가 자그마한 실루엣이 눈에 띄기 시작했다. 점차 가까이 다가오는 물체는 바다 빛깔과 같은 황금색이었다. 동물원에서나 봤을 법한 새끼 호랑이였다.

그녀는 발밑까지 다가온 새끼 호랑이를 별다른 거부감 없이 품에 안았다. 너무 작고 귀여웠다. 황금빛 털 색깔은 신비로웠다.

혹시 주위에 어미가 있을까 봐 두리번거렸지만 아무런 기척도 느껴지지 않았다. 그녀는 그대로 새끼 호랑이를 품에 안고 집으로 돌아왔다. 한데 그녀는 또다시 놀라운 광경을 목격했다. 열어두었던 현관문 안으로 작은 꽃뱀 한 마리가 들어왔다. 느닷없이 마주한 뱀이 무서워야 할 텐데, 이상하게도 그녀는 그 뱀이 너무 아름답기만 했다.

여전히 새끼 호랑이를 품에 안은 채 몸을 숙인 그녀는 슥 손을 뻗어 꽃뱀을 쓰다듬었다.

"빛깔이…… 너무 예쁘다."

낮게 중얼거리던 은경은 슬쩍 눈을 떴다. 꿈이라기에는 너무나 생생해서인지 기분이 이상했다.

"새끼 호랑이에 꽃뱀까지…… 혹시 이거…… 태몽?"

은경은 심장이 다 쿵쾅거렸다. 호랑이는 아들 태몽이고, 꽃뱀은 딸 태몽이라는 말을 들었다. 옥 여사 역시 저를 가졌을 때는 시냇가에서 수많은 꽃뱀이 흘러 내려오는 꿈을 꿨다고 했다. 은성을 가졌을 때는 어마어마한 크기의 구렁이가 담장 안으로 넘어오는 꿈을 꿨다고 했었다.

은경은 아직 잠들어 있는 인혁을 힐끗 보고는 살며시 몸을 일으켰다. 결혼한 지 10개월여가 지난 한겨울이었다. 허니문베이비를 꿈꾸며 신혼여행 때부터 피임을 하지 않았지만, 기다리던 임신 소식은 좀처럼 들리지 않았다. 안 그래도 생리가 불규칙했기 때문에 걱정이 되어서 병원을 한 번 가볼까 싶었다. 한데 인혁은 급하게 생각하지 말자면서 둘이서 신혼을 좀 더 즐기자고 부담을 덜어 줬다. 가족들 역시 2세 소식에 대한 언급은 하지 않고 있었다.

은경은 협탁 아래 서랍에 깊숙이 넣어 두었던 임신 테스트기를 들고 화장실로 향했다. 인혁에게 일일이 얘기하지는 않았지만, 생리가 늦어질 때는 테스트를 한 번씩 해 보고는 했었다. 한데 그때마다 임신이 아니었고, 생리할 때를 제외하고는 하루도 거르지 않고 사랑을 나누는데 임신이 이렇게 안 된다는 게 더 신기할 노릇이었다.

"후우, 떨리네."

이번 달에도 아직 생리가 없었지만 테스트를 해 보지는 않았던 은경은 조마조마한 심정으로 테스트기를 뚫어져라 바라보았다. 얼마 지나지 않아 선명한 빨간 두 줄이 그어졌다.

"……맙소사."

손이 달달 떨렸다. 순식간에 시야가 뿌예졌다.

너무도 애타게 기다리던 소식이었다.

은경은 두근거리는 마음을 진정시키며 간신히 발걸음을 떼었다. 다리가 다 후들거려서 침실로 가는 길이 멀게만 느껴졌다.

"후우."

그녀가 벽을 짚으며 겨우 침실에 도착했다. 인혁의 얼굴을 보자니 무한한 감동이 물밀듯이 밀려왔다.

얼마나 좋아할까. 내심 얼마나 기다렸을까.

"으음……."

때마침 인혁이 몸을 뒤치더니 눈을 떴다. 은경이 옆에 없다는 걸 알고는 몸을 일으키던 그는 침실 방문 앞에 서 있는 그녀에게 손짓했다.

"왜 그렇게 서 있어. 좀 더 누워 있자."

은경의 얼굴이 점차 일그러졌다. 기쁨의 눈물을 참을 수가 없었다.

"……선물이에요."

그녀가 파르르 떨리는 손으로 임신 테스트기를 내밀었다. 울고 있는 은경을 보고는 놀라서 침대에서 내려오던 그의 시선이 한곳에 머물렀다.

"빨간 줄이…… 두 개야."

은경이 눈물을 뚝뚝 흘리면서 웃었다.

"가족이 한 명 더 늘었어."

"……"

"우리 아이가 생겼어."

그녀의 마지막 말에 인혁이 벅찬 얼굴로 눈시울을 붉혔다. 너무도 기다렸던 말이다. 너무도 듣고 싶었던 말이다.

"뭐해요."

은경이 양팔을 한껏 벌렸다. 설레는 가슴을 안고 빠른 걸음으로 다가간 인혁은 그녀의 뒷목을 부드럽게 감싸 쥐며 끌어당겼다.

"하아."

"왜 이렇게 떨어요."

"믿기지가 않아."

"……믿어도 돼. 우리 이제 부모가 된 거야."

부모가 됐다는 그 말이, 인혁의 가슴에 깊이 와 닿았다. 콧날이 다 시큰해졌다. 목이 멘 그는 말이 제대로 나오지 않았다.

"사실 무척 기다렸거든. 아기 소식이 너무 늦어지는 거 같아서……."

늘 밝아 보이던 은경이 말끝을 흐리며 차오르는 울음을 삼켰다. 인혁은 그녀의 등을 토닥이며 더욱 힘주어 껴안았다.

"고마워."

겨우 입술을 뗀 인혁이 진심을 담아 고백했다.

"고마워, 은경아."

눈꺼풀을 내려뜨린 그가 몇 번이고 같은 말을 전했다.

눈물이 멈추지 않았다. 말로 형용할 수 없는 행복이었다.

***

남해에서 전해 온 소식은 서울에도 큰 기쁨을 선사해 주었다. 처음 은경의 전화를 받은 옥 여사는 딸의 임신 소식에 눈물을 펑펑 쏟아 냈었다. 결혼 1주년이 다 되어 가도록 아이 소식이 없어서 내심 얼마나 신경이 쓰였는지 몰랐다.

둘이서 오붓한 신혼을 즐기는 것도 보기 좋긴 했지만, 은경의 나이가 있다 보니 마냥 편하게 기다릴 수는 없었던 게 사실이었다. 요새 추이가 30대에 초산인 경우가 많다고는 해도, 은경이 생리불순인 걸 알고 있었기 때문에 더욱 걱정을 했던 터였다.

"도착할 때가 됐는데."

"아직 쌀쌀해. 안에서 기다리라니까."

옥 여사는 오늘 딸이 올라온다는 소식에 아까부터 대문 앞을 서성이던 참이었다. 웬만해서는 가게를 비우지 않는 아버지 역시 오랜만에 만나는 딸 내외를 반겨 주기 위해 그녀와 함께 집 앞을 서성였다.

"저기 하얀색 큰 차 한 대 들어오네요!"

옥 여사가 손가락을 쭉 뻗으며 발을 동동 굴렀다. 은경에게서 임신 소식을 전해 들은 지 두 달여 만이었고, 남해에서 김장을 하고 올라온 지 4개월 만의 상봉이었다.

인혁의 SUV 차량이 대문 앞에 멈춰 서기 무섭게 차창 안의 얼굴을 확인한 옥 여사가 눈물을 글썽였다.

"은경아!"

"엄마!"

은경이 차에서 내리기 무섭게 옥 여사가 냅다 끌어안았다. 함께 온 인혁은 장인어른에게 먼저 인사를 드렸다.

"여기까지 운전해서 오느라 수고가 많았네. 버스 타고 오지 그랬어."

"아닙니다, 장인어른. 은경 씨가 걱정이지, 저는 괜찮습니다."

눈시울을 훔치며 옥 여사 품에서 떨어진 은경은 아버지와도 반가운 포옹을 나눴다. 그사이 좀 진정을 한 옥 여사는 인혁의 손을 꼭 포개 잡으며 멋쩍게 웃었다.

"내가 너무 요란을 떨었지?"

"아닙니다. 그럴 리가요."

"은경이랑 같이 와 줘서 고마워."

"그런 말씀 마세요. 홑몸도 아닌 은경 씨를 어떻게 혼자 보내 겠어요. 그리고 저도 장인어른, 장모님 뵙고 싶어서 온 겁니다."

은경은 임신을 한 후 엄마가 보고 싶다는 말을 무심코 자주 내뱉었다. 그녀가 임신을 하면서 펜션 객실 정리를 도와줄 아주머니 한 분을 직원으로 구했었는데, 그분만 두고는 일손이 모자라 둘이 함께 펜션을 비울 수가 없었다. 때문에 숙식이 가능한 남자 알바생을 아주 어렵사리 한 명 더 구한 후에야 함께 서울로 올라올 수 있었다.

3월이 되고 날이 제법 포근해지기 시작했다. 서인혁이 운영하는 펜션이라는 게 알려지다 보니 손님이 늘어서 아예 휴업을 한다는 건 힘들어진 상태였다.

"그리 말해 주니 고맙네. 일단 어서 들어가자."

눈물의 상봉을 끝내고 안으로 들어온 옥 여사는 소파에 엉덩이를 붙이기 무섭게 은경의 뺨을 어루만졌다.

"예쁜 내 딸, 얼굴 좀 제대로 보자."

영상 통화를 자주 하는 편인데도 이렇게 실제로 보는 것과는 다를 수밖에 없었다. 그래서 새삼 그 먼 장거리 연애를 어찌 견뎠는지 용하다 싶었다. 왜 그렇게 서둘러서 결혼을 하고 싶어 했는지 더욱 이해가 되기도 했다.

"입덧을 안 해서 그런지 얼굴이 좋아 보여서 다행이다."

"응, 선주도 그러더라고. 입덧 안 하는 거 엄청난 행운이라고.

그리고 무엇보다 신랑이 너무 잘해 줘. 뭘 자꾸 먹으라고 난리야. 이것도 좋다더라, 저것도 좋다더라, 뭐 먹고 싶은 거 있으면 말만 해라, 아주 귀가 따가울 지경이라니까."

은경은 건너편 소파에 앉아 있는 인혁을 보며 배시시 웃었다. 굳이 말하지 않아도 엄청난 부부금슬을 자랑하는 딸 내외를 바라보는 부모님의 표정은 흐뭇하기 짝이 없었다.

"참, 엄마랑 아빠 보여 주려고 산모수첩 가져왔어."

은경의 가방을 대신 챙겼던 인혁이 산모수첩을 꺼내서 내밀었다. 그는 지금까지도 초음파 사진이 신기해서 눈만 뜨면 손에 들고 놓지를 않았다.

"엄마도 이건 처음 보지? 아기집이 두 개야."

은경이 아직도 믿기지 않는다는 듯이 설렌 얼굴로 초음파 사진을 보여 주었다. 처음에 산부인과를 갔을 때는 4주 차 아주 초기라서 쌍둥이라는 걸 몰랐었는데, 7주가 되었을 때 이란성 쌍둥이라는 걸 알게 되었다. 의사 선생님이 아기집이 두 개라는 말을 했을 때의 기분은 정말 상상 이상의 놀라움과 감동이었다. 그토록 기다리던 아이 소식이었는데 쌍둥이라니, 그것도 일란성도 아닌 이란성 쌍둥이라니 입이 다물어지지가 않았다.

"어머나, 세상에. 진짜 신기하다. 아기집이 진짜 두 개야."

옥 여사가 초음파 사진을 가까이에서 들여다보며 '어머나'를 연발했다. 아버지 역시 기다리지 못하고 바싹 상체를 숙이고는 옥 여사와 머리를 맞댄 채 초음파 사진을 뚫어지게 바라보았다.

"아빠, 신기하지? 아빠 딸 배 속에 두 명의 아이가 자라고 있는 거야."

그 말 없던 아버지도 격하게 고개를 끄덕이며 신기하다는 말을 연거푸 쏟아 냈다.

"이제 13주 차인데, 언제 40주를 기다리지? 우리 알콩이랑 달콩이 너무 만나고 싶은데."

은경이 제 배를 부드럽게 감싸 쥐며 세상 그 누구보다 행복한 미소를 머금었다. 엄마 배 속에서 알콩달콩 우애 좋게 지내라고 인혁이 지은 태명이었다.

"그러고 보면 그 태몽이 진짜 신기해."

은경이 옥 여사에게 임신 소식을 전하면서 태몽 이야기도 같이했었다. 그때 옥 여사가 혹시 쌍둥이 아니냐고 했지만 설마 그럴 리가 있겠느냐고 웃어 넘겼었다.

"엄마, 내 생각에는 말이야. 이란성 쌍둥이니까 성별이 다를 수도 있는 거잖아. 호랑이랑 꽃뱀이 나왔으니까 아들 하나, 딸 하나 아닐까?"

"어머, 진짜 그러려나? 그럼 금상첨화인데."

"어떻게 해. 막 설레."

"엄마도 설레."

옥 여사는 벌써부터 자그마한 발로 뛰어다닐 손주 녀석들이 눈에 아른거렸다. 엄청 시끌벅적하겠지. 손주 재롱에 시간 가는 줄 모를 거다. 둘이 오붓하게 신혼을 즐기던 딸아이 내외에게도 변화가 찾아오겠지. 여유롭고 조용하던 남해가 아이들 뛰어노는 소리에 제법 시끄러워질 것이다.

옥 여사는 말썽 피우는 아이들을 혼내는 은경의 모습이 상상이 돼서 피식 웃음이 나왔다. 지금은 마냥 설렐 테지만, 사실 육아라는 게 어디 쉬운 일이던가. 게다가 인혁인 아마도 아이들을 혼내지 못할 거다. 친구처럼 편하고, 늘 다정한 아빠가 되어 줄 거다. 본인이 늘 그리도 꿈꿔왔던, 그런 아빠가 되겠지. 때문에 어쩔 수 없이 은경인 강하고 엄한 엄마가 될 수밖에 없을 거다. 누군가는 매를 들어야 할 때가 있으니까.

"왜 그렇게 봐?"

은경이 천진하게 생글거리며 물었다.

"그냥, 네 앞길이 훤히 보여서."

"내 앞길이 어떤데?"

"어떻긴. 꽃길이지요. 배고프지? 너 먹고 싶다고 했던 거 엄마가 다 해놨어."

옥 여사가 의미심장하게 웃으며 몸을 일으키자 은경이 강아지처럼 쪼르르 뒤를 따랐다. 인혁 역시 그녀를 대신해 상차림을 돕기 위해 주방으로 향했다.

"그런 뉘앙스가 아니었는데? 솔직히 말해 봐. 어떤 앞길이 보이는데?"

은경이 연방 조잘거렸지만 옥 여사는 말없이 웃기만 했다. 인혁은 슬며시 은경의 곁으로 다가가 어깨를 감싸 쥐며 소곤거렸다.

"피곤할 텐데 가서 좀 누워 있어요."

"괜찮아. 내내 자면서 왔잖아."

"알콩이랑 달콩이가 힘들어할지도 몰라."

"어머머, 그럼 지금 내 걱정을 한 게 아니라, 알콩이랑 달콩이 걱정만 한 거야?"

은경이 눈을 곱게 흘기며 서운해 했다. 당황한 인혁이 어쩔 줄을 모르며 그게 아니라고 손사래를 쳤지만 이미 은경이 팽 토라진 후였다.

"아니, 내 말은 그러니까…… 은경 씨, 은경 씨? 은경아!"

"서 서방, 잠깐 이리와 봐."

은경을 따라 나가려던 인혁이 옥 여사에게 붙잡혔다. 난처한 표정을 짓고 있던 인혁을 힐끔거리던 옥 여사가 그의 어깨를 두드렸다.

"앞으로 자네가 많이 힘들 거야. 여자들은 임신을 하면 많이 예민해지거든. 별거 아닌 거에도 짜증이 나고 화도 나고 그래. 아마 다른 사람하고 사는 거 같은 기분이 들지도 몰라. 나도 은경이 가졌을 때 엄청 짜증 부리고 그랬거든."

인혁은 두 손을 가지런히 모은 채 옥 여사의 말을 깊이 새겨들었다.

"그래도 우리 사위가 조금만 참고 이해해 줘. 하나도 아니고 둘이나 배 속에 들어 있으니 갈수록 진짜 힘들 거야. 남편이 옆에서 챙겨 주지 않으면 진짜 많이 힘들어."

"예, 장모님. 명심할게요."

"은경이가 짜증 부리는 거, 내가 다 풀어 줄게. 나한테 전화해서 은경이 욕도 하고 그래. 그렇게 수다 떠는 게 별거 아닌 거 같아도 스트레스 해소에 꽤 도움 된다?"

옥 여사가 생긋 웃으며 인혁의 손을 잡았다.

"은경이 배 많이 나오기 시작해서 걷는 것도 힘들어지면, 그때 내가 남해로 내려갈게. 그럼 자네가 좀 덜 힘들 거야."

"하지만 장인어른이랑 처남은……."

"우리 은성이가 뭐든 하면 또 잘해. 나 없어도 아버지 잘 챙길 거야. 처음엔 은경이가 여기 와 있는 게 어떨까 싶었는데, 그건 은경이가 마다할 게 뻔해. 자네랑 오래 떨어지려고 안 할 테니까. 아니면 혹시, 내가 남해 가는 게 싫은 거야?"

옥 여사의 짓궂은 말에 인혁이 소스라치게 놀라며 고개를 가로저었다.

"무슨 그런 말씀을 하세요. 저야 너무 좋죠. 장모님이 힘드실까 봐 그렇죠."

"그게 왜 힘든 거야. 내 딸하고 사위 보러 가는 건데. 아무튼 고마워. 우리 은경이 행복하게 해 줘서, 내가 너무 고마워. 은경이 목소리만 들어도, 얼굴만 봐도 다 알아. 얼마나 행복해하고 있는지가 여기까지 느껴져. 그거 다 서 서방이 잘하기 때문이라는 거 알아. 그래서 늘 고마워."

"아닙니다. 제가 항상 감사하죠."

"그리 말해 주니 내가 더 고맙네. 상은 내가 마저 차릴 테니까 은경이한테 슬쩍 가봐. 안 달래 주면 또 토라져. 여자들이 그리 피곤해."

눈을 찡긋거리는 옥 여사를 뒤로한 채 주방에서 나온 인혁은, 아버님이 손가락으로 2층을 가리키자 은경의 방으로 향했다.

똑똑, 노크를 한 그는 슬쩍 방문을 열었다. 은경이 1년에 몇 번 올라오는 일이 없는데도 그녀가 쓰던 방을 옥 여사가 늘 정리하는 터라 여전히 깔끔했다.

"밥 먹어야지."

모로 돌아누운 은경은 별다른 대답을 하지 않았다. 발소리까지 죽인 채 조심스레 다가간 인혁은 이불을 살며시 들췄다.

"많이 피곤해?"

눈을 감고 있던 은경이 슬그머니 눈꺼풀을 들어 올렸다. 그가 슥 손을 뻗어 머리칼을 부드럽게 쓸어 넘기자 그녀가 뾰로통한 얼굴로 속닥거렸다.

"왜 바로 안 따라와?"

"그래서 화났어?"

인혁이 입매를 올리며 그녀의 이마에 입을 맞췄다.

"안아 줘."

은경이 그의 손을 잡아당기며 어리광을 부렸다. 인혁은 말없이 그녀를 끌어안으며 곁에 누웠다.

토닥토닥. 그가 은경의 어깨를 두드리자 그녀가 더욱 품속으로 파고들었다.

"나 자꾸 유치해지는 거 같아."

"아니야. 귀여워."

"거짓말."

"참말."

"친구가 그러는데…… 임신했을 때 부부 사이가 오히려 멀어지는 경우도 있대. 아무래도 여자가 호르몬 변화도 생기고 몸도 무겁고 하니까 짜증도 많이 부리고, 또…… 남자 입장에서는 그런 와이프가 낯설고 성질부리는 거 받아주는 것도 힘들 테니까. 게다가 원활한 성생활이 되지 않으니까 성욕이 쌓여서 스트레스도 엄청 받는다던데……."

은경 역시 다태아일수록 특히 임신 초기에는 조심해야 한다고 해서, 임신인 걸 알게 된 그날부터 지금까지 부부관계를 한 번도 하지 않았다. 엄마, 아빠가 보고 싶어서 서울도 더 빨리 오고 싶었지만, 그때는 너무 초기라 장거리를 움직이는 게 힘들 것 같아서 좀 더 기다렸다가 의사 선생님의 허락을 받고 온 것이었다.

"풋, 별걱정을 다."

인혁은 우울하게 눈매를 늘어뜨리는 은경을 보며 웃음을 터트렸다. 밤이 되면 힘들기는 했다. 여전히 어여쁜 아내와 한 침대에 누워 있으면서 아무렇지 않을 수는 없으니까. 하지만 은경의 배를 가만히 쓰다듬고 있노라면 성욕 따위는 금세 가라앉았다. 한순간의 쾌락을 쫓다가 혹시나 은경이나 아이가 잘못되면 안 된다는 생각이 지배적이기 때문이었다.

은경은 정히 힘들면 혼자서 풀어도 이해하겠다는 말을 했지만, 인혁은 그건 또 아닌 것 같아서 금욕의 생활을 이어 나가고 있었다.

"와이프가 아이를 가졌는데 더 예쁘면 예뻤지, 어떻게 부부 사이가 멀어져."

"그런 경우도 있다고 하잖아."

"누가 그래. 그런 말은 듣지 마. 괜한 염려하지 말고. 응?"

믿음직스러운 그의 말에 은경이 그제야 미소를 되찾았다.

"그런데 듣다 보니 내가 더 삐칠 거 같아. 날 그 정도 놈으로밖에 안 본 거야? 섹스 못 한다고 스트레스 받고, 와이프가 짜증 낸다고 멀리하는 그런 놈으로?"

"으, 응? 아니, 난……."

이번엔 은경이 당황해하며 콧잔등을 긁적였다.

"그랬단 말이지. 날 그 정도로밖에……."

인혁의 말허리가 잘려 나갔다. 그의 뺨을 감싼 그녀가 키스로 입을 막은 탓이었다. 은경이 임신한 이후 이런 딥키스도 처음으로 해 보는 인혁이었다. 그는 슬며시 중심부가 묵직해지려고 하자 겨우 입술을 떼어 내며 숨을 골랐다.

"하아, 잠깐. 진정제가 필요해."

인혁은 은경의 배에 손을 갖다 대며 마인드컨트롤을 했다.

"후우, 하아. 아빠는 참을 거야. 할 수 있어."

"풋."

"알콩이, 달콩이가 건강하게 태어나야 하니까 참을 거야."

"푸후후."

눈을 감은 채 혼자서 심신을 다스리는 그가 사랑스러웠다. 은경은 입꼬리를 올리며 그에게 귀엣말을 했다.

"입으로 해 줄까?"

달콤한 유혹이었지만 인혁은 세차게 고개를 흔들었다. 굳이 그렇게까지 하면서 성욕을 풀고 싶지는 않았다. 힘들게 아이를 품고 있는 아내도 있는데, 성욕 하나 제어 못 하는 못난 놈이 되고 싶지는 않았다.

"아니야, 괜찮아."

"지금 말고, 이따 밤에도?"

"괜찮아."

"정말?"

"나만 참고 있는 거 아니잖아."

"이야. 우리 신랑 기특하네. 그럼 한 달만 더 기다려요. 그때 상 줄게."

한 달 후면 중기에 접어들어서 부부관계가 가능한 시기가 온다. 그때에도 조심은 해야겠지만, 드디어 사랑을 나눌 수 있다는 건 두 사람 모두가 기다리던 시간이기도 했다.

"그만 내려가자. 장모님, 장인어른 기다리시겠다."

"진정됐어?"

"겨우."

"하하, 키스는 괜히 해 가지고 미안하네."

"별말씀을. 키스라도 해 주셔서 감지덕지했습니다."

웃음이 터진 은경이 배꼽을 잡고 쓰러졌다. 이제 그만 밥 먹으러 내려오라고 2층으로 올라왔던 옥 여사는, 딸의 웃음소리에 슬그머니 입꼬리를 올리며 조용히 아래층으로 내려갔다.

행복하다는 말로는 부족한 따스한 오후였다.

그로부터 한 달 후, 임신 16주 5일이 된 날이었다.

은경은 인혁과 함께 산부인과를 찾았다가 무척이나 기쁜 소식을 들었다. 부부의 바람대로 아들 하나, 딸 하나라는 말을 전해 듣게 된 것이다.

너무 기뻐서 만세를 다 외쳤던 은경은 바로 서초동에 전화를 했다. 옥 여사 역시 너무 잘된 일이라며 축하를 전했다.

은경은 아직도 하와이를 함께 가지 못하고 있는 정현에게도 소식을 전하며, 부러우면 얼른 애인 하나 만들라는 귀여운 독촉도 잊지 않았다.

그리고 그날 밤, 부부는 아주 성실하게 의사 선생님의 말씀을 따랐다.

이제는 부부관계를 가져도 된다는, 주옥같은 말씀이었다.

[완결]

-작가 후기-

 이번 글도 무사히 마침표를 찍을 수 있게 되었습니다. 마지막 걸음까지 함께해 주신 독자님들께 가장 큰 감사를 전합니다. 제 글을 사랑해 주시는 독자님들이 계시지 않았다면, 결코 제가 또 하나의 아이들을 선보일 수 없었을 겁니다. 진심으로 감사드립니다.

 제가 작년 여름에 남해로 여행을 다녀왔었는데요. 운전해서 가는데 참 멀더라고요. 그때 문득 이런 장거리 연애를 소재로 한번 써보고 싶다는 생각이 들었고, 우리 인혁이와 은경이가 탄생하게 되었습니다. 그들의 애틋함이 글에 잘 묻어났으면 하는데, 독자님들께서는 어떻게 보셨을지 두근거립니다.

저는 대개 남주 편애 모드가 심한 편입니다. 가장 최근에 출간한 <연애라는 건 말이야>에서는 나름 정점을 찍었고요. 한데 이번 글은 여주 캐릭터에 좀 더 많은 공을 들였습니다. 남주보다도 멋있을 수 있는 여주, 자기 주관 뚜렷하고 타인에 의해 흔들리지 않을 수 있는 여주, 제가 닮고 싶었던 여성상을 표현한 것이기도 하거든요.

로맨스 소설의 독자층은 대개 여성분들이 많기 때문에 남주가 더 돋보여야 하지만, 이번만큼은 은경이를 더 앞세워 보았는데 어떻게 받아들이셨을지 매우 궁금하면서도 긴장이 됩니다.
또한, 사실상 이 글의 히로인이라고도 할 수 있는 우리 옥 여사님과, 아마도 악역으로 보였을 정현이 캐릭터에도 심혈을 기울였습니다.
특히 정현이는 어쩌면 우리 주위에서도 흔히 볼 수 있는 캐릭터가 아닐까 감히 생각해 봤습니다.
사람은 누구나 어느 순간 어떤 상대에게든 질투심과 열등감을 가질 수도 있고, 그게 스스로를 갉아 먹는다는 것도 모른 채 귀한 삶의 시간을 낭비하기도 한다는 걸 저 스스로도 경험해 본 적이 있기 때문입니다.
그래서 정현인 제게 아픈 손가락과 같았고, 온전한 해피엔딩을 줄 수는 없어도 밑바닥까지 가는 인간쓰레기로 만들고 싶지 않기도 했습니다. 독자님들께도 정현이 캐릭터가 마냥 눈살 찌푸려지는 캐릭터는 아니었기를 바라봅니다.

 이번 글까지 저와 세 번이나 함께해 주신 동행출판사 대표님을 비롯한 모든 관계자 여러분 감사합니다. 좀 더 완성도 있는 글로 다듬어 주시느라 고생하신 편집자님께도 고개 숙여 감사드립니다.
 초심을 잃지 않는, 매 순간 절실하고 성실한 글쟁이가 되도록 노력하겠습니다.

 마지막으로 지금 저와 만나고 계신 모든 독자님들께 다시 한 번 깊은 감사를 전합니다.
 우리 녀석들과 함께하는 시간이 부디 행복하셨기를 간절히 바랍니다.

 이 책이 제 두 손에 쥐어지고 난 후, 남해를 다시 한 번 다녀올 생각입니다.
 인혁이와 은경이가 거닐었던 길을, 또 한 번 밟아 보고 싶거든요.
 앞으로 제게 있어 남해는 더욱 특별하고 낭만적인 곳이 되지 않을까 하는 생각에 가슴이 설렙니다.
 남해 어느 곳에선가 두부, 찐빵이와 함께 미소 짓고 있을 그들을 생각하면서 독자님들도 함께 웃을 수 있기를.

부디 사랑하세요, 치열하게.
부디 행복하세요, 달콤하게.
사랑합니다.

-남해의 봄을 기다리며, 문언희 드림